目光

探索现实背后的故事
破译
人物内心的密码

潘吉 著

中国书籍出版社
China Book Press

图书在版编目（CIP）数据

目光 / 潘吉著 . —北京：中国书籍出版社，2017.5

ISBN 978-7-5068-6162-5

Ⅰ. ①目… Ⅱ. ①潘… Ⅲ. ①中篇小说—小说集—中国—当代②短篇小说—小说集—中国—当代 Ⅳ. ① I247.7

中国版本图书馆 CIP 数据核字 (2017) 第 098987 号

目　光

潘吉　著

图书策划	牛　超　崔付建	
责任编辑	张　文	
责任印制	孙马飞　马　芝	
出版发行	中国书籍出版社	
地　　址	北京市丰台区三路居路 97 号（邮编：100073）	
电　　话	（010）52257143（总编室）　（010）52257140（发行部）	
电子邮箱	eo@chinabp.com.cn	
经　　销	全国新华书店	
印　　刷	三河市华东印刷有限公司	
开　　本	650 毫米 ×940 毫米　1/16	
字　　数	200 千字	
印　　张	14.5	
版　　次	2017 年 6 月第 1 版　　2020 年 5 月第 2 次印刷	
书　　号	ISBN 978-7-5068-6162-5	
定　　价	36.00 元	

潘吉印象（代序）

荆　歌

　　文学是寂寞的，也是快乐的。潘吉就是这样一位在文学海洋里享受寂寞和快乐的人。他的职业是警察，但爱好文学。那年我在苏州作协的一次小说年会上与他相识，虽然交往不多，却是一见如故，也让我改变了对警察的许多看法。他所居住的城市常熟，又是我当年读书求学的地方。因此，潘吉对我来说，更多了几分亲切。

　　常熟是苏州所辖的一个县级市，有着很深的文化底蕴。随便说说就有：孔子唯一的南方弟子、擅长文学的"南方夫子"言偃，清初诗坛盟主之一的钱谦益和美艳绝代、才气过人的柳如是，同治、光绪两代帝师的状元宰相翁同龢，被公认为晚清四大谴责小说中最有价值的《孽海花》的作者曾朴。潘吉生活在这样一个城市里，受着历史文化的熏陶，做着他的文学梦。他还每年都要出门游历，结交各地的朋友，开阔自己的文学视野。西藏的珠峰大本营、云南的香格里拉、四川的九寨沟、新疆的喀纳斯、甘肃的莫高窟、青海的金银滩、黑龙江的北极村、海南的椰梦长廊，都留下了他的足迹。由此，有理由相信，潘吉的文学之路会走得很长。

我居住的城市离常熟不远，开车上苏嘉杭高速，一个小时就到了。常熟地方不大，但它要山有山，要水有水，要文化有文化，要物产有物产。所以直到今天，我还是经常去常熟，秋天去赏桂花、吃蟹，冬天到虞山顶上一边晒太阳一边吃茶，一边看山下风景。在山顶上看常熟，一下子就明白了什么叫"锦绣江南"。所以外地来了朋友，我常常会把他们带到常熟去，带到虞山顶上。常熟常常去，但面对这个快速发展中的城市，路却经常不认得。凡迷了路，都是一个电话打给潘吉。我每次都希望，潘吉是开了警车过来接我，但他每次都是穿着便衣，开着私家车而来。看来，他不仅是一个善待朋友的人，也是一个公私分明的人。他身上有一种特殊的气质吸引着我。他的沉稳和细心，给人以十分可靠和信任的感觉。

潘吉的小说也是这样，给我的感觉始终是从容淡定的。说实话，我读他的小说不多，不过，在小说创作上还是有一些交流的。练气功的人，根据道行的深浅，分为"天眼通"和"佛眼通"，"天眼通"能看到过去，"佛眼通"能看到未来。小说家也要练功，练眼力，练到能够穿透生活。通过无聊，发现有聊。看起来是游走在生活的模糊地带，却有着深刻的清醒。文学评论家齐红女士在一次"苏州小说作者作品研讨会"上，对潘吉的小说做过这样的点评："小说中特别凸显人物的塑造，他会用一系列的材料，将人物个性表达得充分而彻底，人物在小说中隆重出场，自始至终站在舞台中央，人物的生活轮廓也比较清晰，我比较欣赏这种本分而朴素的小说表达方式。"

为了文学创作，潘吉常常处于寂寞之中，但作为一名从事公安宣传的警察，同时也担任地方作协领导，在工作和创作之余，也是文学活动的热心参与者和组织者。在他的策划组织下，吴江、常熟两地作协友好结对，并精心策划组编了吴江、常熟八位作家的小说、散文特辑，以"吴江常熟作家方阵"的形式在《红豆》杂志上整体推出，颇获好评。

潘吉的小说集出版，可以说是他创作的又一次总结。我想，这是他文学道路上的一个新起点。祝愿他一路走下去，走得更好！

（作者系江苏省作家协会专业作家）

目录

爱的变奏

真没想到，一向严肃寡言的父亲说了一句语惊四座的话。

"我要结婚了。"

这是我父亲七十岁生日那天，全家人围坐在一起为他祝寿时说的话。他说这话的声音很低、很慢，但每个字都咬得十分用力。我和老婆，弟弟和弟媳，加上我女儿和侄子两个孩子，六个人面面相觑，一脸愕然。

本来饭桌上还有我母亲，每次团聚，其乐融融，那张榉木做的八仙桌刚好够全家八口人坐。遗憾的是，一个月前，母亲带着她的病魔，离开了我们，去了另外一个世界，再也回不到我们身边。

那天，母亲走的时候，哭得最伤心的莫过于父亲。怎么刚过"五七"，母亲尸骨未寒，父亲就要做出如此伤感寒心的举动？于情于理都说不过去，亏他还是一个戴过公安局长帽子的老警察。

我望着一脸通红的父亲，心想他一定喝高了，说的胡话吧。

父亲见我们都不接话茬，又开口道："今天趁大家都在，算是跟你们招呼过了。"

看得出，父亲说这话不是儿戏，像是处心积虑早就决定的，俨然一副不商量、不妥协的态度。但这么重要的事情，即便是您个人的权利，也不能说结就结啊，总得跟我们两个儿子商量商量，听听家里人的意见吧。

弟弟半开玩笑道："哎，我说老爸，我们从没见过您有什么相好，跟谁结啊？"

父亲歪着头，看了一眼他的小儿子："这个，不用你操心。"

弟弟吃了个闭门羹，阴下脸："我是你儿子，怎么可以不操心呢，都这么大岁数了，还结什么婚，说出去不是让人家笑话嘛。"

父亲不甘示弱："我干了一辈子革命工作，想在有生之年追求自己的幸福，有错吗？"

弟媳是电台播音员，伶牙俐齿，她夹了一块父亲最喜欢吃的红烧肉，塞进他的碗里说："爸，追求幸福肯定没错，但结婚是人生大事，您可得想清楚啊，如今的再婚老人有几个是为了爱情，不都冲着对方的钱财。我们单位传达室的老张头就是上了一个野女人的当，非但被骗去了全部积蓄，还要走了一套房子，弄得人财两空，如今儿子、女儿都不肯收留他。"

父亲嘟哝一声，一副孩子相："我才不会上当受骗呢。"

坐在我父亲对面的老婆也开了口："现在的世道，人心叵测，这婚姻大事，是得谨慎一点。再说，找老伴无非是找个能说说话的人，不一定非要结婚啊。"

听在座几位的高谈阔论，话里话外分明都弥漫着反对声。我虽然比他们几个开明，但也很难一下子接受父亲的决定。

我注视着父亲，极力用和缓的语调，说："爸，我们小辈儿不是不同意您再婚，只是妈刚走，现在结婚是不是有点儿欠妥？况且我们还不知道对方是谁呢。"

父亲火了："是我结婚，对方是谁，跟你们有关系吗？"

弟弟抢过话头："老爸，当然有关系呀，您是我们朱家的镇家之宝，我们得保护您啊。对方是什么人，我们必须了解清楚，要是骗子呢，最终吃亏的还不是您和我们全家人。"

父亲压住火："这个暂时不能告诉你们，等我俩领了证，举行了婚礼，你们自然就知道了。"

"天哪，我说老爸，您是不是疯了，领证不算，还要举行婚礼，您老人家不会找的是黄花闺女吧？"弟弟从小被父亲宠坏了，说话的口气总是没大没小。

父亲苦笑了一下："呵呵，这回真被你说中了。"

"啊？您真找了个黄花闺女。如果是这样，那就更要了解清楚了。"弟弟显得十分惊讶，立刻用求助的目光投向我："哥，你说是不是？"

我附和道："爸，小宝说得没错，还是先摸清对方底细为好。人家年纪轻轻的，为何会看上您？对方一定有什么动机和目的。"

父亲瞪了我一眼："别拿动机、目的说事儿，我又不是罪犯，搞得像分析案情似的。"

弟弟皮笑肉不笑地说："爸，这就是重大案情，您觉得自己不方便，我们可以帮您调查。"

"这用得着你们调查吗？"父亲像一头发威的狮子，冲着我们咆哮："我知道你们年轻人对老年人再婚有意见，但这是我的私事，私事儿，懂不懂？"

弟弟一点也不害怕眼前这头貌似吃人的狮子："爸，就算是您的私事儿，但总得照顾一下地下有知的母亲和我们小辈儿的感情吧！"

"感情，这么多年，谁照顾过我的感情！"父亲口沫四溅，冒出了一句匪夷所思的话："告诉你们，这事是征得冯晓梅同志同意的。"

冯晓梅是我母亲的大名。她在世的时候，怎么可能同意自己丈夫娶妻纳妾找黄花闺女呢？如今什么年代了，不要说法律不允，道德也不许啊？难道原本那个忠厚正直的父亲，真的变了，变得会忽悠人了！

就这样，那句"我要结婚了"的话，成了父亲七十岁祝寿宴上一根引爆炸弹的导火线，惊得大家不欢而散。

夜深了，我躺在床上翻来覆去怎么也睡不着，脑海里全是父亲那句话。父亲想找个老伴儿，不是不可以，问题是现在找，真的不是时候。

自打母亲走后，没发现父亲有什么异样啊，除了悲伤，有几天吃不下饭，别的都很正常，还坚持去老年大学上课呢。怎么突然冒出了一个准后妈？让我百思不得其解。

父亲是个闲不住的人，退休后就成了老年大学一名忠实的学生，报了好几个班，什么绘画、书法、太极拳，五音不全的他还参加了老年合唱团，把每天的日程安排得满满的，哪有时间拈花惹草啊。

我最佩服父亲的，就是做事认真、有韧劲、有定力，人家上了一段时间的课就辍学了，可他好，风雨无阻，每堂课、每次活动都不落下。

现在想来，他这么积极去充电，莫非在这座夕阳红的高等学府里，也是"彩旗招展"？难道父亲在外面早有相好了，上课只是掩人耳目，谈情说爱才是真正目的，否则怎么会毫无征兆地突然说要结婚了呢？

在我的印象里，父亲是个讲原则的人，不会做出格的事，但这次真的出格了。还有，父亲为何不肯告诉我们对方是谁？这有违常理，说不定背后隐藏着什么秘密，但究竟是什么呢？

看来我必须行动了。只有弄清女方是何许人，排摸出那人的缺点和问题，最好是原则性问题，才能让父亲回头上岸。

妻子对我的行动持反对意见，说不能背着父亲进行秘密调查，应该正面做老人的思想工作，动之以情，晓之以理，让他自己收敛，否则可能会适得其反。

但弟弟、弟媳和我意见一致，父亲是个老顽固，一根筋，认准的事九头牛都拉不回，让他自己收敛，比登天还难。况且父亲经过这么多年的革命锤炼，口风紧得很，凡事都守口如瓶，不这样做，根本得不到任何有价值的线索。虽然他以前经常要求人家"坦白从宽"，但一旦轮到自己，恐怕也是个"抗拒到底"的主儿。

说起父亲的"德行"，我就来气。想当年他在位的时候，除了弟弟，家里人包括亲戚朋友，谁也没沾着这位局长大人的光。

父亲也太偏爱他的小儿子了，非但通过他的关系当了兵，后来退伍回来又通过他的关系，去了市里的文化稽查队。而我完全是靠自己的努力，考上了警校才进了公安。人家都以为我靠了父亲的关系，屁！非但没沾着老爷子的光，他还六亲不认，把我发配到一个最遥远、最偏僻的乡村派出所。

说出来不怕被人笑话，我所在的那个穷乡僻壤，生活条件十二分的艰苦。由于经费不足，所里为了改善兄弟们的伙食，搭了个猪棚，养了两头猪。可以说，我们这个所是全市唯一养猪的基层所队，而我恰恰又成了全市警察中首位饲养员，还美其曰，这岗位是朱局长钦定的，真会大义灭亲！

两头乳猪捉来的那天，同事们就不喊我名字了，叫我"猪倌"。老百姓都亲热地称呼我"朱警官"，唯有这帮小子，真缺德，非但把我的"警"字去掉，还替换了我们朱家尊贵的姓。

当然，不管养多少头猪，我仍是一名光荣的人民警察，养猪只是我的副业，派出所人手少，办案、走访、调处纠纷，张家长李家短，鸡毛蒜皮的事儿，什么都要干，什么都要管。

头几年，我还没结婚，按所里的规矩，除了休假日，未婚者每天都得住派出所。反正我也懒得回家，不想看见局长大人那张"关公"脸，不论上班还是休息，我都以所为家。为此，连续三年被评为"先进个人"，还受到省厅一次嘉奖。

相比我母亲，我还算幸运，反正不与父亲睡一个窝，说到底，没受他多大的气。可我母亲就惨了，嫁给我父亲真是倒了八辈子霉，这么多年几乎成了活寡妇。

年轻的时候，父亲在部队上，母亲成了光荣的军嫂，可光荣的代价是一年只能见一次面，那些思念的日子，恐怕只有我母亲自己心知肚明。后来转业到了地方，本想可以享受卿卿我我的两人世界了，想不到母亲又成了整天担惊受怕的警嫂。

有一回，父亲一个月没回家，跟人间蒸发似的，也不给家里捎个信。那个年代，通讯不发达，没有手机什么的，母亲只能干着急，又不好去单位问。父亲给我们全家立了规矩，工作上的事，谁也不许过问。

我猜想，父亲一定是去外地出差了。我不像母亲，倒希望他经常出差。父亲出差的好处有很多，没人管我了，就可以做自由飞翔的小鸟，每次父亲回来还有我喜欢吃的回头货。

一个月后，父亲缠着绷带、打着石膏回来了，这次非但没有回头货，还让我服侍了他好几天。原来，他这头狮子去南方丛林里觅食了，最终毒贩觅到了，自己也付出了惨重的代价。

在我印象里，父亲总是那么忙碌，好像缺了他，地球就不转了。很多时候，母亲一个人进入孤寂的梦乡后，父亲才姗姗回家；或是父亲还在热闹的鼾声里尽情高歌时，母亲已匆匆踏上早班公交车了。

一天深夜，我起来小便，发现父亲没睡卧室的床上，而是睡在客厅的沙发里。迷糊中，以为自己走进了谍战片的拍摄现场。

父亲和母亲年轻时还算般配，但自从父亲转业进了公安局，特别是当了局长后，两人的距离似乎越来越大。这种距离感，像一个无形的影子，时时在我眼前晃动，说不清，也触摸不到，可真实存在。

不过，母亲是个明白人，吃了那么多苦，也不因自己丈夫当上了保一方平安的父母官，就躺在安乐窝里享清福了。她还是她，一个普普通通的纺织女工，任劳任怨，直至退休。只是她的棉尘症的职业病越来越严重，经常咳嗽、胸闷、胸痛，甚至咯血。

倒不是因为我母亲有病，骨子里，父亲就有点儿看不起她。

我上初中那年，一向唯唯诺诺的母亲终于向父亲开了火。我不知道他俩吵架的原因，但有句话我至今记得："医生有什么了不起，纺织女工也有当国家领导人的。"

我不知道母亲说这话是什么意思，但至少说明一点，父亲喜欢白衣天使的医生，对吃苦耐劳的纺织女工有偏见。

起初，我对母亲的话有些不信。后来，经考证，在他们那个火红年代，确实产生过国家领导人的纺织女工。看来，母亲的话是有板有眼、有根有据的。

再后来我又知道，他俩的婚姻是"父母之命，媒妁之言"。

好在父亲也很本分，自从那次吵架后，他再也没和我母亲吵过架，也没跟我母亲闹过离婚，只是两个人的话越来越少，想必两人单独相处也很少有卿卿我我之举了。用现在的话说，亲情胜于爱情。

父母之间的事，我不想过多地去议论。现在要做的，就是设法知道那个即将成为父亲第二任妻子的是谁，尽快找到一个能阻止父亲结婚的理由，还母亲一个公道。

但这样的寻找是有难度的，首先要找到这个号称"黄花闺女"的女人，然后再找出这个女人身上所有的缺点和她不适合与我父亲结婚的真凭实据，甚至包括她的家庭背景和社会关系。

我知道，父亲的反侦察能力很强，在部队时当过侦察连连长，到了公安上又担任过分管刑侦的副局长，可谓是侦察领域的高手。如果直接盯梢跟踪，恐怕只会事倍功半，甚至前功尽弃。

于是，我决定采用迂回战术，先从母亲生前好友入手，这样做虽然与目标距离有点儿远，但安全系数高，如果幸运的话，说不定会有意想不到的收获。

我首先想到了张阿姨。

她和我母亲是纺织厂的同事，两人一同进厂、一起退休，算是母亲的资深闺蜜。

张阿姨曾一度想认我做她的干儿子，后来不知什么原因没再提起，兴许是大人们闲聊时开的一个玩笑。

我倒一直盼着做张阿姨的干儿子，因为多个干妈可以多穿一身新衣裳，多吃一包甜甜蜜蜜的粽子糖。那个时候，家庭经济条件有限，每年只有到了春节才有新衣裳穿、才有粽子糖吃。

母亲在世时，张阿姨经常来我家玩儿，对我们家的情况很了解，对我父亲也很熟悉，说不定我们不知晓的隐私，她都知道。

寻找张阿姨并不难，如果不出意外的话，每天傍晚6点，她会准时出现在红梅广场跳舞的人群里。

母亲没生病的时候，也被她拉去臭美过一段时间。后来母亲被查出肺癌晚期（我不知道跟她棉尘症的职业病有没有关系），就再也没有去那个留下她无数快乐脚步和欢声笑语的红梅广场。

那天，我踏着《我和草原有个约定》的舞曲节拍，来到红梅广场。广场上除了跳舞的人，看客也不少。身旁一位与我父亲年纪相仿的老先生，虽然没进舞群，但很投入，一边手舞足蹈，一边和着舞曲轻声哼唱：

> 我曾在远方把你眺望，我曾在梦乡把你亲近，我曾默默为你祈祷，我曾深深为你牵魂……

舞曲换了一首又一首，从《我和草原有个约定》跳到《爱情买卖》，仍不见张阿姨的身影。难道她不来跳舞了？

寻不到张阿姨，我只能再等等。

《爱情买卖》的歌词很另类："出卖我的爱，逼着我离开，最后知道真相的我眼泪掉下来。"

当我第二次听到这句歌词的时候，终于发现了舞姿翩翩的张阿姨。看来今天她迟到了。

张阿姨与我母亲同岁，看上去一点儿也不老，身材窈窕，走起路来，挺胸、收腹、翘臀，一看就是有舞蹈功底的。

我欣赏张阿姨的优美舞姿，也可以说，欣赏她的生活状态。

听我母亲说过，张阿姨是厂里的文艺骨干，跳舞唱歌样样拿手。我母亲要是有她一半的开朗，也不至于走得这么早。俗话说，七分心情三分病，是有道理的。

可我不明白的是，母亲不善言辞，木讷得很，她与张阿姨完全是两条道上的人，怎么会走得这么近呢？

后来我发现一个规律，张阿姨每次来我家，只要我父亲在家，她就待得时间长，否则就待得时间短。但看不出，她与我父亲有什么暧昧举动。

张阿姨曾跟我母亲说过，她从小的理想是当个女军人；后来理想没实现，就降低了要求，做个军官太太也行；再后来这个要求也没达到，最终嫁给了同厂的一个锅炉工。因此，她很羡慕我母亲嫁给了我父亲。

兴许，张阿姨并非喜欢我父亲，只是喜欢军人而已。

我父母那个年代，是崇拜英雄的时代，军人是英雄的象征，所以，张阿姨喜欢军人也在情理之中。

据我了解，张阿姨有个爱她的老公，有个幸福的家庭，如今儿孙满堂，应该不会是我父亲的结婚对象，所以我可以大胆地向她了解情况。

等一曲终了，一曲还没开始的间隙，我抓住机会，踮起脚向舞群里的张阿姨招手示意。

张阿姨还是那个样子，爱说爱笑，风风火火，见了我，就扯开了纺织女工特有的大嗓门儿："小军，你怎么也来跳舞了？"

我微笑道："张阿姨，我不是来跳舞，找您的。"

张阿姨一脸惊讶："找我，有事？"

"嗯，其实也没啥大事。"我欲言又止，不知从何说起，就改口道："您身体还好吧？"

"很好，很好，吃得下，睡得着。"张阿姨说着就想起了我母亲，把话锋一转："唉，就你妈命苦，这辈子嫁了个好男人，没过上好日子就走了。"

我接过对方的话，故意问："谁是好男人？"

"你爸呀！"张阿姨不假思索地说。

我顺水推舟："他有什么好，我妈刚过'五七'，就嚷着要结婚。"

张阿姨听了我的话，立即皱起眉头："结婚，跟谁？"

我也皱着眉头："就是不知道要跟谁，您和我爸是同龄人，也许比我更了解他，所以来问问您。"

张阿姨摇着头说："我也不知道，从没听他说起过呀。"

"我爸以前有过相好吗？"我斗胆问。

张阿姨打量着我："应该没有吧，你爸正直，讲原则，呵呵，甚至有点儿冷血。"

"我妈刚走，就闹着要结婚，您还说他讲原则，这么没有良心，说他冷血才对呢！"想起父亲从来不把自己家当个家，都是母亲一个人操持的，还含辛茹苦把我和弟弟拉扯大，我恨不得多说几句父亲。

张阿姨沉思片刻，说："也许你爸有他的苦衷。"

"他有什么苦衷，只会训人。"我对父亲的坏情绪一上来，就有点儿收不住了。

张阿姨似乎站在我父亲一边："小军，不能这样说你父亲。"

我嘟哝着嘴："我才懒得说他呢，现在只想知道是谁把我父亲的魂儿勾去的？"

张阿姨轻声说："那你应该直接去问你父亲啊。"

"问了，不肯说啊。"我恳求道："张阿姨，您帮我想想，对方那人会是谁呢？"

张阿姨在自言自语的思索中："是啊，该会是谁呢？"她想了一会儿，突然眼前一亮："会不会是她！"

我急切地问："她是谁？"

"听说曾救过你父亲的命。"张阿姨的话，像给了我一棵救命稻草。

我抓住稻草不放："救过我父亲，怎么回事？"

"具体情况我也不太清楚，只是以前听你母亲说起过。"张阿姨的这棵救命稻草很快失去了拉力。

"哦，那她现在人呢？"我继续拉着救命稻草，不肯松手。

"有时也要来广场跳舞，但最近好长一段时间没见着她了，听人家说，她老伴儿三年前车祸死了，至今单身一人，有好几个老头正追求她呢。"张阿姨说得有板有眼。

"她叫什么名字，住哪里？"我有点儿迫不及待。

张阿姨想了想说："只知道姓姚，是个医生，已退休，具体住哪儿不清楚。"

"张阿姨，您再好好想想。"我有些兴奋，突然想起初中时父母的那次吵架，母亲那句话令我记忆犹新："医生有什么了不起，纺织女工也有当上国家领导人的。"看来，张阿姨提供的这个人，有戏。

在我软磨硬缠下，张阿姨极力调动脑海里的记忆，想了好长一会儿，终于理出一条非常有价值的线索："对了，那个姚医生就在你们公安局医务室工作。"

听张阿姨这么一说，我立刻想起来了，局里医务室还真有一位退休被返聘的姚姓女医生。呵呵，看来我得去会会她。

医务室就在市局大院东北角的一栋两层小楼里，当初还是我父亲在位时一手建起来的，为的是体现从优待警，方便全局干警就医配药，当然也包括离退休人员。

姚医生来医务室那年，刚好我妻子怀孕生孩子，当初父亲还介绍我向她咨询有关生育方面的知识，因此印象很深。虽说那时父亲已从局长岗位上退下来，但姚医生来局里发挥余热，不排除我父亲从中起了作用，如果他俩真有那么一层关系的话，那嫌疑就大了。

来到医务室，看到姚医生刚送走一位拄着拐杖的就诊老人。阳光透过走廊的窗户，温暖地晒在姚医生的身上，修长的身材让穿白大褂的她显得更有范儿，如果不论年龄的话，完全可以用亭亭玉立来形容。

姚医生见了我就热情招呼："朱队长，来配药啊。"

我早就想好了一个能与她长聊的办法："噢，姚医生，最近我老觉得胸闷，想请您看看。"

"朱队长，你身强力壮的，怎么会胸闷呢，是不是遇上什么压力了？"姚医生说话的语气很温柔。

我望着姚医生："我们做刑警的，要说压力天天有，案件不破，压力就更大，但我都习惯了，也不至于胸闷啊，会不会是别的原因？"

姚医生建议："要不，给你做个心电图，如果有问题再去医院看医生。"

"好啊。"我点头应诺。这真是我要的结果，就随姚医生走进隔壁的心电图室，里面的环境比较私密，便于说话。

我躺在医检床上，任凭姚医生摆弄。我不知道，父亲是不是经常被眼前这个风韵犹存的女人摆来弄去的？

姚医生的手，纤细柔软，水做似的，触碰到，会有一种酥酥麻麻的感觉，像导了电。姚医生除了有一双柔美的手，说起话来也很柔和。她是地道的苏州人，听她说话，吴侬软语，宛如吃了糯米团子，很受用。如果哪个男人遇上这样的女人，只要年纪适当，想娶她做老婆的心思都有。

心电图仪发出了轻微的滑动声，记录着我心脏的变化，但它能知道我此刻内心的想法吗？姚医生撕下记录单，仔细看了一下说："你的心脏，没问题。"

"谢谢姚医生。"我半坐在医检床的床沿上，故意赖着不走："那胸闷，是怎么回事？"

姚医生耐心地跟我解释："胸闷，分两种：一种是功能性胸闷，人在密不通风的环境里逗留时间过长，或遇到某些不愉快的事情，甚至与别人发生口角、争执，都可能产生胸闷的感觉，但这没什么大碍，换个环境，放松一下自己就会好的；另外一种是病理性胸闷，这就需要注意了，有可能是心脏或肺部出现了问题，也有可能是呼吸道受阻，再有可能是膈肌病变或体液代谢和酸碱平衡失调，还有，抽烟也会引起胸闷。"

我故作惊讶："一个简单的胸闷，有这么多复杂的原因啊。"

"是啊，建议你最好去大医院彻底检查一下。"姚医生知道我是老局长的公子，便主动问起了我父亲："你父亲好久没来配药了，他身体很好吧。"

我见机会来了，立即接过对方的话题："嗯，身体很好，但精神出了问题。"

姚医生忙问："他受什么刺激了？要紧吗？"

"他会受什么刺激，老糊涂了。"我看到姚医生一副紧张、心疼的样子，猜想着父亲在她心目中的位置。但她说我父亲"好久没来配药了"，又说明他俩有一段时间没联系了。就这点而言，似乎又不像我父亲的结婚对象。

姚医生追问道："你说的糊涂，有啥症状？"

我故作神秘，压低声音说："您不知道，他最近要结婚了。"

姚医生没反应过来："你说什么？"

我又重复一遍："我父亲，要结婚了。"

姚医生这下听明白了，一愣："你父亲要结婚了？"

"嗯，但不知跟哪个老相好。"我一边说，一边观察姚医生的反应。

姚医生瞪了我一眼："小朱，不能拿你父亲开玩笑。"她不再叫我"朱队长"，想必有点儿失态了。当然，我看到的只是表面，人家内心深处究竟藏着什么，恐怕谁也不知道。

我一脸严肃："不开玩笑，真的，他已经跟我们全家人宣布了。"

姚医生一副失落的样子："难怪好久没见他来书法班上课了，我还以为他仍在痛失亲人的悲伤里没走出来呢。"

怎么！父亲没去老年大学上课？我心里一震。

听了姚医生的话，我也差点儿失态。难道父亲真的约会去了？但他报的班很多啊，或许最近一段时间上的不是书法班，而是绘画班呢。我知道，父亲每天早上的太极拳班和晚上的合唱团排演是雷打不动的。

我平复了一下心情，问姚医生："您也在老年大学练书法？"

姚医生说："嗯，练了三年了。"

三年？姚医生的话，印证了张阿姨之前所说，她老伴儿三年前死于车祸。想必，书法这一国粹艺术，已让姚医生找到了新的伴侣。父亲好久没去书法班上课，也佐证了他的新伴侣并非姚医生，而是另有所人。

排除了姚医生的嫌疑，本可以告辞了，但转念一想，排除结婚的可能不等于排除所有的情感，既然开了这个口子，干脆通过她了解一下父亲的过去，兴许能寻觅到父亲背后那个神秘女人的蛛丝马迹。我问姚医生："听说您救过我父亲。"

"你听谁说的？"姚医生一脸惊讶，但惊讶的脸上写着几许自豪。

我语气肯定："是有这回事吧？"

姚医生笑了笑："我是一名医生，救死扶伤是我的职责。"

我顺水推舟道："能讲讲您救我父亲的事吗？"

"都是些陈年旧事了，举手之劳，不值一提。"姚医生的话有些扭捏，不爽快。

我央求着姚医生，希望她把真相告诉我，因为父亲从来不跟我和弟弟讲他过去的事，尤其是与女人有关的事，好像他这个人跟世界上所有的女人都不相干，包括我母亲。父亲给我的感觉是，他像电影明星高仓健，看似很冷，但很酷，很有女人缘，却从没发现他出轨的蛛丝马迹。

姚医生看我一脸诚恳，便打开了话匣子："那是你父亲所在的部队参与一次地震救援，强烈的余震，将他一米八的身躯掩埋在断垣残壁下，经过战友们的全力施救，才把你父亲从废墟里挖出来。送到我们陆军医院时，他已昏迷，需要立即手术。当时我是一名刚从医科大学毕业的实习医生，也是第一次进手术室。由于你父亲失血过多，急需输血，但医院里的 O 型血刚用完，而我刚好是 O 型血，就把我的血输给了他。"

望着眼前这位弱不禁风的姚医生，我心中多了一份敬意。想不到，她是这么一位心灵美好的女军医，我父亲的体脉里流淌着她的鲜血。

姚医生告诉我，她丈夫原来也是部队的，后来转业回老家，她也随之一起转业来到这座城市，进了第一人民医院，如今退休了，反正在家也闲着，所以来公安局医务室发挥一点儿余热。

我说："姚医生，您年轻时一定很漂亮吧，追您的人肯定不少。"心想，当初父亲住院期间，说不定彼此就有好感了，否则她怎么知道我父亲一米八的个头呢？

姚医生微笑着说："哪有人追我啊，年轻的时候，我像只丑小鸭，又黑又瘦。"

我看了一眼风韵犹存的姚医生，壮大胆子问："我父亲没追过您？"

姚医生瞪了我一眼："亏你想得出，怎么追？"

"怎么不能追？"我故意道。

"当初你父亲已经结婚，连你都有了。"姚医生记忆的闸门完全打开："你母亲抱着你，还来医院探望过你父亲呢，我记得，当时你出生才几个月，肉嘟嘟的，很可爱，我们医院的好多医生护士都喜欢逗你，一逗，你就歪咧着小嘴笑。"

我"哦"了一下，对刚才的判断有些失望。我不知道自己的内心是不是有些阴暗，老往男女方面想，也许他俩真的仅仅是革命军人的战友情谊。

我说："姚医生，真的要感谢您，您用鲜血换回了我父亲的生命，否则我就是一个没爹的孩子了。"

姚医生莞尔一笑，说："你父亲命大着呢，听说后来有一次部队实战演习，发生意外，你父亲又死里逃生。"

"真的？"我惊讶地问："又是谁救了他？"

"听说是跟他搭档的指导员，具体情况我就不清楚了。"

　　我同意姚医生说法，我父亲命大，但所有的事他跟我们家人，尤其对我和弟弟都守口如瓶。

　　姚医生在与我滔滔不绝的聊天中，突然回忆起了一件事，她说："在抢救你父亲的时候，我用剪刀剪开他的军装，发现上衣口袋里有一封被鲜血染红的信。"

　　"信，什么信？"我很好奇。

　　姚医生鬼魅地看了我一眼："我没看过这封信的内容，但十有八九是封情书。"

　　我说："你们那个年代，一封家信，很正常啊，您怎么会猜它是情书呢？"

　　"女人的直觉。"姚医生自信地说，"你父亲醒来的第一句话，就急着问医生，他口袋里的信在哪里？"

　　当然，父亲的这句话，不能证明那封信一定是情书，但也不排除情书的可能性。问题是谁写给他的，还是他写给谁的？这账我记着，以后找机会问父亲。

　　跟姚医生的交流颇有收获。

　　去老年大学上课这件事，如果姚医生说的是真话，那么父亲跟我们说假话的嫌疑就大了。我判断他这段时间没去老年大学上课，或者说去老年大学上课只是一个幌子，目的是去见那个准备跟他结婚的女人。

　　为了证实我的判断，我决定去老年大学实地查访。

　　老年大学坐落在鸟语花香、绿树成荫的花山脚下，是一处修身养性的好地方，与它相邻的是一家老年福利院，以前我曾去那里做过志愿者，所以没走什么弯路就径直到达了目的地。

　　我泊好车，耳畔就传来一阵优美的歌声，抬头望去，歌声是从老年大学二楼教室的窗户里飘出来的：

来不及等待，来不及沉醉，噢，来不及沉醉，年轻的心迎着太阳，一同把那希望去追，我们和心愿，心愿，再一次约会，让光阴见证，让岁月体会，我们是否无怨无悔，再过二十年，我们来相会……

我想象着父亲唱歌的样子，要是他也在其中，一定张大了吃汤团般的大嘴，操着那五音不全的嗓门儿，一个劲儿地摇头晃脑。

我苦笑了一下，下了车，锁好车门，走进教学楼对面的办公楼。

教务处就在办公楼的底层，我要找的王主任，是我同事小王的父亲，来之前小王已跟他父亲打过招呼。

或许知道我是他儿子的领导，小王的父亲很热情，又是泡茶，又是递烟。不管是不是因为有这层关系，我感觉眼前这位父亲比我父亲要和善得多，面慈目善的，连说话都温文尔雅。

我说，不会抽烟。寒暄了几句，说明来意，他就让隔壁办公室的工作人员帮我查。

查找的结果令我十分惊讶，父亲除了书法班，其他兴趣班，包括绘画、太极拳、老年合唱团都没报过名，更不用说参加了。这一年来，除了一周两次的书法班学习外（而且最近一个月几乎没来上课），其余时间去哪里了？

看来，情况已基本明了，最靠谱的解释是，他跟那个准备结婚的女人幽会去了。

事实果真如此，我的猜测很快得到了印证。

那天，我跟踪了父亲，终于发现父亲的去处。地处城北的幸福巷 13 号就是他的一个"据点"，我跟到门口望了一眼，没敢进去，生怕被父亲发现。

小巷里行人稀少，安静得很。我走到小巷的另一头，看到一位老阿姨正坐在门口绣花，便上前搭讪。

"阿姨，打听个事，这条街叫幸福巷吗？"我明知故问。

老阿姨抬起头，狐疑的目光越过老花镜上方的边框，打量着我："你找谁？"

"13 号里有没有一个叫朱德康的人？"朱德康是我父亲的名字。

老阿姨放下手中的活儿，扶了扶鼻梁上的眼镜，想了想说："没听说这个人。"

"那 13 号里住些什么人？"我继续挖掘。

老阿姨似乎有些不耐烦："13 号是个大院户，里面住着十几户人家呢。"

"哦，阿姨，谢谢啊。"看来问不出什么有价值的，还是先撤吧，免得被父亲撞见。

离开幸福巷，我就去了城北派出所。那里有我警校的学弟小刘，是分管社区工作的副所长，请他帮忙。

从户籍资料看，幸福巷 13 号共有住户十三家，其中本地住户六家，外来租住户七家。

首先被我排除的有九家，六家是小夫妻组合，一家是兄弟俩，一家是丧偶的孤老头，一家是一个瘫痪在床的老太和一个结了婚户口未迁的儿子。

剩下的四家都有疑似女子，有待进一步甄别。

最可疑的是那个与女儿女婿一起生活的离异老太，年龄比我父亲小六岁，法院退休，可谓门当户对。女儿、女婿都在检察院工作，有一读初中的儿子。女婿是外地人，从小孩姓氏可以看出，他是入赘进这户人家的。

这是一个有些怪异的四口之家。老太为何离婚？何时离的婚？

将成为我调查的重点。

我首先想到了法院的小金，他在办公室工作，我俩是多年的朋友。

小金告诉我，那个老太退休前就是他们办公室的，人称"老妖婆"，心胸狭窄，最大的特点是，除了上班穿工作服，平时一年四季都穿黑衣裳，不知什么原因，退休那年与老伴儿离了婚，退休证和离婚证几乎是同时办的，两证一起办的人不多，也算是他们法院的一朵奇葩。

我求小金："帮我打听打听，到底是什么原因离的婚？"我怕父亲是个第三者，所以得调查清楚。

小金很轻松地把手一挥："离婚原因很简单啊，夫妻感情确已破裂嘛。"

我瞪了他一眼："你们法院这些青天大老爷，不是说你们，怎么老是以'感情确已破裂'这种简单、模棱两可的理由判人家离婚。感情是什么，感情这种事真的如'确已破裂'这么简单吗？"

小金辩驳道："这是离婚的法定条件呀，过去对'感情确已破裂'认定确实有些模糊，但现在不同了，《婚姻法》（修正案）第32条所列举的五种情形，就是对夫妻感情确已破裂的具体认定。"

我还是不服气："那你说说，那个老妖婆离婚是五种情形中的哪种情形？"

小金眨巴着眼睛说："兄弟，你就别逼我了，管她什么原因离的婚。"

看来，小金真的不知道老妖婆的离婚原因，但提供了一个至关重要的信息：那个老太不久前通过涉外婚介找了一个外国老头儿，那人在中国已经做了好几年托福外教，上个月两人还去了夏威夷度假。而且，前不久他们已经搬了新家，只是户口仍挂在幸福巷13号。

我舒了一口气，看来这个女人不是我父亲的结婚对象。

剩下的三个疑似对象，甄别工作也很快有了结果。

一个是捡垃圾的老妇人，可能性几乎是零，我父亲曾经是堂堂一个局长，不可能找一个捡垃圾的，当然，我并非小看捡垃圾的人，只是太不门当户对了吧。

第二个是一位离异的中年妇女，一年前就去了女儿上大学的外地陪读，也很快被我"派司"掉。

最后一个年纪轻的，据分管幸福巷的派出所社区民警介绍，那女孩儿与父母不住一起，未婚单身，家里养了很多猫，终日与猫为伴。

父亲应该不会跟她，但也不能轻易排除，往往最不应该的也是最有可能的，如今的社会，老夫少妻屡见不鲜，早就见怪不怪了，之前不是有媒体大肆报道过，一个耄耋老人和一个如花女子，两人相差五十多岁牵手结婚而成为旷世美谈。

不过，我父亲最讨厌猫，有一年，母亲抓了一只流浪猫回家，硬是被父亲赶出了家门，为此两人冷战了一个月。

看来，这个年轻女孩，也不太可能。不对，我突然想起那天弟弟和父亲的对话，他不是亲口承认自己找的是黄花闺女吗？难道父亲真的找了这个爱猫的未婚女孩？此人的嫌疑，一下子又上升了。

正当我为此纠结的时候，一起抢劫案让我彻底解除了对她的怀疑。

那天晚上，我在队里值班，城西派出所打来电话，称花山脚下的红梅园附近发生一起抢劫案，受害人被犯罪分子捅伤，抢走一只LV包，内有身份证、银行卡、现金等财物，目前受害人已送医院救治。

我问明了大致情况，直奔医院。

在医院，见到了受害人，还好，那个女孩被劫匪伤了手臂，并无生命危险。通过简单询问，知道了受害人基本情况及案发经过，令我惊讶的是，她就是那个住在幸福巷 13 号的爱猫女孩，陪伴在病床旁边的男孩是她认识快一年的男友。

我友善地看了女孩的男友一眼，一颗悬着的心落了地。

这次貌似严谨的调查，结果令我大跌眼镜，居然无功而返。难道父亲去幸福巷 13 号不是会他的结婚对象？那他去那里干吗呢？还是那个人在我眼皮底下溜走了？我决定重新梳理一遍。但梳理的结果，依然让我失望。

弟弟说我笨，埋怨我到现在还没把那个女人挖出来，对我这个当刑警的哥哥颇有微词。

我没好气地说："我调查的不是罪犯，而是生我养我的父亲，你看哪个外科医生亲自动手给自己父亲开刀的，别见人挑担不觉累。"

"哥，你是公正执法的人民警察，哪来这么多儿女情长，破案可不能讲情面啊。"弟弟摆出一副对人"马列主义"的腔调。

弟媳在一旁打圆场，责备自己的丈夫道："你不能少说两句，像你父亲这样的高手，一旦作案，破案难度肯定很大，我相信哥一定能侦破，早晚会水落石出的。"弟媳的话看似鼓励，实则催促。

老婆双手叉在胸前，也跟帮着埋怨我："当初我叫你做父亲的思想工作，让他自己说，你不听，非要暗中调查，到头来还不是竹篮打水一场空。"

我对老婆说："你又不是不知道父亲的脾气，让他自己交代是不可能的事，除非太阳从西边出来。"

"哥，我看你不能再搞什么外围调查了，不入虎穴，焉得虎子，干脆直捣他的老窝，来个短兵相接。"弟弟一副轻松的口气。

弟弟和弟媳软硬兼施的"威逼"，让我倍感压力，决定再跟踪一次父亲，这次尽量跟得紧一点儿，看看对方到底是何方神仙？

自从弟弟成家立业搬出去住后，我和妻子，还有我女儿就跟我父母一起生活。

有段时间，当时母亲还健在，父亲闹着要去小儿子家，但他和小儿媳合不来，住了没多久就被我弟弟送回来了。

有句话说得没错，距离产生美。现在，弟媳不跟我父亲一起生活，关系反而好了，还经常买补品孝敬他老人家。

当然，我作为长子，理应照顾好父亲，即便两个儿子分工的话，按我们这儿的风俗习惯，也是大儿子照顾父亲，小儿子照料母亲。

今天是周日，我本想睡个懒觉，但一想起老父亲结婚这件迫在眉睫的窘事，就早早起了床，准备再跟踪一次父亲，看他进幸福巷13号哪户人家的门。

我乔装打扮了一番，找了顶鸭舌帽，又找了副平光眼镜，静候父亲行动。

父亲还是老时间起床、漱口、洗脸，穿上运动服，又换上运动鞋，一副早锻炼的样子。

我见他出了门，就一路尾随。

清晨，空气特别新鲜，太阳还没出来，路边树上的小鸟已经在放声歌唱，马路上除扫地的清洁工，大多是早锻炼的行人。我和父亲保持一定距离，既不让他发现我，又不让其脱离我的视线。

父亲拐了一个弯，就向红梅广场走去。我紧随其后，生怕跟丢。

广场上的人稀稀拉拉，几乎是清一色的大爷大妈。有打太极拳的，有练木兰剑的，有跳交谊舞的，也有毫无招式，纯粹甩甩手、扭扭腰的。

由于广场空旷，遮挡物少，这给我的跟踪增加了难度。我压了压头上的鸭舌帽，推了推鼻梁上的眼镜，放缓脚步。父亲突然站在广场中央不走了，我不知道他是在观察广场上早锻炼的人，还是在观察我这个跟踪者？父亲应该没发现我吧，我暗暗安慰自己。

父亲逗留了片刻，甩了甩手、扭了扭腰，然后向广场一头走去。

我略弓着背，连忙跟上去。穿过广场便是一个十字路口，我得跟紧了。

父亲没过马路，而是往不远处的一个公交车站走去。他上了101路公交车，我傻了眼，这与上次跟踪的线路完全不一样。

我赶紧拦了一辆出租车，让的哥给我咬紧了。

101路公交车到了终点站，见父亲下了车，我才知道，这儿离幸福巷不远了。以前，都是自己开车，对公交线路不是太熟悉，想不到父亲防范意识很强，演了一出金蝉蜕壳戏。

我心想，让你演，看你还往哪里跑？

果然，一会儿父亲就拐进了幸福巷。我来到离巷口一米的地方，稍停片刻，做了个深呼吸，正想探头拐弯，父亲突然出现在我面前。

"小子，牛啊，竟跟踪起我来了。"父亲说话不紧不慢，让我惧怕。

我把鸭舌帽拉低，想转身逃跑。

父亲厉声道："站住，把帽子和眼镜摘了。"

"爸……"我只好停住脚步。

"还知道我是你爸，怎么对自己的父亲也玩这种小把戏。"父亲的话硬得像根针，直刺我的小心脏。

"我……"被父亲逮了个正着，我还能说什么。

"小军，亏你还是个警察，其实你的行踪，早就在我掌控之中。"父亲的话依然硬生生，但掩饰不住几许得意。

我站在父亲面前，低头不语。在这个时候，也许，沉默是最好的抵抗。

父亲继续说："你跟踪我，无非想知道她是谁，你这样做，也改变不了我的决定。"

"爸……"我依然无语。

父亲一副大义凛然的样子："你不是要知道她是谁吗？我现在就可以带你去见她。"

没想到父亲会来这么一招。看来，狭路相逢勇者胜，姜还是老的辣。我心里低叹一声：早这么说，我也不必耗那么大的精力调查跟踪了。现在倒好，他成了主宰，我成了小人。当然，我不得不承认，在父亲面前，我真的不是他对手。

幸福巷 13 号，虽说是个老居民区的大杂院，但给人的感觉一点儿也不杂，粉墙黛瓦，像是刚被整容过的，甚至连攀附在外墙上的电线，也都套上了乳白色的 PVC 管，只是房屋的朝向各异，且一进又一进，宛如进入了一个迷宫。

我跟着父亲轻车熟路的脚步，经过左拐、右拐、再左拐，最后停留在一扇几乎掉完了漆、裸露着本色的木门前。

父亲站在门口，做了个深呼吸，转头用毫无表情的目光扫了我一眼，然后曲指敲了两下门，稍作停顿又敲了两下，像地下党的接头暗号。

门并没上锁，被父亲轻轻推开。

父亲提脚跨进了门槛。我缩在后面，委实有些紧张，心儿"怦怦"直跳，不知如何面对屋里那个即将出现的人。这种不淡定的表现，简直有损一个堂堂刑警队长的形象。

就在我像父亲那样抬脚跨进门的时候，身后突然响起了一个高亢的声音："喂！你是谁？"

这个短促的疑问句，像一雷电，差点儿把我击倒。

我稳住脚步，立即转身，发现站在我身后的是一个陌生女人，五十开外，大脸盘，小眼睛，手里提着一环保袋，几片嫩绿的茭白叶儿不安分地从袋口伸出头，一看便知，从菜场买菜回来。

难道眼前这位穿着朴素的妇女，就是我父亲的结婚对象？

父亲听到声音，转身跨出门槛，跟对方招呼："林阿姨，是我。"

"哦，是老朱局啊，我还以为是谁呢。"林阿姨的脸立即阴转晴。

"今天还好吧？"父亲关切地问。

林阿姨说："大清早就尿了一把，刚才出门买菜前，刚给换干的。"

两人的话，听得我一头雾水。大清早谁尿了一把？给谁换干的？不会是林阿姨她自己吧。

父亲似乎不急于把我介绍给眼前这位林阿姨。他对林阿姨说："我进去看看，你先忙啊。"

"嗯。"林阿姨应了一下，把环保袋里的菜，倒在门口靠墙的水泥台上准备择菜，不再与父亲攀谈。

父亲转身对我说："小军，跟我来。"

"嗯。"我应着父亲的话，像服刑的因犯，只有跟着管教走的份儿，也不知道接下来会发生什么。

父亲来到右手边的一个房门口，轻轻一推，进到里边。

这是一间向阳的房间，但里面似乎有些阴暗，朝南的窗户被布帘遮挡着。屋内的陈设很简单，几乎没什么像样的家具，最抢眼的莫过于靠墙那张老式雕花床，看上去年代久远但不失精美，悬挂在雕花床上的洁白帐幔，似乎更衬托出它的高贵和雍华，也让这张床变得如梦如幻，有一种穿越时空的感觉。

父亲走到床前，俯下身，大声说："玉珠，我来看你啦！"

我一愣，这才发现，洁白的帐幔里躺着一个人，一个目光呆滞的老妇人。我躲在父亲的身后，不敢靠近。

床上的老妇人，几乎一动不动，从她嘴里发出的粗粗喘息声，才分辨出，她还活着。

"小军，你过来。"父亲侧了一下身体，示意我上前，好让我看清老妇人的真面目。

　　我似乎明白了什么，但又不能完全确定。刑警的判断力，此刻正经受着严峻的考验，我无法用正常思维将父亲与眼前这个女人联系起来。

　　父亲看了我一眼，用极其平静的语气说："看到了吗，这就是你想要知道的人。"

　　我无语，这是一个超乎想象的女人，难怪我排查不出。我无颜，我这个刑警队长怎么当的，竟把她给放过了。在我的深深自责中，一个巨大的问号又充盈着我的脑海：她究竟是怎样一个女人，居然让冷酷的父亲如此狂热？

　　父亲坐到床沿上，再次凑近老妇人，生怕她听不到，大声道："玉珠，我儿子也来看你啦，他知道你为我等了一辈子，现在终于熬出头了，很支持我俩结婚，说应该给你一个名分。"父亲说完这话，还没等我反应过来，又转身对我说："小军，你说是不是？"

　　我被父亲的惊人举动搞晕了，尴尬地立在床头，不知所措，只好支吾了一下，动了动涨乎乎的脑袋，既像点头又似摇头，完全是一副皮笑肉不笑的熊样。我的心在颤抖，不知该作出一种怎样的回答，才不会伤及无辜。

　　老妇人瞪大眼睛望着我，蓦地有了回光返照般的反应，那干裂的嘴角微微上扬，脸颊的皱褶里泛起一丝难于言说的微笑。

　　面对这样一个女人，我还有必要去寻找她身上的缺点来制止父亲的行为吗？恍惚间，我有了被俘虏的感觉。此时此刻，此情此景，我还能做出绝情的抵抗吗？父亲不愧为老军人、老公安，做法老到，无懈可击，令我无法招架，也让我领略到了什么是"道高一尺，魔高一丈"。

　　这时，忽然又进来一陌生男子，毫无征兆地站在我身后。

　　我回头一看，着实吓了一大跳。

此人是谁？我上下打量着对方，顿然冒出一个连我都觉得害怕的惊人念头：无论脸型还是五官，眼前这个男人简直太像我父亲了。难道，他、床上的老妇人，还有我父亲，他们是……

我神情恍惚地站在屋子中央，天旋地转，仿佛经受了一次强震，感到一种难以言说的恐怖和无助。

父亲站在我和那个陌生男子中间，当了一回中介。通过父亲的亲口介绍，证实了眼前这个酷似我父亲的男子，确是老妇人的儿子。他叫李雷，小我七岁，目前在市图书馆监控室做保安。虽然他成家立业后就搬出去住了，给母亲请了个保姆，但每天仍要来看望母亲，还算孝顺。

我和他客套了几句，就和父亲一起离开了幸福巷。

回家的路上，我问父亲："李雷的母亲已经这个样子了，怎么儿子还跟她分开住？"

父亲叹了一口气说："唉，小伙子是不错的，他媳妇不肯与老人一起住，我做了好几次工作也没用。"

我幸灾乐祸道："爸，在我印象里，好像没啥难得倒您的。怎么，您这艘永不沉没的泰坦尼克号遇上冰山，也有翻船的时候？"

以前我父亲在位的时候，从不跟他开玩笑。现在，父亲退休了，离权力越来越远，准确地说，权力的影响力越来越小，我偶尔也会调侃他几下。但今天，在与父亲的调侃中，我有一丝说不清的愤懑。

父亲似乎没有生气，平和地说："年轻人自有年轻人的想法，我们老年人也有老年人的想法，我理解。"

"哟，爸，您老人家怎么开明起来了？"我依然调侃着父亲。

父亲正视着前方说："时代不同了，不管年轻年老，要尊重每个人的想法。"显然，他话里有话。

"爸，是不是壮志未酬，心不甘啊？"我像一头黄蜂，蜇着父亲。

父亲昂了昂头："是啊，壮志未酬身先死，长使英雄泪满襟。"没想到父亲会顺着我的话，把古人的诗句揉得如此顺溜。

我不想再刺父亲，便收住了话头。父亲和我，彼此沉默着，把所有的话语都倾注到自己的脚上，很快，淹没在车水马龙的人潮里。

回到家，父亲说要去老年大学上课。

不管他真去，还是假去，我也不希望父亲这个时候待在家里。趁父亲不在，我把今天的事原原本本跟老婆说了。

老婆听了有点儿迫不及待："快叫你弟弟过来。"

我说："过来干吗？"

"叫你弟弟过来商量对策呀。"老婆一脸认真。

我有些不耐烦："让我想好了，再跟弟弟说吧。"

"这有什么好想的。"老婆奇怪地看着我。

我不得不解释："你想，如果我把一切都告诉弟弟，以他的糙脾气，肯定会出乱子。如果冲到人家家里，那人已经奄奄一息，折腾得起吗？"

老婆无不担忧地说："但也不能便宜那人的儿子啊，一旦父亲和对方结婚，朱家的钱财真的被人家夺走，到时就晚了。"

我压住心头之火："我不是说你们这些银行职员，怎么一个个跟和珅似的，眼里只有钱。"

老婆白了我一眼："怎么说话的？你才和珅呢！"

"我有证据啊。"我振振有词，"上个月单位发工资，省里有一位民警大病特困互助基金需要每人捐款，会计为省事，从每个人的银行卡上划款，想不到，我们局里有个警察，银行卡上刚打进去的工资，几秒钟工夫就全没了。后来才知道，他老婆是你们银行的，只要丈夫的工资一发，她就会在第一时间转出去理财。你看看，你们的德性。"

"你们警察往钱眼里钻的人，不比我们少。再说啦，我还不是全为你们朱家着想。"老婆一脸委屈。

我正视着老婆："国家求稳定，家庭求和睦，我也是为了这个家着想啊，你们这样折腾下去，这个家还有安稳吗？"

老婆瞪着眼，像一只母老虎："到底谁在折腾？你问错人了，应该问你那个老不要脸的父亲，是他在折腾啊。"

"赵丽丽，不许骂我父亲。"我的火气一下子冒了出来，老婆的话触及了我的底线。

"朱小军，谁让你先冤枉我。"老婆也不甘示弱。

我平复了一下心情说："我怎么冤枉你了？你和弟弟他们不都是为了家产，才不让父亲结婚，而我顾及的是感情，只是觉得父亲现在结婚不妥。看来，我跟你们讲不到一起。"

老婆口吐飞沫："没有钱，谈什么情，情能当饭吃，当衣穿，当房住，当车开。"

我又上了火："你还有完没完？"

老婆责问我："还有，你有没有问问你父亲，既然那人已经病成这样了，为何还要跟她结婚？"

我竭力克制自己："父亲没直说，我在那个场合也不好多问。我猜，那人或许是父亲曾经感情很深的恋人吧。父亲当着我的面跟她说话，其实是在跟我说话。父亲说，她等了他一辈子，现在要给她一个名分。"

"名分，什么名分？"老婆没好气地问我。

我解释道："就是领证结婚，明媒正娶嘛。父亲不是说了吗，还要举行婚礼。"

"我看他是老糊涂了。"

我努力放平心态说："他才不糊涂呢，我妈在世的时候，隐藏得很深，没看出一丁点儿出轨的迹象，我妈一走，他就公开亮相。从法律的角度看，一点儿把柄都没有，我们只能从道义上谴责他，根本没有法律约束力。我倒不是怕他结婚，只怕那个叫李雷的小子真是我父亲的。那样的话，即便父亲不跟她结婚，她的儿子依然可以得到我父亲的财产。"

"那可怎么办？"老婆皱起了眉头。

"有什么办法啊，走一步看一步嘛。"我喝了一口水，想了想又说："不管怎么样，我还是要弄清楚父亲和李雷的真实关系。"

老婆来了兴趣："怎么个弄法？"

我倾了倾身子，做了个神秘的表情，挨近老婆低声道："DNA。"

和老婆正说着，有人敲门，是弟弟和弟媳。

他俩不请自到，看来又是冲着父亲来的。见父亲不在，大家寒暄了几句，就切入正题。

弟弟问我："那个女人查到了吗？"

我来不及多想，脱口而出："还没呢。"

弟弟用责备的眼神瞄着我："哥，你的工作效率也太低了吧。"

"不过，快了。"我只能用缓兵之计。

"你再不抓紧，我看父亲和那个女人要抢先一步了，等一会儿父亲回来，我跟他说，逼他把人交出来。"弟弟只小我一岁，但火气比我大，老是沉不住气。

我制止道："小宝，你千万别胡来。父亲现在就像个孩子，逆反得很，我们不能硬来，只能想办法智取。"

"怎么个智取？"弟媳插嘴问道。

弟媳对我有些崇拜，她主持过电台的一档"法在身边"节目，经常会问我一些法律和治安防范方面的问题。

有一次，我去他们电台做嘉宾，有位听众问我："如果在晚上夜深人静的时候，遇上有人入室盗窃该怎么办？"

　　我回答说："如果你是真睡着了，那就没问题；如果是醒着的，那就装睡，装成睡得很熟的样子；假如憋不住气，或者老是一个姿势觉得难受，那你可以假装说梦话，乘机把身体调整一下，说不定还能把对方吓跑。反正啊，等盗贼走了，你再报警。"

　　弟媳见我这么回答，连忙递我一张小字条。

　　我一看，上面写着："请注意正能量，怎么教人消极抵抗呢？"

　　由于是直播，我俩不好说话交流，就回了她一张字条："唐小姐，我教的是智慧，抵抗会适得其反。"

　　后来，下了节目，我跟她解释，为何要这么做。

　　在寡不敌众或明显处于劣势的情况下，千万别逞英雄，生命是第一位的，先保护好自己，日后才能为警方提供更多的线索，更快地抓获罪犯，即便一时抓不到罪犯，也不要作无谓的牺牲，英雄不是蛮干，要做也要做有头脑有智慧的英雄。

　　弟媳见我愣着不回答她的话，用胳膊肘蹭了我一下："哥，发什么愣，想谁呢？"

　　我回过神来，说："想你呢。"

　　弟弟半开玩笑地说："哥，你可不能胡来，想谁都不能想我媳妇。"

　　老婆白了我一眼："你们是不是没啥说了，尽说这些不着边际的话。"

　　这时，父亲回家了。正谈笑风生的我们，顿时变得鸦雀无声，仿佛空气里弥漫着一股浓重的海腥味，像暴风雨来临之前的大海，让人觉得异常平静又极度压抑。

　　晚上，父亲要我去一下他的房间。

　　我有一种预感，父亲肯定跟我谈他的那起"案子"。以前，每当一个案子破了的时候，总会有几许兴奋和那么一点点小小的成就感，但父亲这个"案子"，让我破得颜面尽失，尝到的不是甜，而是酸、苦、辣。

我轻轻敲了敲父亲的房门，得到了里面的回音。

当我推开那扇吱呀作响的房门时，父亲正微闭着眼，正襟危坐在那张专属于他的红木靠背椅里。这张红木椅是我母亲最值钱的嫁妆，据说是她太爷爷辈上祖传下来的，虽然历经岁月的磨难，可依然容光焕发。

"爸，您找我有事？"我已做好了应战的准备。

父亲睁开眼，看着我，目光温和："你随便坐吧。"

"嗯。"我挑了一张老式竹藤椅，那还是我很小的时候，父亲买来了竹子和藤条，心血来潮亲手制作的，虽然有几根藤已经老化断裂，但骨架仍很结实。

父亲开口道："小军，你应该知道叫你来什么事。"

"什么事？"我不知道父亲葫芦里卖的什么药，不敢随便说。

父亲语气平缓："今天的事，你都看到了，说说你的想法。"

我警惕地问："您要我说什么？"

父亲目光柔和："随便说说，有什么说什么，今天别当我是你父亲，就当是一次朋友间的交流。"

我听了哭笑不得，眼前这个人是我父亲吗？在我眼里，父亲一直是高高在上、发号施令的强者，我从没见过他如此低调，今天这种"俯首甘为孺子牛"的姿态，对我父亲来说简直是人间奇迹！

我想了一下，决定以攻为守，争取主动："爸，您真的要跟那位瘫痪的李阿姨结婚？"

"嗯，自从你妈走的那天，我就决定了。"父亲说话的语气很坚定，他热切地看着我："希望你能理解，我们的时间不多了。"

父亲说的时间不多，我明白，李阿姨那个样子还能坚持多久？

别看父亲年纪大了，但他是个聪明人，知道我在家中的影响力，也知道我是一个明理的人，今晚找我的目的，无非是想策反我，让我去做弟弟他们几个的思想工作，扫清前进道路上的障碍，好让他没有后顾之忧，顺顺利利、快快乐乐地把结婚这件事办了。

说实话，我在父亲这件事上很纠结。让我不明白的是，父亲为何非要这么做，即便他与李阿姨结婚，也只是名义上的。何苦呢？难道那个李雷确是父亲的孽债？

我不想再用我的想象力去揣摩父亲的过去，便单刀直入："爸，您和李阿姨之间究竟发生了什么，是曾经的恋人，还是……"

父亲看着我，坦然道："她是我的初恋。"

我好奇地问："那当初为何不跟她结婚？"

"唉，一言难尽，她为了我，为了我们纯真的爱情，一辈子没嫁人。"父亲说着就哀伤起来。

"她不是有儿子吗？"我想这也许是父亲的软肋，看他怎么说。

父亲愣了一下："李雷不是她的孩子。"

"那是谁的？"我目不转睛盯着父亲。

"捡的。"父亲平静地说。

"捡的，哪儿捡的？"我穷追不舍。

"车站。"父亲目光游离，"我也是听她说的，说那天她去车站送一个亲戚，送走了亲戚就看到广场上有一只无人看管的小竹筐，发现里面躺着一个婴儿。她陪着婴儿等了很久，见无人认领，就带回了家。"

我盯着父亲，希望他说的话是真的。但光凭口供能作为证据吗？谁能证明这孩子是捡来的，如果是捡来的，他又是谁生的？兴许是职业使然，我只相信用证据证明的事实。

眼前的父亲和那个叫李玉珠的人，像一口深不见底的双眼井，让人不知道这井有多深，井底还藏着什么？但愿我能抓住今天的机会，把井里的东西全挖了。

在我的软磨硬泡下，父亲终于讲了他们的故事。

原来，两人是在一个大杂院里长大的邻居，一块儿玩耍，一起上学，直到初中，也算是"青梅竹马，两小无猜"的那种。

当初李玉珠和母亲搬来居住时，院户里的人都不知道她家的底细，后来才知道李玉珠的母亲曾做过妓女，被一个国民党军官从妓院里赎出来的，一九四九年她两岁时，生父去了台湾。母女俩留在大陆，相依为命。

当这些隐藏的故事被邻居们知道并口口相传后，我父亲和李玉珠已经有了深厚的感情，两人不顾家人反对继续偷偷相恋。李玉珠的母亲最终不堪邻居们的白眼冷语，在一个风高夜黑的晚上，悬梁自尽。

初中没毕业的李玉珠，只好去了乡下的亲戚家。临走时，我父亲流着泪，要她好好活着，发誓一定会娶她。两个泪人，天各一方，只能书信往来。

后来，父亲应征入伍，当了兵，升了官。

在那个年代，由于家庭成分不同，两人想结婚，比登天还难。最终，父亲在家人的威逼下，与我母亲这个根正苗红"三代贫农"的纺织女工结婚成家。从此，父亲再也没有见过李玉珠，两人断了联系。

直到一年前，我母亲生病住院，父亲在医院手术室门口的走廊里，忽然听到护士在喊"谁是李玉珠家属"，当"李玉珠"这个尘封在心底的名字传到我父亲耳朵里的时候，所有的记忆一下子被唤醒了。

父亲忐忑不安地守在手术室门口，希望护士说的"李玉珠"就是他的心上人。他一直等着，直到李玉珠被推出来。

当父亲见到那个苍老的、毫无血色的、但依然熟悉的李玉珠时，禁不住老泪纵横。

父亲后来才知道，她为了坚守那份爱情，终身未嫁。

看来，男人的承诺是靠不住的，即便是青梅竹马、感情笃深的恋人。当然，这不能怪父亲，但不怪他又能怪谁呢？如果当初父亲能放弃一切，义无反顾地跟她结合，我想，能做到的也只有父亲，可他没有，他逃避了。不过，假如父亲娶了李阿姨，这个世界上恐怕就没有我了。

父亲说，当初他没有坚守爱情，是为了父母的面子，为了所谓的前途，现在他什么都不是了，就是一个普普通通、有血有肉、有情感的人，有权利、有能力追求自己的爱情。所以，当我母亲走后，父亲就有了一个大胆的决定：娶她！即便是一个脑溢血中风、终年卧床不起的病人。他想弥补，他想赎罪。

我问父亲："这么多年，你俩没见过面？"

父亲鬼鬼地看着我："没有，就连她住哪儿、在哪工作都不知道，后来，你妈住院时在医院见了面，才知道她的情况。"

我刻意地望着父亲："真的没有？"

"真的。"父亲明白我咄咄逼人的意思，"在与你母亲婚约（父亲没说婚姻）期间，从未越雷池一步，即便我们吵过、闹过、分居过。"

"您跟我妈分居过？"我很惊讶。

父亲苦笑了一下："嗯，你不知道吧。有段时间，我们过着地下党那样的假夫妻生活，你母亲睡床上，我睡地上。"

"爸，您和我妈真像地下党，隐藏得够深的。"我很佩服地看着父亲。其实，小时候那次深夜看到父亲睡在客厅的沙发里，就让我隐约感觉到了什么，但他们很快以这种方式掩盖了真相。

父亲挪了挪身子说："没办法，那时你和你弟弟还小，我们不想影响你俩的成长，唉，夫妻之间，时间长了，就到了亲情的分上，能忍就忍吧。"

"爸，这么看来，您是钢铁战士咯。"我半开玩笑地说。

父亲白我一眼："什么钢铁不钢铁，哪像你们年轻人，我们那个年代的人，都很专一的。"

我故意嬉皮笑脸："爸，您说的专一指什么，难道这么多年来，您心里没想过李阿姨？"

父亲愣了一下："心里想的能算数吗？比如有的男人心里一直想娶几个老婆，但他只要没有跟这几个人同时领证结婚同居，就不能说人家重婚吧。"

父亲真会诡辩。我忽然想到，上次姚医生跟我说起的父亲口袋里的那封信，趁此机会考证一下："爸，还记得您当年在部队参加地震救援时被埋的那件事吧？"

"你怎么知道的？"父亲一脸惊讶。

我做了个鬼脸："有此事吧？"

"有，怎么啦？"父亲很坦然。

我俨然像一名《焦点访谈》的记者："我想问您，当初您放在上衣口袋里的一封信是什么信？"

"这个，谁告诉你的？"父亲吃惊地看着我，想了想，恍然大悟："一定是姚医生告诉你的吧。"

我不回答父亲的话，继续追问："您告诉我，是一封什么样的信让您在醒来的第一时间就想起它？"

父亲瞪大了眼睛，有些不满："家信啊，怎么啦？是我准备寄给你母亲的，还没来得及寄，就接到了救援命令。"

看来，父亲不会轻易承认情书这件事。我掏出手机，看了一下时间，对父亲说："不早了，您早点休息吧。"

父亲见我要走，急吼吼地说："你还没表态呢。"

"您要我表什么态？"我一脸无奈，"您想跟李阿姨结婚我没意见，但弟弟他们怎么样，我管不了。"

"我不是要你做做他们的工作嘛。"父亲有些生气，沉默了片刻，换了一种口气说："不过，我告诉你，不管你们意见如何，下星期一我们就去领证。"

我稳了稳情绪，缓和道："爸，您别急啊，几十年都等了，还怕多等几天，我抽时间跟弟弟他们说。"

临了，父亲又补充一句："只要你做通他们几个工作，别的事都好商量。"

父亲这话的意思很明了，为了能给李阿姨一个名分，他真的什么都豁出去了。

回到自己房间，老婆正坐在床上看韩剧，边看边一个劲儿地抹眼泪。

她见我进去，才从电视剧的情绪里跳出来，问我："父亲跟你谈了些什么？"

我把谈话的内容原原本本说了，想先做通老婆的思想工作。想不到她也是一只猪蹄膀，看似温柔香甜，外表皮软肉嫩，里边却藏着一根硬骨头。

老婆斜着眼，望着我说："你这样纵容父亲，是不是跟你父亲一样外面也有私生子？"

我半开玩笑道："你别瞎说，我有了早就带回来了。"

"你敢！"老婆眼睛瞪得铜铃大。

我收住笑容，一本正经说："没有证据的事，千万别乱讲。"

妻子得理不饶人："谁乱说了？还不都是你说的。"

我无奈地解释道："我也只是猜测。"

"以后猜测的事别跟我说。"妻子气呼呼地把电视关了，背对着我钻进被窝里。

我拍了拍老婆裸露在外的肉肩，苦笑道："是我错，不该告诉你。"

老婆像个机器人，突然一个转身："你是不是还有什么瞒着我？"

我一脸无辜："你看你看，你们女人就是不讲理，告诉你不好，不告诉你也不好，你要我怎样？"

"要你说实话，不得有半点儿隐瞒。"老婆的口气像雾霾，呛人得很。

我吹了一夜的枕边风，总算吹散了雾霾，见到了阳光，呼吸到了一点儿新鲜空气。老婆的思想工作最终做通了，代价是，我的工资从此全额上缴。

第二天下了班，匆匆吃好晚饭，就和老婆一起去啃弟弟这块"硬骨头"。

弟弟的家，坐落在异国风情的山前湖小区，是一栋二层加阁楼的独院住宅，与我们公寓房没有可比性。当年，我父亲单位分的一套80平方米的房子刚好拆迁，就把拆迁费全部贴补给了弟弟，让他交了这套独院的首付，可见父亲是多么偏袒他小儿子。

这还是明的，父亲暗地里补贴给弟弟多少钱，就不得而知了。当然，我也不想要父母的钱，我和老婆的工资加起来，够一家人开销了。

人最大的弱点是贪婪，贪则腐，腐则败，败则亡，所以，人不能太贪，但要消除这个"贪"字，很不容易，只能靠后天艰苦卓绝的修炼。

父亲倒是经常教导我们兄弟俩。不过，似乎对我教育得更多，对弟弟宠得更多，让他从小养成了任性、暴躁的坏脾气。不是我嫉妒，父亲这辈子最大的失误，就是对他小儿子的教育上。好在弟弟没有被父亲宠得太坏，只是有些小家子气，过于看重金钱。

我按响了山前湖小区 58 号的门铃，出来开门的是侄子明明。

穿过种满花花草草的院子，进到客厅，未见弟弟和弟媳。我问明明："你爸妈呢？"

明明说："还没回来。"

"怎么，出去散步了？"我问。

明明挠着脑袋说："不是的，妈妈来电话说，她和我爸去参加一个同事的婚宴。"

弟弟家的"哈瓦那"见了我老婆就像见了久违的情人，一下子扑进她的怀里。老婆抱着"哈瓦那"对我说："打个电话给你弟弟吧。"

我看了一下手机上的时间说："婚宴上闹得很，现在打电话不一定听得到，反正婚宴的时间不会太长，等他们回来再说吧。"

明明为我俩各倒了一杯白开水，礼貌地说："伯父、伯母，你们坐一会儿，我去做功课了。"

我挥了挥手："去吧，我们等你爸妈回来。"

看着明明略驼的背影，想起了我女儿倩倩，两个孩子在同一所重点中学，一个读高一，一个念高二，学习紧张，功课繁重，回家做作业几乎每天都要做到午夜 12 点。如今的教育与我们那个时代完全不同了，学历教育成了万众瞩目的明星，素质教育只是匆匆过场的龙套。为了让女儿顺利跨越高考这座独木桥，我跟老婆没少拌嘴。

老婆还在跟"哈瓦那"亲热，小家伙正舔着我老婆的脸，让我顿生醋意。不过，我已经有了一个不动声色的决定，今晚回家不再跟老婆亲热，让她跟狗狗亲个够吧。

我一个人无所事事，便打开客厅里的电视看新闻，转了几个台，看到一则某中学高三学生从一高层建筑 18 楼跳下身亡的消息。这样的新闻，时常会出现在我们的媒体上，上次我市一个高中生从一家医院的 21 层顶楼跳下而亡，也是因不堪重负而选择了自杀，现场很惨烈。

现在的电视，好节目不多，炒冷饭的多。新闻是通稿，电视剧是雷同，娱乐节目是回放。在我的等待快要接近极限的时候，弟弟和弟媳终于回来了。

他俩去参加的是原来在电台传达室看门的老张头的婚宴。想不到这个曾经上当受骗、一度倾家荡产的老张头，离开了电台传达室，去了证券公司边上的停车场看汽车，就交上了桃花运，认识了一个股市里翻云覆雨的炒股师奶。

那人的丈夫工伤死亡后留给她一笔可观的遗产，加上死亡赔偿金，又遇上今年疯狂的大牛市，让这位师奶赚得盆满钵满。

本来这两个人毫无关联，一个炒股的，一个看车的，为他俩牵线搭桥的红娘竟是一条不起眼的小狗。

那条小狗与弟弟家里的"哈瓦那"同宗同族，小名"多多"。

故事很简单，炒股师奶不小心丢了心爱的"多多"，以为被狗贩子拐走了，伤心了三天三夜。其实被老张头捡到了，养了三天都找不到狗主人，于是他想到了电台，通过他之前的人脉关系，在电台做了一个认领启事广告。

那天进行交接仪式时，炒股师奶和老张头一见钟情，她把"多多"和老张头一起带回了家。

炒股师奶不差钱，就差看得上眼的男人。从此，老张头成了炒股师奶的大"多多"，过上了吃香喝辣的幸福生活。

弟弟和弟媳说得开怀大笑，前倾后仰。看样子，他俩很羡慕老张头。弟弟说："要是老爸找的也像炒股师奶那样的富婆，我坚决支持，举双手赞成。"

我和老婆也听得捧腹大笑，眼泪都笑出来了。我说："炒股师奶那样的富婆，我爸不一定喜欢。"

说完了老张头，接下来自然要说我父亲了。弟弟知道我和老婆来他家，一定是为父亲的事来的。最近父亲的婚事成了关乎我们朱家命运的"四方会谈"。

弟弟问我："父亲那边，是不是查清楚了？"

"嗯，清楚了。"我看着依然沉浸在笑声里的弟弟，点了点头。

弟弟收住笑容，急切地问："对方是何许人？"

我调侃道："不是老张头的炒股师奶，而是一个卧床师太。"

"什么卧床师太？"弟弟瞥我一眼，"哥，你就别卖关子了。"

老婆瞋着我："时间不早了，你还打什么哈哈。"

想起我的工资卡进了老婆的口袋再也要不回了，就回瞋了她一眼，不紧不慢道："你们连这个都不懂，顾名思义嘛，终年卧床不起，一副失态的样子。"

弟媳很惊讶："哥，什么时候喜欢上动漫了？你不是不喜欢动漫吗？"

我睒了一眼弟媳，做了个鬼脸说："不喜欢，不等于不了解，这就是我们刑警的素质。"

弟弟很快明白了："哥，你是说，老爸找的那个结婚对象是一个瘫痪在床的女人？"

我点头称是："非但这样，她还有个儿子。"

昨晚，我已经想好了，要做通弟弟他们的工作，首先不能隐瞒事实真相，要和盘托出，然后才能坦诚相见，谈利弊讲道理，最终达到解决问题的目的。

弟弟听了，立刻暴跳如雷："什么，这样的女人老爸也要？"

"真是老糊涂了。"弟媳也在一旁帮腔。

弟弟的脖子上暴起了青筋："不行，我得找那个女人谈谈，让她死了这条心。"

我老婆心平气和道："人家瘫痪在床，连话都说不上，你去跟她谈什么？"

我坐在沙发里不说话，静观他们表演。

弟弟像个陀螺，在客厅里来回打转："反正我得制止这桩婚事。"

"你制止得了吗？"弟媳没好气地说。

"我找她儿子去。"弟弟说得义愤填膺。

弟媳白了她丈夫一眼："照你这个脾气，找她儿子，非打起来不可。"

弟弟转身看着我："哥，你怎么不说话呀？"

我把手叉在胸前，慢条斯理地说："我想说，插不上嘴啊，你们吵吵闹闹的能解决问题吗？父亲的脾气你们又不是不知道，他最不怕什么？最不怕就是你们跟他来硬的。我们应该静下心来，动动脑子，找到一个解决问题的最佳方案。"

"嗯，哥，听你的。"弟弟终于收敛下来。

弟弟对我还有那么一丁点儿敬畏和崇拜，小时候总像跟屁虫那样盯着我，有一次我故意把他甩了，让他哭了大半天。

我看弟弟的情绪已基本稳定，就开始实施事先设计好的方案："你们想不想听父亲的爱情故事？"

弟弟和弟媳一听可以窥探到父亲的隐私，都连连点头："想听，想听！"

我使出了在大学期间演讲比赛练就的看家本领，把父亲的爱情故事演绎得委婉动人，荡气回肠，让在座几位听得目瞪口呆，惊讶不已。

讲完父亲的爱情故事，我发现弟弟和弟媳的情绪明显温和了许多，尤其是弟媳，像一只乖乖兔，听得眼睛都红了。

我说："好了，父亲的爱情故事跟大家分享了，想听听你们的感受。"

弟弟感慨道："父亲真幸福，我要是遇上这么一位愿意为我守一辈子寡的女人，真是死而无憾了。"

"死鬼，你想得美！"弟媳用她白嫩的散发着玫瑰花香的纤手，恶狠狠地拍了一下她丈夫的脑袋。

看来火候已到，我递了一个眼色给老婆。

老婆看到我的暗示，就开口道："父亲的爱情故事确实很感动，想不到这个世界还有如此感人的爱情，小宝，小芸，我倒有个建议，你俩看看，不知行不行？"

"姐，说来听听。"弟媳揉了揉兔子般的眼睛。

老婆看了我一下，立即抛出了早就想好的鬼点子："看来，父亲结婚这件事，已成了他的一个死结，谁也解不开了，如果我们硬要拆开，最怕老人走极端。我看这样，不如先让父亲把家产给分了，使朱家的资产固定、不流失。这么做，既保全了朱家的财产，又满足他老人家的心愿。"

这是我和老婆商量好的无奈之举，反正父亲也不缺那个钱，生老病死有医保，退休工资够他花了。只有这样，弟弟才有可能不反对，才能让父亲顺顺利利、快快乐乐把婚事办了，也算了却折磨了他一辈子的心愿。

"老婆聪明。"我先夸老婆，然后表态，"这个建议不错，虽有些无奈，但不失为明智之举。大家没意见的话，我明天就跟老爸说。"

弟媳赞成我老婆的观点："蛮好，蛮好，先捍卫了我们的财产再说。"

弟弟想了一下，最终也无奈地表示同意。不过，他最担心还是那个老太的儿子："要是他母亲一旦走了，我老爸手里的钱还不是给那个臭小子拿去。"

弟弟最担心的是父亲的钱财，而我最担心的是父亲与那个臭小子的关系，但我只能对弟弟这么说："这个你放心，他跟我爸又无血缘关系，你怕什么？"

虽然我嘴上这么说，但心里真没底。在没有获得确凿证据之前，是不会跟弟弟、弟媳他们说的。

爱情的力量，果真伟大。

我把和弟弟他们商量的意见跟父亲说了。父亲很爽快，同意分家析产，甚至说，他的那份都可以不要，反正眼睛一闭，今后都是你们小辈儿的。

父亲的爽快，没让我产生丝毫的快感，反而更加郁闷。父亲不承认他跟李雷那种剪不断理还乱的关系，坚定了我做 DNA 的想法。有道是：知己知彼，方能百战不殆。不管今后发生什么，心里有底才不会慌乱。

当父亲还在为财产分割这件事奔波时，我的"采样"工作也正式展开。

采集父亲的 DNA 样本比较容易，但采集李雷的样本就有点儿难。

采集不能遥控，即便科学技术发展到日新月异的今天，互联网成为社会生活的主流，电子商务、网络营销成为人们的首选，电子游戏、视频聊天成了年轻人的最爱，人们足不出户就可以买到心仪的商品，就可以从股市里哗啦啦地赚到"真金白银"，但采集 DNA 样本还得跟当事人接触后才能获得，即使不一定要正面接触，也必须找到当事人接触过的东西。

李雷不是不能接触，但贸然行动恐怕适得其反，非但完不成采集任务，而且容易引起不必要的麻烦。

正当我为如何获取李雷 DNA 样本苦思冥想的时候，机会突然降临了。

那天，我在一个抢劫金店的案发现场，刚抓获一名蒙面作案的犯罪嫌疑人，就收到了城中派出所打来的电话，说我弟弟朱小宝跟市图书馆监控室的一个保安打起来了，现在双方都被带到了派出所。

我一听图书馆监控室保安，就猜想是李雷，这也是我最担心的，弟弟这个草包怎么总让人不省心呢！我向支队领导请了个短假，就直奔城中派出所。换了平时，我是绝不会去的，但今天不同，正好有机会接触李雷。

在派出所的待询室里，我见到了弟弟和李雷，两人都耷拉着脑袋坐在靠墙的蓝色塑料凳上。我先走到弟弟面前，不分青红皂白大骂了一通。还没等他反应过来，我立即又转身来到李雷身边。

在我安抚李雷的时候，眼前突然一亮，见他的左耳朵有个血口子，便从口袋里掏出一包手纸，抽出一张帮他擦了一下伤口上的血。

我关切地问李雷："疼吗？"

李雷条件反射地侧了一下身子。

我赔礼道："真对不起，让你受惊了。"

李雷瞄我一眼，不吭声。

我继续道："你放心，我会好好教训我弟弟的。"

离我不远的弟弟，听我这么一说，不服气地叫嚷着："教训我，没门儿！他才应该教训呢！"

我把那张带血的纸攥在手里，走到弟弟跟前："你叫什么叫，有理不在声高，听候派出所处理。"

弟弟看我攥着拳头，以为我要打他，外强中干地大声道："你想打我？"

"打你，脏了我的手。"我丢下这句话，转身就走，走了两步，想想不解恨，又回头说："回家再收拾你！"

我从派出所处警民警那儿了解到，今天的事，完全是由我弟弟朱小宝引起的，他带了一份保证书去图书馆找李雷签字。

我带着火气问："什么保证书？"

派出所民警从处警登记簿里抽出一张纸给我看。我一看，蒙了！什么乱七八糟的，纸上的内容竟要李雷作出保证，不得继承我父亲的任何财产。气得我把保证书当场撕了，狠狠地丢进办公桌旁的废纸篓里。

我刚回到队里，城中派出所就来电话，说将双方教育了一下，因没什么后果，写了保证书，都放了。我谢过他们，挂了派出所的电话，就立即打电话给我老婆，把今天的情况说了，我说有案子在身，让她下了班，就去我弟弟家，把今天的事先压下来，免得让父亲知道了生气。

通完电话，我才想起那张带血的手纸。找了半天都没找到，好像是放在口袋里的，但翻遍了所有的口袋都没有。这才回忆起，可能是和那份可恶的保证书一起丢进了派出所的废纸篓里了。

这个不争气的弟弟，真把我气晕了。

弟弟大闹图书馆监控室的事，总算没再爆发。

那天，父亲把我叫到他的房间说："财产的事，这两天已经处理好，我让律师起草了一份协议，大家在上面签字画押就可以了。"

我心生愧疚："爸，真难为您了。"

父亲反倒安慰我："这是早晚的事儿，也好，现在做了，免得以后再生麻烦。"

我内心纠结，弟弟"大闹天宫"的事，要不要告诉父亲？说了，怕影响父亲的情绪，不说吧，又怕弟弟再起事端。

正犹豫中，父亲又说话了："对了，今晚律师会拿协议书来签字。明天你请个假，陪我去趟幸福巷，我已经跟民政局婚姻登记处的工作人员约好了，明天上午9点在那里碰面，现场办理手续。"

"这么快？"不知为何，我的内心有些不安。

父亲不解地看着我："什么快？为了办这些财产手续，都拖延好几天了。"

我强颜欢笑："好的，明天我陪您去。"

父亲欣慰地看着我。我也深情地望着父亲，看到他那张刻满岁月年轮的脸上，泛起了从未有过的灿烂笑容。

晚上，律师准时来到我家。

在律师的见证下，对了，还有墙上沉默不语的母亲，我们全家人围坐在那张榉木的八仙桌前，每个人都庄严地签下了自己的大名，还揿上了鲜艳的红手印。

以前，我给很多人揿过这样的手印，红的、黑的、蓝的，多得已经数不胜数。今晚，当我第一次在纸上揿下自己的红手印时，真是别有一番滋味在心头。

生活的大转盘，正努力地向前转动着。日月星辰，周而复始，一切都是那么有条不紊，那么难忘，那么美好。

天刚蒙蒙亮，父亲就起床了。我估计他昨晚兴奋了一夜。今天的日子，将是他人生最期盼、最难忘的一天。

我昨晚也没睡好，做了很多梦，本想多睡一会儿，硬是被父亲的兴奋吵醒了。昨晚的梦很奇怪，乱七八糟的，一会儿梦见我母亲，一会儿梦见李阿姨，后来竟然还梦见他们俩手挽手，走在热闹的步行街上。我想，如果有来世，我母亲决计不会挽着李阿姨的手招摇过市的。

父亲换了一身平时很少穿的全毛西装，打着不标准的领带，像一个春游的孩子，拎着那只掉了门牙、漏着风的黑皮包，在客厅里不停地打转，一副迫不及待的样子。

我刚吃完早饭，父亲就催我出发。

我看了看时间："爸，还早呢，您急什么呀？"

父亲急不可耐："我们办事，该早点儿去，不能让人家等我们。"

我说："现在是上班高峰，现在走，也是堵在路上。"

父亲的火气又冒上来了："你们年轻人，就是这样，没时间观念，正因为路上堵车厉害，才要早点儿走。"

我举起双手，做了个投降姿势："好好好，马上走，马上走！"

路上的车如蛇游，堵车是意料中的事。

我的破桑塔纳走走停停，终于游到了离幸福巷不远的一个岔路口。车到岔路口，就不能再往前走了。前面都是小巷子，汽车无法进入。我挑了一处凹进去的路边，把车停稳，就和父亲下车步行。

幸福巷就在风和日丽的前方。春风，轻拂着父亲银色的白发；阳光，普照着父亲修长的身躯。略显驼背的他，一脸幸福。

父亲步履轻快，走了一段路，就与我拉开了距离。我喘着粗气，有些跟不上。

快到幸福巷的时候，父亲明显加快了脚步，我一路小跑，终于跟上了他。

幸福巷是一条蛰居在城市边缘的不起眼的小巷，幽静而恬淡。今天的幸福巷尤为安静，像是在等待一场重大仪式。

这时，小巷里突然传来一声撕心裂肺的尖叫，刺破幸福巷上空的宁静，仿佛一个作恶的妖魔鬼怪降临到人间，令人惊恐万分。

只见父亲听到叫声，双脚就如安了弹簧一样，"噔噔噔"弹跳着向 13 号狂奔，我也条件反射似的奔跑起来。

当我气喘吁吁跑进幸福巷 13 号，跨进那扇掉了漆的木门时，父亲已扑倒在那张老式雕花床的洁白帐幔里。

父亲撕心裂肺的恸哭，声声如锤，重重地砸着我的胸口，让我无法呼吸。我做了一个深呼吸，走上前，想去扶他。此时的父亲几乎软瘫成一团泥，怎么扶也扶不起来。

站在一旁的保姆不知所措，也一个劲儿地哭着。刚才那声撕心裂肺的尖叫，正是她向我父亲发出的求救信号。但这样的求救声，显然是一种无助徒劳的呐喊。

我沮丧着脸，问保姆："李阿姨她？"

林阿姨边哭边说："我也不知道啊，早上起来还好好的，给她换了尿不湿，我就去菜场买菜。等我买菜回来再去看她时，见她眼睛瞪得老大，怪吓人的。我碰了碰她，不动，摸了摸她的鼻孔，已经没气。"

这时，婚姻登记处的两位工作人员也来了，但她们与我父亲一样晚了一步。父亲已无暇顾及这两位本该要热情接待的"花下月老"。

我想，在他们的婚姻档案里，再也不会有"朱德康、李玉珠"这两个人的结婚资料了。这难道就是命吗？

李阿姨走了。

父亲整个人一下子垮了，在床上一连躺了好几天。几十年来，枪林弹雨没有让他趴下，艰难险阻没能让他低头，我母亲的离世也没把他拖垮，唯独这个女人将他坚强的身躯击倒。

有人说，女人是水做的。我想，爱情亦是水的化身。水可载舟，也能覆舟。这就是所谓的旷世爱情带来的后果吧。

我不知道，李阿姨的死与我弟弟的那场闹剧有没有关系？为此，我和弟弟大吵了一场，连父亲都劝不住，这是我俩长大成人后从没有过的。

我认为，是弟弟的间接行为害了李阿姨，也害了父亲。也许父亲对弟弟的娇宠，让自己品尝了这一苦果，造成了一个永远无法弥补的遗憾。这个不省心的弟弟，何时才能让家人安心？

我爱弟弟，我更爱父亲。而今，父亲这棵朱家的参天大树已经叶落枝枯，即将失去生命的绿色。人，是不是一定要到这个时候，才知道去呵护，才明白要珍惜。

面对一天天消瘦的父亲，弟弟终于有了反思和检点自己行为的态度，我原谅了他。毕竟，我们是血浓于水的亲兄弟，即使我俩长得一点儿都不像，但这不能成为阻隔彼此间亲情的理由。父亲常对人说，一个像妈，一个像他。这样的搭配没什么不好，虽然不能说这样的家庭最幸福，但至少是和谐的。

李阿姨出殡那天，我突然有了一个决定，不再做那个DNA。所有的一切，就让它随风飘逝吧。当你面对心中那个佛，一切终将坦然：信则有，不信则无。

父亲的身体一天不如一天，皮包骨头，几乎每天与床做伴儿。

说有病吧，医生也检查不出什么名堂；说老弱吧，才刚过七十，现在的人活到八九十都不算稀罕；说营养不良吧，我把原本看护李阿姨的保姆林阿姨留了下来，过来照顾我父亲，每天荤素搭配，菜肴丰盛。

我知道，父亲是经不起这次打击。人啊，看似坚强，其实很脆弱。李阿姨一走，把父亲的魂儿都带走了。

之前几十年，我不知道父亲怎么过的？也许年轻不懂珍惜，也许气盛有资本，但人老了，资本快耗尽，再怎么珍惜，也已经是明日黄花。

尤其是我们警察，年轻的时候，像一台永动机，摸爬滚打好像有使不完的劲儿。其实，身体所有的零件都是超前磨损。那年"追逃"，我的记录是三天三夜没合一眼，而父亲说他的记录是六天六夜，我不知道他是不是为了胜过我，吹的牛皮。但作为一个铁肩担道义的警察，一两天不睡确是常有的事。

一天，我值夜班补休在家，父亲把我叫到他的床头，说："我的时日不多了，你一定要照顾好弟弟，你是他哥，多谦让他一点儿。"

我向父亲保证："爸，您放心，我会照顾好弟弟的，不会再发生上次那样的事了。"

父亲问我："林阿姨呢？"

我告诉父亲："买菜去了。"

父亲转了转不再炯炯有神的眼睛说："趁家里人都不在，我有事要跟你说。"

"啥事？"我十分紧张地问父亲，想他不会是跟我交代后事吧。

父亲特别关照说："此事目前仅限你一个人知道，不许跟任何人讲，等我走了，才可以告诉他人。"

"爸，为什么？"我不知道父亲葫芦里卖的什么药。父亲总喜欢把一件简单的事弄得神神秘秘，让我觉得怪怪的。

父亲眼望天花板："不为什么，只是不想节外生枝。"然后转头看着我："小军，能答应吗？"

"嗯，能！"我应诺着，但心里颇有微词。

父亲沉默了许久，欠了欠身子说："你弟弟，不是我亲生的。"

啊？我差点儿叫出声，脑瓜子像被什么重重砸了一下，眼前的父亲顿时变得模糊起来。

我愣了很久才开口："爸，您说的不是胡话吧？"

"不是胡话，是真的。"父亲说得很慢，泪水已从眼角默默溢出来。

我紧盯着父亲那双充满血丝的眼睛，想穿越这扇心灵的窗户，抵达父亲最隐秘的深处。我突然变得十分平静，静如止水："爸，到底怎么回事？"

父亲明显老了，思维有些跳跃，说得断断续续，前颠后倒。我听完了他的讲述，终于理清思路。

我弟弟朱小宝，并非随我父亲姓，他的生身父亲也姓朱，这也许只是冥冥之中的一个巧合而已。

　　四十多年前，那是我父亲还在部队当侦察连连长的时候，在一次实战演习中，一位新战士由于紧张，加上操作不当，手中一颗拉了弦的手榴弹没掷出去，掉在身后三四米的地方，这个距离完全在杀伤范围之内，眼看手榴弹就要爆炸，会伤及附近的战士，我父亲连忙转身扑上去，而站在他身旁的指导员反应更快，他奋力推开了我父亲强壮的身体，用他瘦弱的身躯，像飞蛾扑火一样扑向飞溅的弹片，由于失血过多，抢救无效，壮烈牺牲。

　　这位为保护我父亲和身边战友而光荣献身的指导员，就是我弟弟的亲爸。临终前，他几乎没留下什么遗言，只对我父亲说了一句话，妻子已经怀孕八个多月，他要做爸爸了。

　　此时，指导员的妻子正在家中待产，组织上派我父亲把他妻子从老家接来部队料理后事，在接他妻子的路上，由于我父亲悲痛过度，不小心说漏了嘴，提前让对方知道了自己丈夫牺牲的消息，受了刺激，途中孩子早产，送到医院时只保住了婴儿，而她再没醒来。

　　就这样，父亲为了还战友一份情，收养了他的孩子，成了我的弟弟。难怪父亲总是这样或那样找法子偏袒我弟弟，难怪弟弟只小我一岁，难怪人家都说我和弟弟长得不像，以前每每有人问及这个问题，父亲最完美的回答是，我像母亲，弟弟像他。其实，弟弟一点儿也不像我父亲。

　　父亲住进了医院的特护病房。

　　弥留之际，我守在他的床头。这是我们父子俩有生以来最亲近的镜头。

　　他动了动嘴，想说什么。

　　我挨近父亲问：“爸，是不是有话要说？”

　　父亲目光迷离，企求地看着我，像一个无助的孩子。他又动了动嘴，欲言又止，似乎有什么话难以启齿。

我凑到父亲的耳边，鼓励道："爸，是不是还有未了的心愿，说吧，儿子替您完成。"

父亲的眼神终于亮了起来，低声说："小军，你是家中最通情达理的人，我有一事相求，等我死了，恳请你把骨灰留一部分给李阿姨。"

"爸，什么死不死的，等过了这个坎儿，您一定还会健健康康的。"我半责备半回避着父亲的话。

"小军，能答应我吗？"父亲用恳切的目光盯着我。

"爸，您怎么会有这想法？"我很为难，答不答应，都会伤到人。

父亲足足沉默了六十秒钟，然后闭上眼睛，说："她，她把最珍贵的第一次给了我。"

我望着父亲，不知说什么好。这时，手机响了，一看是队里的来电，我说："爸，我接个电话。"

队里的电话总是没好事，富春苑一住户发生凶案，要我立即归队。

父亲喘着粗气，说："小军，你有事儿，尽管去忙吧。"

我望着依然紧闭双眼的父亲。心想，父亲一定很想让我留下来陪他，还有好多憋在心里的话没说呢，再不说，恐怕没机会了。可我俩有过同样的追求和使命，他十分理解我现在的工作。

虽然我也舍不得离开父亲，说实话，我是庆幸这个电话的，让我有了喘息机会，暂且逃避父亲的那个恳求。

凶案现场一片狼藉，死者倒在厨房间门口的血泊里，地上有破碎的瓷碗和一条刚被开膛破肚还没来得及清理内脏的鲢鱼，狭小的空间里弥漫着浓重的血腥味儿。显然，案发前，死者与凶手有过搏斗，甚至有过激烈争吵。

局里很快成立了专案组，要求在最短的时间里，全力侦破此案。我被任命专案组副组长，案子在身，病榻上的父亲再也无法顾及。

兴许是宿命，以前父亲给家人欠下的债，如今又让我这个儿子背负，让他老人家也尝尝，在最需要亲人的时候，亲人却不在身边的滋味。父亲出生入死几十年，多次与死神擦肩而过，现在我唯一能做的，是默默祈祷，但愿他这次也能挺过去。

专案组各路人马分头行动，很快锁定了犯罪嫌疑人，但此人已逃跑，不知去向。看到嫌疑人的照片，我差点儿崩溃。疑犯竟是李阿姨的儿子李雷。

相关资料立刻汇集到一起：李雷，男，三十六岁，已婚，市图书馆监控室保安。死者花小红，二十七岁，是个身怀六甲的孕妇，市图书馆阅览室临时工，李雷的妻子。

据死者邻居反映，两人结婚已有两年，夫妻感情尚好。

另查，一个月前，李雷通过电视台大型寻亲节目，找到了当年遗弃他的生身母亲。

目前，嫌疑人极有可能逃往生身母亲的老家。

李雷生身母亲的家，在离市区一百公里外的李家庄。颠簸了三个多小时的山路，才摸到了李家庄派出所。

但我们的脚步慢了半拍，等我和专案组几个弟兄赶到李雷生母家时，李雷已不辞而别，只留下了一个信封。信封里除了钱，别的什么也没留。

我见到了李雷的生身母亲，六十不到的人，一脸皱纹，一头白发，看上去至少比实际年龄大十岁。

不过，自从上了电视台，她一夜成了这个闭塞小山村里的大名人。听当地的村干部说，以前不敢相认的儿子，现在成了她的骄傲，不管熟人还是生人，她逢人便说，儿子要接她去城里生活了。

我没看过李雷寻亲的那期节目，但从派出所一位老民警那儿了解到，李雷的母亲18岁那年遭人强奸，没敢报警，后来发现自己怀孕，偷偷生下孩子。

那是上世纪70年代末，在当时的环境下，未婚先孕，有伤风化，是绝对不允许的，况且自己也无力抚养。为了让孩子活下去，活得好一点儿，她把孩子放在一只竹筐里，选择了人流量大的省城汽车站，希望让有钱的好心人收养。

丢掉了孩子，她回到老家就找了同村一个哑巴，匆匆把自己嫁了，从此再也没有生育。

五年前，哑巴上山采药，不慎掉崖身亡。

我听到此，眼前立刻浮现出我父亲的形象。一个荒唐的念头像一枚鱼雷，顿时游弋在我的脑海里，让我惊出一身冷汗。

那个强奸李雷母亲的人，难道是……我不敢往下想，这实在太荒谬了。

这事非同小可，我必须搞清楚。

在我的追问下，那位老民警回忆说，有一年，派出所在处理一起伤害案时，找了几个目击证人，其中一个是走村串户帮人杀猪的屠夫，那人以为警察对他进行审查，害怕了，便交代了自己多年前强奸邻村一位姑娘的犯罪事实。后来，那个家伙被判处死刑缓期两年执行。被害人就是李雷的生身母亲。

我问那位老民警，能否提供这个强奸犯的照片？他看了我一眼，问我是不是还有涉及那个人的案子。我想了想，只好点头称是。他说那人的照片只有案卷里有，但案卷不在派出所，要有也应该在法院。

我赶到法院，调阅了当年这起案子的卷宗，见到了罪犯的照片，那人叫王儿狗，长得跟我父亲十分相似，但两人的出生年月不同。

因此可以断定，此人肯定不是我父亲。我舒了一口气，一颗悬着的心终于落了地。

看着卷宗里的照片，我惊叹不已。世界之大，竟又如此之小，茫茫人海，却总能遇上一两个长得一模一样的人，就像生命中总有一个与你最匹配的人。

两天后，警方在李玉珠的墓地，将李雷抓捕归案。

那天，是我审的李雷。讯问过程很轻松。我说的轻松，不是心情轻松，而是没费多少口舌，他就全部交代了，供认不讳，而且对整个案发过程说得很详尽。

"李雷，你为何要杀死妻子？"这是我最关心的，必须得问。嫌疑人的犯罪动机和犯罪目的不仅影响量刑，更重要的是关乎如何定罪。

李雷很坦然地看着我说："我不想杀她，是她激怒了我，当初我在杀鱼，手上有刀，就随手一挥，想不到碰到了她的颈动脉。"

"她怎么激怒你了？"我正视着李雷。

李雷说："我不是通过电视台找到了生身母亲嘛，我想把她接来住。人家苦了一辈子，丈夫又死了，孤苦伶仃一个人，我们相认了，总不能不管吧。可我妻子死活不同意，说什么，一个瘫痪的妈刚死，又来一个累赘；还说，有你妈就没我，有我就别让你那个没良心的妈来住。你说气不气人？"

我义正辞严："那你也不能动刀啊，你不知道动刀的后果吗？"

"当时在气头上，没考虑那么多。见她倒在地上不动了，才知道闯了大祸，害怕得不知怎么办。"李雷欠了欠身子，手铐与那张铁制的审讯椅摩擦着，发出了刺耳的金属声。

我紧咬不放："干吗不选择报警，而选择逃跑？"

李雷辩解道："我没有逃跑，我是去生母那儿跟她告个别，顺便给她点儿钱，毕竟她是我的生身母亲。后来我就回来了，处理了一些事。我知道自己会坐牢，甚至会杀头，就跑到墓地，跟我母亲告别。要是真跑的话，你们也不可能这么快就找到我。"

我用怀疑的目光看着他："既然明白这个道理，也好减轻你的罪责，为何不投案自首？"

李雷继续辩解："朱队长，我想投案的，还没来得及，就被你们抓了。"

望着眼前这个酷似我父亲的李雷，想起父亲那些说不清、道不明的种种"罪行"，虽然很多是误会且已澄清，但总让人心里有些不快。

我没好气地说："李雷，别跟我狡辩，你根本没有投案自首的诚意，你知不知道这样做伤害了多少人，你知道死者家属的痛苦吗？"

"朱队长，你说得没错，但我也是死者家属，你们只知道抓人，破案立功，可有谁知道我们这些从小失去亲人不知道爹妈在哪里的人的痛苦？"李雷说着，嚎啕大哭起来。

我不想再跟他这么耗下去，便起身走出审讯室，舒缓一下心情。我知道，李雷的话可能触到了我的软处。有些事，真的不是光靠法律就能解决的。但所有的事，我们又不得不面对，即便无法解决，即便不公平，生活还得继续。

等我审完李雷，正纠结着去医院见父亲要不要将此事告诉他，妻子来电话了。

她在电话那头还没说话，已经泣不成声。我知道不妙，脑子"嗡"的一下，像一只被人拍晕的大头苍蝇。

我强打起精神，冲着电话那头大叫："怎么了，说话啊？"

"你爸，他走了。"妻子说话的声音有点儿变调，感觉很遥远，仿佛来自天外。

　　一路上，我猛踩油门儿，朝着父亲的方向驶去。也许是油门儿踩得过猛，我的那辆老爷车突然噎住了，竟趴着再也不动。点了几次火，依然无法启动。我丢下车，快速奔跑起来。

　　等我气喘吁吁赶到医院，特护病房里的父亲安详地闭着眼睛，但已是永远。我想，他一定是带着许多遗憾离开这个世界的，他肯定还惦记着那个恳求，盼着我的回答。

　　出殡那天，张阿姨和姚医生手挽手，也来为我父亲送行。

　　我捧着父亲的骨灰盒，思绪万千，五味杂陈。我没能按照父亲的遗愿把一部分骨灰留给李阿姨，父亲的尸骨必须与我母亲安放在一起。只是，只是我不知道，父亲的灵魂会不会和母亲永远在一起。

　　第二天，我早早醒了。其实，我一夜未眠。趁着家人还没起床，我来到父亲跟前，点了一支香，想静静地跟他好好聊聊。

　　镜框里的父亲，冷冷地看着我，一言不发。我忽然觉得很对不起他。

目　光

　　灰头土脸的卧铺大巴一个趔趄，跌进日光城的第一抹阳光里，魂牵梦绕的拉萨，终于到了。

　　一下汽车，杜鹃就没了方向，目光迷离地瞧着眼前这个全新的世界，东西南北都辨不清了。或许女人都这样，一个人出门最怕的是不辨方向。原本以为自己是个方位感很强的她，想不到一踏上拉萨这片神奇的土地，心中的罗盘就乱了。

　　杜鹃决定先打车去布达拉宫附近找家旅店把自己安顿了再说。她站在路边正准备打车，突然一辆黑色越野车迎面开来，"嘎"的一声，一个急刹停到她跟前，把她吓了一跳。

　　从黑色越野车里风风火火走出一个光头男人，目光炯炯地冲杜鹃微笑说，怎么你也来拉萨了？

　　杜鹃回头一看，此人有些面熟，但一时半会儿想不起是谁？兴许身在高原的缘故，脑子里晕乎乎的，好多记忆都丢失了。

　　光头见杜鹃一副茫然的样子，试探着问道，你是杜鹃吧？

　　杜鹃一时记不起对方是谁？不过她还是礼貌地点了点头。

光头眼里放光，露出两只似笑非笑的小虎牙问杜鹃，老闻呢？

老闻是谁？杜鹃愣了一下，一脸茫然。

光头又说，怎么，他没和你一起来？

杜鹃不敢开口，心想，会不会遇上人贩子了。

对方不依不饶地继续追问，你是闻俊杰的女朋友吧？

闻俊杰，这个试图被杜鹃删除的名字怎么会从一个陌生人的嘴里蹦出来？杜鹃像被一根吹射过来的毒针扎中了穴道，脑袋"嗡"的一下麻了，整个身子都僵在陌生的拉萨街道上。停顿了数秒钟后，她才回过神，使劲地朝对方摇头。

这下轮到光头男人一脸茫然了，那只本想伸过来握对方的手尴尬地定格在海拔3650米的空中。

杜鹃一个转身，有些慌不择路，快速跑过一个街区，然后拦下一辆出租车，老鼠般地钻了进去，对出租车司机说，师傅，去，去布达拉宫。看来杜鹃刚踏上这片神奇的土地就被吓着了。

在车上，杜鹃竭力回忆那个光头男人，可想了半天仍想不起是谁？不过此人一定跟姓闻的家伙很熟或有什么瓜葛，否则怎么知道闻俊杰这个人，甚至知道她的名字和他俩的关系呢？

出租车司机打断了杜鹃的思绪，与她攀谈起来，问她是不是第一次来拉萨？

杜鹃说，是的。

司机很热情，从后视镜里看了杜鹃一眼，兴奋地说，一年一度的雪顿节明天就要开幕了，被你赶上，真是幸运啊。

杜鹃来西藏前做过一些功课，知道雪顿节是每年藏历六月底七月初西藏最隆重的节日之一，能有机会目睹这一隆重节日的风采确实很幸运。

杜鹃说，师傅，布达拉宫附近有没有旅店，您能不能推荐一下？

司机说，布达拉宫附近的旅店有好多，想住好一点儿的，还是普通一点儿的？

杜鹃说，好一点儿的。

司机说，好一点儿的有航空酒店、邮政酒店……

杜鹃几乎不假思索地说，师傅，那您把我送到邮政酒店。

司机说，不过，最近游客特多，不知那里有没有房间了？

杜鹃说，你先把我拉去再说。

这次来西藏，她特地办了一张邮政绿卡。杜鹃听父亲说过，邮政储蓄网点在全国点多面广，特别是偏远地区，别的银行到不了的地方，唯有邮政储蓄银行可以到达，这样，即便到西藏这样人烟稀少的高原地区，也不需要带太多的现金。杜鹃想，邮政酒店附近一定有邮储银行。

邮政，对于杜鹃来说，无比亲切，情有独钟。

小时候杜鹃跟着父母在乡下邮电所生活，每天就住在所内的小院里。邮电所人手少，父亲虽是一所之长，但又扮演着投递员的角色。母亲也是邮电所职工，所不同的是，每天坐在冰冷热闹的机器前跟全国各地的陌生人进行不见面的对话。在杜鹃读小学的时候，经营了几十年的邮电行业突然"分家"了。杜鹃的父亲分在了邮政，母亲分到了电信。那时的邮政是个劳动密集型行业，历来带有社会公益事业性质，不像别的商企，有利就干，无利不干，邮政明知要亏本也得干。比如说，分布城乡各地段、各角落大大小小的邮政所，有的所营业收入不要说不够给所里的职工发工资，就连交水电费都不够，但为了方便群众，即使这样，也得照样营业，照样坚持办下去。杜鹃多次听父亲诉过苦，说过去他们邮电所的邮政业务一直是收不抵支，邮政与电信绑在一起时还好，靠电信收入去堵邮政的窟窿，邮电分离后，邮政要单独经营，独立核算，一切都得靠自己。就在邮电"分家"经历阵痛那年，杜鹃的父母亲也经历了一次分离的阵痛。父亲去了另外一个离城更远的地方，母亲去了城里的电信局，而年幼的她被抛在了原来的地方，与外婆相依为命。杜鹃至今都不明白父母分手的原因，不过，后来他们都有了自己的孩子。母亲不常回家，即便回来也是匆匆忙忙看一眼就走了。父亲每个月会准时来看杜鹃一次，只有那天是她最快乐的，父亲总要带好多吃的玩的，每年春节前夕还能得到一个杜鹃最喜欢的芭比娃娃。杜鹃不知道父亲怎么会有芭比娃娃的，因为那个时候，在闭塞的乡下根本没有卖芭比娃娃的商店。

出租车一个刹车，打断了杜鹃的思绪，抬眼一看，已停在了一个路口的拐角处。司机指了指右手边说，这里就是邮政酒店。

杜鹃问，怎么看不到布达拉宫？

在杜鹃印象里，布达拉宫是建在山上的，应该一眼就能望见。

司机指着前方说，沿着这条北京东路，往前走一点点路，就是布达拉宫啊。

见他一副很真诚的样子，杜鹃付了车费，钻出汽车，踏上邮政酒店的台阶。

邮政酒店的大厅不是很大，左手边的沙发上相拥坐着一对貌似情侣的男女，两人细声耳语，一副温馨甜蜜的样子。也许是早上，大厅里的客人不是太多。正对大门的总台前，站着几位不知是开房还是退房的客人，举手投足显出一副领导者的风范。杜鹃想，进藏的驴友一般都住廉价的青年旅馆，能住这种酒店的，领导和有钱人居多。杜鹃扑哧一笑，心想，看来自己也进入了有钱人或领导的行列，不过自己现在肯定算不上有钱人，也不是什么领导，只是一家晚报的小记而已。

总台服务员正忙着手中的活儿。杜鹃顺手从总台柜面上拿了一份酒店宣传小册子，一看介绍才知道这家位于北京东路和娘热南路交汇处的三星级涉外酒店，是由西藏自治区邮政局投资建造的，它的位置属于拉萨市繁华商业中心，西离著名的布达拉宫仅 100 来米，东距赫赫有名的大昭寺不到 800 米，北挨西藏民航局售票处及民航汽车站，南有近在咫尺的中国电信、中国移动、中国邮政营业厅等。

杜鹃等了一会儿，见总台的几位服务员还在忙碌，便有点儿不耐烦了，挤上去问，有没有房间了？

一位服务小姐抬头看了她一下说，对不起，没房了。

杜鹃说，刚才不是有退房的吗？

服务小姐解释说，那个房间已有客人预约了。

杜鹃的心顿时一沉，很失望。

这时，站在杜鹃身旁的一位中年男子打量了她一下，然后开口说，姑娘，看样子是第一次来西藏吧？

杜鹃见对方一副领导模样，便放心回话说道，大叔，您从哪儿看出我是第一次来？

男子呵呵一笑，说，蒙的。

杜鹃仔细打量起对方，那人肤色黑里透红，穿着一条墨绿色裤子，便微微一笑说，看来您是老西藏了，而且与邮政有着某种关联。

男子一脸惊讶，说，你从哪儿看出我与邮政有关？

杜鹃做了个鬼脸，说，蒙的。

那人哈哈大笑，用手指着杜鹃说，你个小姑娘，真会"还牙"啊！不过，真的被你蒙对了，我在西藏邮政部门已经干了二十年了。

杜鹃一听，果真是个老邮政，心中一喜，油然多了几分亲切感。

杜鹃说，我父亲也是干邮政的。

老邮政眼睛一亮说，那好啊，难怪一下子就被你蒙对了。

杜鹃说，您不是正宗的拉萨人吧？

老邮政说，老家在山东。

可能是职业习惯，杜鹃又问，那您怎么会来西藏工作的？

老邮政说，支援边疆嘛，当年从北京邮电学院毕业后就分配来西藏了。

杜鹃"哦"了一声，心想，真不简单。

老邮政问杜鹃，你是哪的？听口音像是南方人。

杜鹃说，江苏。

他翘了翘拇指说，江苏好，是个鱼米之乡的好地方。

杜鹃还礼说，山东也不错，与我们是邻居嘛。

他问杜鹃，是不是想住这里？

杜鹃点了点头，心想，不知道他能不能帮我解决住宿？

老邮政似乎与杜鹃聊出了兴趣，问她，你知道以前这儿是什么地方吗？

杜鹃摇摇头。

老邮政见杜鹃一脸茫然，略带自豪地说，这地方原本是官府设置邮驿的地方，在古代，邮驿是供传递官府文书和军事情报的人或来往官员途中食宿、换马的场所，如今时代变了，成了招待四面八方来客的宾馆。

古时候确有好多驿站，至于他所说的现在这个位置是否真是当年官府设置邮驿的地方，杜鹃将信将疑，说实话，对于她这个过客来说，似乎也没必要去考证。为了尊重老邮政，也为了想得到他的帮助，杜鹃边听边不住地点头。

老邮政转身对总台的一位男服务员说，小张，你把我订的那个328 房间先给这位江苏姑娘吧。

杜鹃没想到，自己还没开口，对方已看出了她的心思。她感激地看了老邮政一眼，突然觉得他那张黝黑的脸庞发着太阳般的光芒，温暖无比。

客房在三楼。杜鹃办好入住手续，正欲上楼，腰包里的手机响了，是父亲的电话，问她在哪里？杜鹃说在西藏。

父亲惊讶道，怎么去那么远的地方？

杜鹃说，一个人闷得慌，出来散散心。

父亲知道杜鹃向往西藏很久了，也就没有过多的责备，只是在电话那头叮嘱她注意身体和安全。

挂了父亲的电话，杜鹃这才想起，还没跟格尔木的李红报平安呢。李红是杜鹃的大学同学，这次来拉萨之前，杜鹃先去了格尔木，受到了这位闺蜜和她老公韦小宝的热情款待，分手的时候两个女人一把眼泪一把鼻涕地依依不舍。

杜鹃上到酒店三楼，打开328的门，这是一个单间，房间不大，但床很宽大，房内设施与内地的二、三星酒店差不多。杜鹃丢下行李，把自己平放到床上，就跟李红通电话。

李红一听是杜鹃，立马扫机关枪似的"扫射"，哎呦，我的妈呀，终于盼着你电话了，我担心你是不是被人拐骗，正打算报警呢。

杜鹃说，拐你个头。

一路辛苦吧。电话那头的声音高亢而亲切，让杜鹃觉得李红这家伙仿佛又回到了她的身边。

杜鹃说，还行，稍微有点儿累。

李红问，有高原反应没？

杜鹃说，基本没有。不过，你的氧气袋已经当过一回活雷锋了。

李红紧张地问，怎么，谁吸氧了？

杜鹃说，同车的一位小伙子。

李红"咯咯"笑了一下说，恭喜你。

杜鹃说，恭喜我什么呀？

李红说，嘿嘿，看来人还没到拉萨，艳遇就碰上了。

杜鹃说，死丫头，艳你个头！人家有高原反应能不救吗？

李红说，一车几十号人，就你有氧气袋？

杜鹃说，我才不管人家呢。

嘿嘿，嘿嘿……李红在电话那头一个劲儿地坏笑。

杜鹃威胁说，你再笑，我挂电话了。

李红说，别别别，大小姐，让我再听听您老人家亲切的声音。

杜鹃说，死丫头，那你不许坏笑。

李红真是个闹热亲家母，说话跟山洪暴发似的，足足跟杜鹃煲了一个钟头的电话粥，把她的手机电板都煲得山穷水尽了。

挂了李红的电话，杜鹃想做的第一件事是洗头洗澡。都说，到高原不宜多洗澡，特别是刚到的第一天，可能是怕洗澡后着凉感冒，导致身体出现一些难以控制的症状。但杜鹃想，坐了一天一夜的汽车，不洗澡的话，真有点儿受不了。

杜鹃从床上爬起来，决定经受洗头洗澡的考验。

走进卫生间，拧开面缸上的水龙头，还好，有热水。杜鹃不经意地抬头一看，镜子里映出一张熟悉的脸，黝黑而疲惫。她靠上去，里面那个人似乎想跟自己交流。她张了张嘴，镜子里的那个人也张了张嘴，最终谁也没发出声音。或许全世界的女人都喜欢在镜子面前发呆或者搔首弄姿，镜子是女人最好的闺蜜。

杜鹃卸下身上所有的负累，扭开淋浴室里的花洒龙头，喷涌的水流宛如一根根温柔的丝线，从头到脚将她缠绕。温暖的水在冰冷的身上缠来绕去，令杜鹃内心涌起一股莫名的感伤，泪水和着流水渐渐地从她的脸颊上滑落下来。

有人说，"爱上一个人只需一瞬间，忘记一个人却要一辈子。"大概她又想起了那个想忘而忘不掉的家伙。

杜鹃与闻俊杰相识纯属偶然，他比她高一届，且不在同一所大学就读。大二那年，在一次大学生辩论会上作为对手而相识。那次是全国大学生辩论赛的预选赛，正方是理工大学队，政法大学队是反方。辩题是：大学生谈恋爱利大还是弊大？

正方一辩英俊潇洒，个子很高，站起来挺拔得像棵松树，投来的目光咄咄逼人，令杜鹃内心一颤，此人就是闻俊杰。他的一辩发言，杜鹃至今仍清楚记得：

大家好！我们认为大学生谈恋爱利大于弊。理由如下：首先，作为一名大学生，不管是心理还是生理都已到了瓜熟蒂落的年龄。法国著名作家雨果曾说过：人生有两次出生，第一次是从娘胎里出来的那一天；第二次则是在萌发爱情的那一天。从个体发展的角度来看，恋爱有利于身心健康。其次，大学生在恋爱过程中会遇到各种各样的考验和压力，并有能力经受这种爱的考验和压力，从而唤起一个人的责任感。第三，大学生谈恋爱可以促进互相的进步，这个进步不一定仅仅是专业知识和考试成绩，可以是思想上的，可以是能力上的，可以是视野上的，总之是全方位的。第四，大学生谈恋爱由于是同学关系，受教育程度一样，同窗好友，彼此了解，感情基础深，共同语言多，有助于今后的婚姻生活，而且在大学里恋爱，是件非常浪漫美好的事，有这么多好处，何乐而不为呢？

杜鹃是反方一辩，当然认为大学生恋爱是弊大于利。她瞪了正方一眼，把对方咄咄逼人目光挡回去，然后才慷慨激昂地陈述自己的理由：第一，大学生在校期间首要任务是学习，主要精力应放在做学问上，如果恋爱势必减少学习时间，影响学业。现实中不少恋爱的大学生上自习课，就是两个人粘在一起聊天，哪有心思看书学习？第二，目前大学生在经济上大多还依赖于家长，谈恋爱是要消耗很多金钱的，这样肯定会增加家庭的经济负担，有的人甚至因恋爱无钱而掉进盗窃犯罪的深渊。第三，虽然不能说我们大学生在身体和心理方面还不成熟，但还是要承认大学生恋爱很大一部分还是比较迷茫的，大家是否留意到，如果一个宿舍里超过一半的人在恋爱的话，那么剩下的人会在短期内急于寻找恋爱对象，恋爱好像是一场攀比竞赛，这样的爱情牢靠吗？事实上，在大学恋爱的有几对是成功的？可以说成功率很低。第四，大学生恋爱，喜欢过两人世界，一定程度上会失去参与集体活动的热情，甚至逃避集体活动，这样的话很大程度上会造成与同学们的距离和陌生感，不利于同学之间的融洽。第五，现在的大学生一旦恋爱，就会想方设法营造自己的小天地，喜欢在外面租住民房，这样的话，就安全方面来讲，会给学校管理造成一定的困难，也对自身安全造成一定的威胁。

闻俊杰作为正方一辩列举了四点，而杜鹃担纲反方一辩列举了五点。

杜鹃心里虽也渴望那份爱情，但角色的不同，内心的认同不能在言论上加以真实地表达。这是一场为集体荣誉而战的博弈，个人的信念只得抛到脑外。当初杜鹃憋着一股劲儿，一定要战胜对方，至少首先要在数量上胜过对方。

接下来双方的攻辩异常激烈，唇枪舌剑，连同丰富的肢体语言，互相开火，场面火爆，如果中间没有隔离的话，双方连肢体接触都有可能。

辩论赛的过程是悲烈的，像一场没有硝烟的战争，双方都千方百计抓住对方的小辫子往死里按，但最后的结局颇为戏剧化，正反双方在彼此目光的撮合下最终达成和解协议。不久，正方一辩和反方一辩恋爱了。当然，正方一辩有无勾引之嫌至今仍是个谜。

辩论赛的回忆让杜鹃忆得有点儿累。她关了龙头，擦干身上的水滴，穿好内衣，从大学的光阴里退身出来。

窗外阳光明媚，天空清纯蔚蓝，白云你追我赶，有几朵近得简直唾手可得。杜鹃站在窗前，不远处那座托起布达拉宫的红山和宫殿的一角裙宇清晰地凸现在眼前。

布达拉宫！杜鹃心里一声惊呼，有了去的冲动。她转身站到镜前，立即梳妆打扮起来。

出了酒店右拐，没走多远，就到了布达拉宫广场。广场上花团锦簇，人头攒动，一派节日气氛。雪顿节开幕式的文艺演出就在布达拉宫广场举行。

拉萨的阳光炽烈得很，杜鹃撑了一把花阳伞，虽然有所遮挡，但裸露的手臂还时不时地被暴露在阳光下，感觉有些刺痛。杜鹃从包里拿出一支 SPF30+ 防晒霜，又在手臂上涂抹了许多。

布达拉宫就在广场的北侧。这座依山而筑、气贯苍穹的宫殿，在太阳的照耀下，金碧辉煌、巍峨宏美，坚硬厚实的花岗岩墙体，松茸平展的白玛草墙领，金光闪闪的宫顶，巨大的鎏金宝瓶、幢和经幡，交相辉映。当杜鹃仰望眼前这座群楼叠垒、高耸入云的雄伟建筑时，感觉自己是那么渺小，内心的感受恐怕只有两个词：神秘、震撼。这座红白相间、轮廓分明的宫殿，犹如一枚巨大的印章，稳稳地镇坐在拉萨城的中心位置，当之无愧地成为世界最高的建筑。

杜鹃拿出相机，选了几个不同的角度将布达拉宫存进她的机卡里。

杜鹃拍了几张照片后就跑到售票处，一问才知道布达拉宫的门票不好买，每天的进殿游客有数量限制，一般都要提前一天预约。

一位手持小红旗的导游小姐指点她说，你去附近的旅行社问问，兴许他们有当天的票。

杜鹃立即来到布达拉宫东南角的一家旅行社，一问没有当天的票。一位扎着马尾辫的工作人员告诉她，团队里唯一的一张余票，被门口那个戴鸭舌帽的男子买走了。

戴帽男子似乎意识到有人在说他，转身回望了一眼。与他目光相遇的一刹那，杜鹃像一个黑暗中的孩子被一道炽烈的阳光刺着了那般的强烈。

此人长得不很高大，一米七左右的样子，浓眉高鼻，目光深邃，体形健美，有点儿英格兰足球名将欧文的味道。杜鹃心里欢叫，真是一个"英俊男"。

该死！杜鹃心里暗骂自己。看到眼前这位像足球明星一样的男子，她又想起那个姓闻的家伙。闻在学校很优秀，非但是辩论赛的辩手，也是学校足球队的队员。有段时间，杜鹃几乎成了他足球场上一位忠实的啦啦队员。

杜鹃知道欧文是闻的偶像，欧文最喜欢的颜色是红色，原本喜欢蓝色的他为此也一改初衷；欧文喜欢喝可乐，他也爱上了可乐；欧文最喜欢比萨，他也喜欢上了比萨；当然，欧文喜欢中国菜肴，这点最令闻高兴，因为他不需要为喜欢欧文而改变自己的口味了。

跟欧文一样，闻也是前锋，擅长无球跑位、带球快速突进、抢点头球射门。在一次与师范大学足球队的比赛中，闻因头球过猛，与对方门将撞在一起，不省人事。那次杜鹃在看台上急得差点儿哭出声来，幸好场外有学校医务室的医生及时抢救，才避免了严重后果。

看闻的足球，令杜鹃最纠结的倒不是受伤什么的，而是闻的学校球队与杜鹃的学校球队比赛。她往往不敢与自己学校的同学坐在一起，常常一个人坐在周围无人的边上，因为不能为自己学校的球队鼓劲加油，只能为对方鼓掌叫好。

英俊男开口问杜鹃，姑娘，是不是想去布达拉宫参观？

杜鹃瞥了对方一眼，"嗯"了一声，心里渴望着英俊男把票转手给她。

他掏了掏口袋，拿出票说，想去的话，我的这张给你。

杜鹃用感激的目光看着他，嘴上说，不行，不行，给我了，你怎么办？

英俊男把票塞进杜鹃的手里说，我去不去无所谓，只是，这票是通过旅行社订的号，要加 100 元手续费。

门票上不是有明码标价吗，怎么还要手续费？不过，听人说，黄牛手里的票还要贵，都涨到 400 元了。

马尾辫告诉杜鹃，今年来拉萨还算幸运，说不定明年这个时候来，旺季门票就不是现在这个价了。

杜鹃问，要多少？

马尾辫说，这个还没定。

杜鹃惊讶地吐了吐舌头，觉得有点儿不可思议。

马尾辫继续说，自从青藏铁路开通后，拉萨的旅游业出现了"井喷"，来旅游的人越来越多，而布达拉宫又是游客们一个重要目的地，政府为了保护这座举世瞩目的宫殿，从 2003 年开始就采取每天限制 2300 人参观的措施，即便后来有所增加也是很小一个数儿。特别是进入 5 至 10 月的旅游旺季，简直是杯水车薪，不少游客高兴而来，败兴而归。

进布达拉宫参观，是分时段的。票是下午 4 点的，马尾辫关照杜鹃，下午 3 点 15 分之前就得在旅行社门口集中。杜鹃不解，问为何要提前这么多时间？对方说要提前半小时进场。

参观还早，肚皮倒叽里咕噜在叫了，杜鹃一看时间，妈呀，已经 12 点多了，要是在家，早就开饭了。

她问马尾辫，附近有没有特色一点儿的饭店？

马尾辫想了一下说，拉萨的饭店都有特色，藏菜、川菜、湘菜、东北菜、粤菜都有，看你喜欢什么。

英俊男插嘴说，推荐你一家驴窝餐厅，只是稍微远点儿，不过，相信你一定喜欢。

杜鹃惊讶地问英俊男，你怎么知道我一定喜欢。

英俊男说，看得出你是南方人。

杜鹃说，你不会是算命的吧？

英俊男说，我才不会算命呢。

为了验证英俊男的话，杜鹃真有去那里的打算，便问，驴窝餐厅在哪儿？

英俊男说，好找的，就在北京东路上。

杜鹃故意说，我第一天来拉萨，东南西北都搞不清，要不你带路，我请客。

此话一出口，杜鹃连自己都感到惊讶，可已经收不回了。之前，她从没跟陌生男人说过这么大胆的话，也许唯有在西藏才可以如此。杜鹃期待着对方的反应。

英俊男注视着她，欲言又止，最后说出了令杜鹃失望的三个字："我吃了"。

他真的吃了吗？杜鹃想，看他说话的态度，似乎对她的邀请并不领情。

马尾辫说，驴窝餐厅就在北京东路刚坚饭店附近，离这儿不是太远，你在门口叫一辆三轮车，一会儿就到了。

这时，两个年轻人手挽手走进旅行社，女的靠在男的肩膀上幸福地依偎着，显然是一对情侣。马尾辫见生意来了，立即上前招呼。杜鹃瞄了他们一眼，心头泛起一阵莫名的酸楚，心想，在一个陌生遥远的地方，有个伴儿该多好啊。

英俊男可能觉得刚才说话太伤人，就又补充说，我真的吃了，不过，我可以带你去。

杜鹃说，不用了。

其实，杜鹃自己也觉得邀请一个陌生男子共进午餐有点儿唐突。

跟英俊男和马尾辫道了别，杜鹃就离开了旅行社。

从旅行社出来，左拐是北京中路，往东走一点儿，就是杜鹃住宿的邮政酒店，她看过拉萨的旅游图，再往东走就是北京东路，只要大方向对，驴窝餐厅总能找得到。不过，杜鹃还是准备坐三轮车去。到了北京北路口，见三轮车都拉着人，她就往北京东路方向边走边等。

突然，一辆黑色越野车从杜鹃身后擦肩而过，在她前面不远处停了下来。杜鹃一看，这款黑色丰田车好像在哪儿见过，还没想明白，车里下来一个人顿时令她惊出一身冷汗。

这人就是今天早上在拉萨汽车站见到的那个光头男人，虽然他戴了一副墨镜，但还是一下子被杜鹃认出来了。

杜鹃停下脚步，做好了逃跑的准备，可他已经走到她跟前。杜鹃想，光天化日，在拉萨最繁华的街上，谅他不敢把她怎样。

光头男人说，今早你怎么跑了？

杜鹃与他对视着，不说话。

那人将鼻梁上的墨镜推到油光光的额头上说，我叫汪罕，是俊杰的表哥啊。

哦，杜鹃终于想起来了，那个姓闻的家伙是有一个叫汪罕的表哥，以前曾见过一面，只不过不是光头，是个留一头长发的画家。

杜鹃结巴着问，你，你就是那个叫汪罕的画家？

光头说，是啊，怎么你真的不认得我了？

杜鹃说，你以前不是这个发型啊。

汪罕用手摸了摸光秃秃的脑袋，嘻嘻一笑说，三年前我来西藏时就把头发剃了，难怪你认不出我了。

杜鹃终于把全身处于临战状态的肌肉放松下来，尴尬地笑了笑说，我以为遇上了坏人。

汪罕笑着说，哈哈，你以为光着脑袋的都是坏人啊！

杜鹃不好意思地抿嘴一笑。

汪罕问杜鹃，是不是第一次来西藏？

杜鹃说，是的。

他又问杜鹃，怎么，你一个人，他呢？

　　杜鹃明白汪罕说的那个他是谁，但她不想谈及此人，便说，我是去格尔木会同学，顺便一个人来拉萨的。

　　汪罕说，听说他昨天也到拉萨了，从川藏线过来的。

　　汪罕依然在说闻，显然他不知道杜鹃和他表弟目前的关系。

　　杜鹃见过不了这个坎儿，只好控制住自己的情绪，平静地说，我们分手了。

　　汪罕惊讶了一下，但毕竟是个聪明人，没再追问下去，立马调转话题说，你还没吃饭吧？

　　杜鹃说，有人介绍一家驴窝餐厅，正准备去那里呢。

　　汪罕兴奋地说，巧了，我正要请一位朋友在那里用餐呢。走，坐我车一起去吧。

　　驴窝餐厅是一家广东人开的夫妻老婆店，据说是拉萨城里唯一一家为驴友服务的粤菜餐厅，门玻璃上贴着"粤菜、咖啡、西餐"六个红色大字就已经告诉人们，这店主要经营广东菜，当然还有咖啡和西餐。

　　纯木结构的店堂，挂了不少色彩斑斓的画和异国情调的饰品，墙上有一些涂鸦，贴着很多驴友的照片和绘制图片；沿街的玻璃橱窗里摆放着一尊佛像和一些器物，窗下还排列了众多书刊供驴友们翻阅。店里还卖唐卡和一些高原土特产，以及为驴友提供免费旅游咨询服务。

　　杜鹃坐在橱窗的对面，望着佛像的背影，像一位虔诚的弟子沐浴在佛光里，心神特别安宁。此时此刻，似乎人世间的所有恩怨都已经灰飞烟灭。

　　临别时，杜鹃与汪罕互留了手机号。汪罕说有事尽管找他，还说什么时候带她去他新装修的画廊看看。

杜鹃回邮政酒店睡了个午觉，醒来已是3点。她赶紧起床，匆匆洗了把脸就直奔旅行社，急得连防晒霜也是边走边涂。

好在酒店离旅行社不远，等杜鹃到时，导游正在旅行社门口清点人数。

杜鹃朝旅行社里张望了一下，想看看那个转票给她的英俊男还在不在？其实，杜鹃知道他肯定不在了，但心里还希望着。

很快，集合的游客全部到齐，导游就带领游客们向布达拉宫进发。路上，导游再次提醒每个人备好自己的身份证，以便参观时检查登记用。因为来布达拉宫参观，首先要经过严格的安检方可进入。

布达拉宫由红宫、白宫和金顶构成，它的内部结构十分复杂，神佛塑像及殿堂较多，且许多宫室不对外开放，游客们只能跟着导游的脚步走。宫内有些幽暗阴冷，空气里贮满了酥油味儿，让人感觉阴森神秘。好在不是一个人，并没有太多的恐怖。

红宫是历代达赖的灵塔殿和各类佛堂。令杜鹃印象最深的是几座达赖喇嘛的灵塔，每座灵塔均用纯金包裹着，上面镶嵌了许多珍贵的宝石。这些无价之宝的灵塔，供奉着历代达赖喇嘛，而他们的肉身几百年甚至于几千年都不会腐烂。尤其是五世达赖的灵塔最为豪华，14.86米高度，成为殿内最高的一座经塔。听导游介绍说，这座经塔耗用黄金达十一万两，镶有红宝石、绿宝石、珍珠、珊瑚、猫眼石、祖母绿等两万多颗，其中一颗比成人拇指大的珍珠，价值到底多少，恐怕难以估算。用当地藏民的话说，值半个世界。每世达赖圆寂后，均要先用盐涂抹其遗体肉身，使其脱水，然后用香料涂抹，待干枯后再将遗体存入塔瓶内，外面密封包金。只有达赖和大呼图克图（蒙古语，即大活佛）才有享受这种金塔葬的待遇，而其他活佛依其地位只能用银、铜、泥质做灵塔。

出了红宫，杜鹃发现两旁都是鎏金屋顶，还有那些在风中吟唱的经幡。站在高处，一眼就能望到山脚下的布达拉宫广场和不远处的拉萨河，杜鹃尽情呼吸着高原清新的空气。

　　白宫是达赖喇嘛处理政务和生活居住的地方，也是旧西藏地方政府的办事机构所在地，给游人参观的地方也不多。最高处为东、西两个日光殿，是达赖日常起居的地方，大概这里是阳光终日普照的缘故，故称为东日光殿和西日光殿。

　　布达拉宫的阳光很执着、很炽烈，像六世达赖仓央嘉措的目光，把杜鹃的脸照得通红通红。她突然想起六世达赖的一首诗：

　　　　坐在菩提树下

　　　　我观棋不语

　　　　前世

　　　　今世

　　　　来世

　　　　患得

　　　　患失

　　在布达拉宫，杜鹃找了半天也没有找到六世达赖的灵塔。原来，宫里没有六世达赖的灵塔。杜鹃内心一阵感慨，或许他是一个另类，想必他也不要什么真身灵塔，他要的是人间真爱，他的灵魂早已化为阳光，永远环绕在高原上空，普照大地，普照人间。

　　带着郁郁不欢的感伤，杜鹃一路下行，突然听到阵阵有节奏的声音，高亢、悠远，如天籁般纯净。循音而去，发现是一群戴着帽子的蒙面人，每人手里拿着一根棍子，一边歌唱、一边戳打着地。走近一看，都是女性。问了导游才知道，这些蒙面人都是未婚少女，她们边歌边劳动，那些动听的歌声，其实是她们自编的劳动号子。她们手拿棍子，其实是在夯制一种用于铺设屋顶和地面的阿嘎土，这种叫"阿嘎土"的东西，是高原温带半干旱灌丛草原植被下形成的土壤，也是藏式古建筑普遍采用的传统材料，用阿嘎土夯制出来屋顶和地面既美观，又光洁，具有浓郁的藏族特色。据说这种土必须要夯制三年才见功效。

在布达拉宫参观，会看到许多意想不到的场景，只是有的说出来不登大雅之堂。站在杜鹃身旁的两位美女诡秘地谈论起布达拉宫里的厕所，说是惊世之作，举世无双。杜鹃出于好奇，也想去开开眼界，当然也有方便之意。

走过幽暗的廊道，进到女厕那边，大约有十来平方米的空间，靠北的墙上开有一扇小窗，地面上安嵌着两个长长的马槽形便器，两头有木制的突起，像个大漏斗，蹲在上面往下看，深不可测，怪吓人的。这厕所真不一般，竟建在高高的山崖上，底下就是万丈深渊。

杜鹃一阵眼晕，脑海里闪出一句名诗：飞流直下三千尺，疑是银河落九天。

从布达拉宫出来，阳光依然那么炽烈。不知是热昏了还是怎么的，杜鹃不知不觉又跑到那家旅行社。英俊男早就不在了，那个扎马尾辫的小姑娘倒还坚守在岗位上。杜鹃不知道自己跑来干吗，但跨进旅行社大门的一瞬间，她立即找到了来的理由。

杜鹃问马尾辫，什么时候有去珠峰大本营的车？

马尾辫说，这段时间是旅游旺季，人多车少，最近几日都已排满，只能慢慢等。

杜鹃问，要等多久？

马尾辫说，起码一个星期。

杜鹃说，我的时间有限，能否给挤个名额。

马尾辫说，这个不好说，除非有人中途取消计划，要不你留个电话给我，或者去别的旅行社问问。

杜鹃把手机号码写给马尾辫。看来也只能这样了，出门在外一切都由不得自己，感觉一个人很无助。她突然想起汪罕，翻出手机上的通讯录，查到他的号码，想打一下，不过想了想，最后还是没打。

眼看时间还早，杜鹃决定去大昭寺。

大昭寺前的广场上游人如织。最壮观的是寺门口那些磕长头的信徒们，他们在地上铺一条长长的垫子，不停地重复着同一个动作，直到整个身子完全贴着大地。他们心无旁骛，磕得虔诚、磕得执着。据说，他们要磕满十万个长头，才算功德圆满。难怪旁边堆放了不少行囊，还有一些人正坐在地上吃饭，估计他们做好了长期"作战"的准备。

磕长头是个全身心投入过程，双手合十，先在头、额、胸依次挨三下，然后双手前伸扑倒，直至五体投地。整套动作一定要做到位，马虎不得，无法追求现代化高效率、高速度。杜鹃看得目瞪口呆，心里默默估算了一下，即便一天不吃不喝二十四小时连续磕，也只能磕上几千个头，磕满十万个高质量的长头，这需要多少时间和毅力啊。

信徒中，有一个小女孩儿引起了杜鹃的关注。约莫五六岁的样子，穿着一件齐腰短的红衣裳，每次匍匐在地，衣服和裤子就会分开，露出一圈肚皮，由于身下没有垫子，稚嫩的皮肤直接贴在冰冷的地上。一下、二下、三下……杜鹃有点儿看不下去了，扭头离开。她想起表哥家的女儿，也是这个年龄，还经常要爬在妈妈的身上撒娇。小小年纪就爱臭美，像小明星似的，衣服一身又一身。

大昭寺的门票不像布达拉宫控制得那么严，一般买了票就可进入参观。

　　走进寺院，看到院落东侧有数排酥油灯，像僧人慈祥的目光，白天黑夜都亮着，据说终年长明不灭。酥油灯后面就是大昭寺主殿的正门，大殿左右各有两尊巨大的佛像。左侧为红教创始人密宗大师莲花生，右侧是未来佛。大殿通道入口处右侧是一幅描绘大昭寺建寺故事的壁画，如果要了解大昭寺，了解7世纪时的拉萨，就一定要观赏这幅壁画。

　　在大昭寺，感觉最多的是佛像，密宗大师莲花生、未来佛、一世达赖、一世班禅、观世音、无量光佛、强巴佛、萨迦五祖等，几乎会集了藏传佛教的各派佛像。因此，大昭寺自然成为各个教派共尊的神圣寺院，拥有至高无上的地位。活佛转世的"金瓶掣签"仪式，历来就在大昭寺进行。当年文成公主远嫁吐蕃从日月山入藏，随身带来的释迦牟尼12岁等身佛像，如今就供奉在大昭寺内，是世上三尊释迦牟尼等身像中最精美、最珍贵的一尊。

　　遥想当年文成公主远嫁吐蕃的心情，杜鹃想起了来拉萨之前，在青海倒淌河和日月山游览时，当地朋友给她讲述的一个可歌可泣的传奇故事。

　　当年文成公主远嫁吐蕃，行至赤岭，看到自己将要离别故土，心中一片怆楚。她站在峰顶，翘首西望吐蕃，天高云低，一片苍茫；回首东望长安，离别亲人的愁思油然而生，遂拿出皇后赐予的"日月宝镜"，从中照看长安的美景和亲人，不禁伤心落泪，思乡的泪水汇集成了一条河，由东向西倒淌流入青海湖。思绪随着泪水悠悠流淌，渐渐平静下来的文成公主，想到自己身负唐蕃联姻通好的重任，便下定决心，果断摔碎手中的"日月宝镜"，斩断对故乡亲人的眷恋情丝，毅然决然地向西行进。后来，人们将那条由泪汇成的河称为"倒淌河"，赤岭改称为"日月山"。

　　杜鹃从大昭寺出来，在寺前的广场一侧，忽见一间低矮的房子窗户里泛出红光和轻烟，走近一看，里面竟也和大昭寺里的酥油灯一样，密密麻麻放着数排，每盏酥油灯都跃动着红红的火焰，熠熠生辉，非常壮美。听旁人说，里面昼夜有人给酥油灯添油加料，长明不熄。看来，在西藏，酥油灯如同神灵的目光无处不在，不仅给人们带来光明和温暖，更是给芸芸众生带来不灭的希望。

想起进藏途中开大巴的师傅对她说过的话，到了拉萨不去八廓街和大昭寺，等于没到拉萨。杜鹃心想，现在大昭寺逛过了，接下来就该去逛八廓街了。

事实上，来到大昭寺，也就来到了八廓街。八廓街与大昭寺的关系就像转经筒的经筒和经轴的关系。

八廓街是一条很有藏族特色的老街，确切地说，是由东南西北四条街环绕大昭寺一圈儿的组合街区。街道两旁依然保留着原汁原味的藏式建筑，街心那个巨型香炉，香烟缭绕，特别显眼。八廓街上的名店很多，"夏帽嘎布"是一家远近闻名的古玩老店，由尼泊尔人创办，因店主常戴尼泊尔白帽而得名；雪域唐卡手工艺店，也是一家很有特色的名店，在那里可以免费学习唐卡画技法。当然，除了这些名店，更多的是手工艺品商店和售货摊点，商品琳琅满目，最多的是天珠、天眼、红珊瑚、蜜蜡、玛瑙、绿松石等珠宝首饰，但大多真假难辨，杜鹃挑了几件便宜的，以假充真，算是给家人朋友的回头货。还有那些转经筒、经幡旗、酥油灯、铜佛、贡香、念珠等宗教用品和藏鞋、藏刀、藏帽等日用品也满目皆是。当然，吃的也不少，有青稞酒、甜茶、奶渣、牦牛肉等。而最吸引杜鹃的是唐卡、藏毯等手工艺品，及那些来自尼泊尔、印度等地的舶来品，让她流连忘返。

走走逛逛，逛逛走走，杜鹃悠闲信步在这条用手磨石块铺就的平整街道上，竟忘了自己是在海拔 3600 多米的高原上行走，一点儿高原反应也没有。这条店铺林立、游人如织、吆喝声此起彼伏的环形街道，就像一个色彩斑斓的舞台，可以欣赏到各色各样的人物：步履蹒跚摇着经筒的老人、虔诚地磕着长头的修行人、叫卖珠宝古玩藏器的商人、与商贩讨价还价的游人、充满浪漫情调的表演艺人、背着行囊快速前行的驴人，还有尾随客人兜售便宜饰品的年轻人。

　　走着走着，杜鹃的目光竟又迷离起来。她发现了一个问题，这里不少地方标注的门牌街名竟是"八角街"，而好多介绍拉萨的书上，包括旅游地图上都称其"八廓街"。"八角街"与"八廓街"到底怎么一回事？问了一位在街口卖首饰工艺品的店主，才解开了疑团。原来，"八角街"是外人对这条街的误读，由于生活在拉萨的四川人特别多，在四川话里，"廓"与"角"发音相近，说的人多了，以讹传讹，"八角街"就这么来了，后来，甚至有人望文生义，以为八角街是因为有八只角才这么叫的。其实，"八廓街"是藏族同胞心中一条重要的转经道，也有人称之为"圣路"。"八廓"藏语意为"中圈"，相当于现代城市交通枢纽的中环线。围绕大昭寺，拉萨有三条这样的转经道，外圈叫"林廓"，内圈在大昭寺里叫"囊廓"。所以，这条街真正的名字应该叫"八廓街"。

　　"八廓街"是不能乱改的，明白了它的来历，应该有理由为它正名。杜鹃恨不得立即找拉萨市政府地名办的人。看来，她的记者职业病又犯了。

　　杜鹃随着顺时针的人流，在八廓街的一个转角处，终于看到了一栋黄色小楼，这就是著名的"玛吉阿米"。

　　玛吉阿米是坐落于八廓街东南角与东孜苏路交汇处的一栋两层小楼，黄色的外墙，在周围白色的建筑群中，显得鹤立鸡群，十分另类。这栋小楼，最流行的说法是，六世达赖仓央嘉措与情人幽会的密宫。玛吉阿米，只因一个人、一道目光、一场幽梦而名闻天下。去过西藏的朋友说，到了拉萨，不去玛吉阿米感受一下，会是一个不小的遗憾。为了让自己的人生之旅少一些遗憾，杜鹃决定也去感受一番。

　　入夜，杜鹃终于走进刚才只在街口眺望过的"玛吉阿米"。有人说"玛吉阿米"是酒馆，也有人称其为酒吧、咖啡吧、文化餐吧，其实，叫什么吧都不重要，重要的是"玛吉阿米"这四个字。

　　踏上狭窄的木楼梯，杜鹃来到二楼吧厅，浓郁的藏族文化气息扑面而来。只见墙壁四周挂满了画框、照片和手工艺品，古朴的装饰，暗红的环境，悠旷的音乐，燃烧的酥油灯，静思的藏铜器，书架上的卡夫卡、艾略特、里尔克等人的原版书，在这不大的空间里弥漫着粗犷而典雅的浪漫。来这里的人很多，杜鹃扫了一眼，二楼的位置几乎被占满了，便上到三楼的露台。巨大的蓬布把露台盖成一个开放式棚屋，棚下并排摆放着古铜色的桌椅，在这里用餐的客人也不少，但少了楼下她喜欢的那种情调。走到露台的围栏边极目眺望，远处的布达拉宫依稀可见，大昭寺的经幡影影绰绰；低头俯看，街上熙熙攘攘，人潮如水，漩涡般地朝一个方向行进，已分不清是游客还是转经的信徒。

　　等了片刻，杜鹃不甘心又下到二楼，见幽暗的角落处有一长方形桌子，一边坐着一个低头沉思的男子，一边的位置空着。杜鹃正想走过去，忽见那男子抬头望着她，此时杜鹃也看清了对方的面目。

　　闻？杜鹃心头一惊，差点儿喊出这个人的名字。

　　杜鹃试图逃避这道熟悉的目光，但已经来不及，彼此的眼神蓦地碰撞在一起。此时，不知从哪儿飘来一个声音，是谁在轻声诵读仓央嘉措的情诗：

　　　　目光交汇的地方，
　　　　命运打了个死结。

去远方寻父

文生从未见过父亲。

母亲临终前把他叫到床头，抖抖索索拿出一封泛黄的信说，文生，这是你父亲的信，现在交你保管吧。

说是信，其实只是一个信封，里面没有信笺。

文生问母亲，里面的信纸呢？

母亲看了儿子一眼，含糊其辞地说，被我烧了。说完，她的眼泪就出来了。

文生把信封攥在手里，就像攥住了父亲的手，脑海里顿时波涛汹涌，心里在埋怨母亲，母亲啊母亲，为何要烧掉父亲的信呢？

信封上的字很大，字迹工整、苍劲有力。看来父亲读过书，甚至练过书法，应该是一个见过世面的人。文生把信封翻来覆去看了几遍，顿时有了想见父亲的冲动。

文生虽然从未见过父亲，但时常会在梦里见到他的身影，一个身材魁梧、一米八个儿头的男人，穿一件泛白的黄军装，走起路来健步如风。

之前，每当他问起父亲，母亲总是躲躲闪闪，竭力回避，老用"你父亲去了很远很远的地方"来搪塞。至于去了什么地方，什么时候能回来，母亲只字不提。

母亲似乎看出儿子的心思，又抖抖索索从身上掏出一块系着红线的玉佩，递给他说，文生，你想见你父亲的话，就带上这个吧。

文生接过玉佩，仔细打量起来，半圆形的玉面上雕刻着一条翘头翘尾的鱼。这玉佩他小时候见过，而且玩过，为此还遭了母亲一顿打。

小学一年级那年，文生从五斗橱抽屉的角落里偶然发现了这个玉佩，它被包裹在一个纸盒里，看到上面雕刻着一条精美的鱼，觉得好玩，就献宝似的拿给一位好同学看。同学的父亲在文管会工作，说这东西是假的，不值钱。不过，他说他喜欢上面的鱼，见文生喜欢跟他家儿子下飞行棋，就说用飞行棋跟他换。

文生拿着飞行棋高兴地回到家，母亲见了，问他棋是哪儿来的？他实事求是说了。不想母亲的脸立马变成猪肝，一把夺过文生手中的飞行棋，边打边骂，你这个败家子！文生从没见过母亲这样，简直像个疯子。他又惊又怕，摸着疼痛的脑袋，哇哇大哭。母亲全然不顾儿子的疼痛，冲出屋子。外面下着倾盆大雨，等母亲把玉佩要回来，已经浑身是水。那天，母亲发起了高烧，在床上躺了整整三天。

玉佩静静地躺在文生手心里。当他还想问更多关于父亲的事时，母亲已静静地闭上了那双充满企盼的眼睛。

母亲合眼的那刻，文生没有哭出声音，只是静静地流泪，可心里早已如山洪暴发般地汹涌。他想，母亲离开人世的那一刻，一定也很想她的丈夫，可她把父亲的亲笔信给他给得太晚了，否则完全可以按照信上的地址找他回来，哪怕是天涯海角，也要把父亲找回来，让他与母亲见上一面。

　　文生料理完母亲的丧事，决定去远方寻找父亲。

　　按照信上的地址，文生踏上了开往西北的列车。

　　从苏州到安康，差不多要一天一夜的时间。由于卧铺票没买到，他只能挤进人多味杂的硬座车厢。不知什么原因，自从动车和高铁开通后，普通车票反而更加紧张，像提前进入了春运。许多旅客只能蹲坐在过道里或车厢连接处，有的甚至被挤在厕所门口。

　　站在文生座位边上的是一个肩背小男孩儿的中年妇女，手里还搀着一个五六岁大的女孩儿。文生随口与她聊了几句。她说去苏州探望了打工的丈夫，带两个孩子回襄阳老家。

　　文生没听说过襄阳这个地方，只听说过襄樊，问她襄阳在哪儿？她说，襄阳就是襄樊，去年改的名字。文生笑了笑，心想，中国人就喜欢改地名，苏州著名的西山不是也改了没人知道的金庭吗，以至于现在好多标有"金庭"的指路牌后面都要加个的括号，把"西山"括在里边。文生说，襄樊是个人杰地灵的好地方，当年刘备三顾茅庐请诸葛亮出山的故事就发生在你们那儿。她说，我们是山里人，没文化，只知道那里有一种"红嘴相思鸟"很有名。

　　相思鸟，多好的鸟啊，雌雄成对形影不离，就像苏州拙政园池塘里的鸳鸯，被我们人类视为忠贞爱情的象征。文生又想起了母亲和父亲，这么多年他们天各一方，如果也是相爱的一对，要忍受多少相思之苦？

　　车到汉口，已是晚上8点45分。列车广播里说，要在这里停留35分钟。不知是给列车加水补给，还是让别的更重要的列车先行？反正等你没商量，你不想等也得等，个别等得不耐烦的乘客开始骂起铁老大来。由于停车后空气流动不畅，文生被充满肉夹气的车厢熏得昏昏糊糊，只得逃进梦里跟周公聊天去了。

　　等文生醒来时，列车已到随州。他看了一下表，23点15分。再看看车厢里的人东倒西歪一大片。原本站在他身旁的襄阳妇女抱着小男孩儿坐在地上打起了呼噜，女孩儿也席地而坐靠在母亲的身上睡着了。文生曾有过让他们母女仨坐他位置的念头，但只是一个闪念，始终未有行动，他为自己的不作为和自私深感内疚。

襄阳到了。望着中年妇女和两个孩子纸片似的挤出车厢的背影，文生松了一口气，他们终于可以回家了。他看了一下手机上的时间，忽又担心起来，凌晨1点15分，这么晚的时辰，不知道她带着两个孩子如何回她那个山里的家？如果这个时候回家的话，安全吗？

列车终于平安到达安康站。一天一夜的漫长颠簸，让文生尝尽了出门的滋味。安康不是最终目的地，他还要换乘汽车进入大山，去一个从没听说过的地方。文生查过地图，父亲来信的地方是一个夹在秦岭和巴山之间叫岚皋的小县城。

秋日的天气已很凉爽，可文生走得满头是汗，来到安康汽车站，已气喘吁吁。买好车票，一颗悬着的心总算有了着落。问过车站服务员，说从安康到岚皋还有一百余里的山路，要两个小时的车程。文生看了一下候车室里的挂钟，午饭前应该可以赶到。

去岚皋的客车是一辆南京产的依维柯，座位不多。上车时，车上十来个位置几乎已占满了，文生在最后排找到了唯一一个靠窗的空位。看来，还算幸运。

依维柯冒着黑烟，吃力地蛇行在蜿蜒的盘山公路上。路上的景色很美，抬头是翠绿的大山，低头是清澈的河水。山上的植被很多，树木花草十分茂盛，偶尔有几处裸露着山体的肌肉，如一道道伤疤，留下了人为开挖的痕迹；与山路平行的是一条河，宛如婀娜多姿的彩练，始终伴随在路的一侧。文生打开车窗，深吸一口清新的空气，内心感慨大自然的神工鬼斧。他问了车上的老乡，才知道一路陪伴的这条河叫岚河，是通向汉江的一条支流。文生第一次听说岚河，但汉江小时候就知道了，上地理课听老师讲过，它是长江上一条重要的支流。文生突然意识到，他的家乡与千里之外的岚皋有着血脉相连的渊源。

盘山公路旁偶尔有几间低矮的房屋，墙体一半是砖石，一半是泥巴，骨架用松木或毛竹支撑着，像上了年纪的老人，大多已歪歪斜斜。给人印象最深的是屋顶，上面盖的不是瓦片，也不是稻草，而是黑乎乎的石片。厚重的石片几乎要将房子压塌，让人看了心寒。这些房屋究竟能承受多少沉重和压力，估计谁也不知道，或者说从没有人过问过。

大约走了一半路程，天就变了脸，下起了不大不小的雨。文生又想起那些沿途看到的石片屋，担心它们能否经受风雨的侵扰？

依维柯顶着风雨继续在山路上前行，为了安全起见，司机把车速降了下来。望着车窗外渐浓的雾色，文生的心情也随之低落起来。

也许是无聊，也许是心切，他从包里拿出父亲的信封又一次仔细端详起来，寄信人地址一栏只有"陕西省岚皋县城关公社刘金义寄"几个字。文生看了一下信封上的邮戳日期，只有"1968"的阿拉伯数字依稀可辨。看来光凭这些，对于什么都不知道的他，寻找父亲简直是大海捞针。不知道父亲是否真如他梦见的那般模样？文生越想越没底。未来的路似乎变得漫长而艰难，但再长再艰难的路也只能走下去。

文生刚把信封放回包里，突然一声巨响，依维柯重重摇晃了一下，一块碗口大的石头砸在右侧车窗玻璃上，"咣当"一声，窗玻璃碎了，文生的脑袋嗡的一下，钢化玻璃粒屑溅了他一身。不好，右侧的山体滑坡了，而左侧就是落差十来米的岚河，一旦被山上掉落的泥石冲下路基，后果不堪设想。车厢里顿时一阵骚动，好在车上的人都没受伤。司机紧锁眉头，握紧方向盘，犹如一名穿越敌人封锁线的战士。他边踩油门边大声吼道，大家坐好别动！

　　山路上不断有零星碎石从空中掉落，砸得车顶、车身"砰砰"直叫，依维柯冒着"枪林弹雨"加大油门朝前猛冲。突然，车后传来一阵千军万马的巨响，文生回头一看，妈呀！在他身后几米远的地方，山石挟带着黄土、野草和连根拔起的树木已将道路堵成一道密不透风的斜墙。

　　父亲啊父亲，难道你就生活在这个看似宁静但随处有险的大山里？文生内心一阵惊叹。

　　依维柯终于冲过"敌人"的封锁线，向岚皋县城挺进。半个小时后，依维柯平安进入岚皋城，在做了最后一个漂亮的九十度拐弯后，驶进河滨大道上的汽车站。

　　出了车站，文生在附近的小店里买了一张岚皋地图，辨清了方向，就沿着河滨大道往前走。岚皋县城不大，好多房屋都建在山坡上。那条原本向西而去的岚河，也在这里做了一个九十度的拐弯后向北而上，把岚皋县城分割成很奇特的两块，北岸和西岸是老城，南岸和东岸是新城。蓝天白云、山清水秀，感觉这里的空气特别新鲜。

　　文生走了一段路，看到街边有一小吃摊，前面挂一小牌，上面写着"鬼脑壳"几个字。出于好奇，他驻足询问摊主"鬼脑壳"是啥东西？摊主指着碗里凉粉一样的东西说，就是这个。文生说，这不是凉粉吗？只是看上去颜色比凉粉稍黑些罢了。摊主说，这不是凉粉，是魔芋豆腐，我们岚皋的特色美食。文生又问，魔芋是啥东西？摊主说，魔芋是一种半野生植物，样子很丑，所以都叫它"鬼脑壳"。他要了一份，吃到嘴里清腻滑爽，口感极好。摊上食客只有文生一个人，便和摊主闲聊起来。摊主问他是不是第一次来岚皋？文生说是的。又问他是来做生意的还是走亲访友的？文生说来寻亲的，他问摊主认不认识一个叫"刘金义"的人。那人想了想说，没听说过。摊主又把话题扯到魔芋上，说魔芋也是一种药材，可治皮炎包疖，又说这里姑娘出嫁时，陪嫁的布鞋鞋底就是用魔芋浆黏合了棕壳纳制而成的，穿了这种鞋可滤汗防脚气。摊主说得眉飞色舞，仿佛是个魔芋专家。但文生的心思不再这儿。

文生告别了"鬼脑壳"，拿着信封继续向路人打听父亲的下落，他们都说不认识"刘金义"这个人。看到前面有一家卖冥币的小店，店主是一位上了年纪的妇女，文生走了进去，希望从她那里得到有价值的线索。文生礼貌地问阿婆，这个县城里有没有一个叫"刘金义"的人？阿婆说，那人多大年纪？文生不知道父亲的确切年龄，想必应该跟母亲差不多吧，就说，大约60多岁。阿婆打量着文生问道，你是他什么人？文生说，我是他儿子。阿婆脸色一沉说，不可能，他去年就"走"了。阿婆又自言自语道，好人啊，苦了一辈子，可连个送葬的亲人都没有。文生听到这个晴天霹雳的噩耗，手里的信封差点儿掉到地上。

文生回了一口气，又问，怎么，他没别的家人吗？阿婆睨了文生一眼说，是啊，孤苦伶仃一个人，后事也是政府给办的。文生问，县城里还有别的人叫刘金义吗？阿婆顿了顿说，这个倒不清楚，我就只知道他这个人。文生问阿婆，他葬的什么地方您知道吗？阿婆瞥了文生一眼说，怎么，你想去？文生点点头。阿婆见文生一副诚恳的样子，就走到店门口指了指左手边的一座小山说，那座山上有个公墓，就葬在那儿。文生垂头丧气地"哦"了一声，又向阿婆打听公安局在什么地方。他不相信父亲已经不在了，决定先向警察求助，然后再决定要不要去公墓。谢过阿婆，文生就前往县公安局。

岚皋公安局在老城的东街，负责户籍的一位女警察热情接待了文生。全县17.6万人，叫"刘金义"的有21人，但符合父亲年龄的一个都没有；后来又查了人口注销库，也只有一位符合父亲年龄的，那人已死亡注销，户口倒是城关镇的，想必就是小店阿婆说的那个人了。查找的结果令文生万分沮丧，差点儿在警察面前哭出来。文生红着眼睛从公安局出来，心情几乎跌到了寒冷的冰点。

活要见人，死要见坟。岚皋之行，文生不想空手而归，在县城找了一家便宜的旅店，订好客房，就决定去山上公墓寻找那个可能是他父亲的坟。

那座收留灵魂的小山离城不远，也不怎么高。文生顺着山脚走了一段，找到一条陡峭的小路。往上爬了十来米，看到一位正在砍毛竹的老人，问他公墓在哪儿？老人停下手中的活儿，直起腰板说，就在上面，看到一条废弃的公路，往右沿着公路走，见第一个岔路口左拐有一条石级，走上去就是了。

往上爬了一段路，果真出现一条废弃的砂石公路，坑坑洼洼已不成样子，两旁长满了野草野花，文生边走边采了一些黄白色的野菊花。野菊花在风中抖动着瘦弱的花瓣，飘来阵阵幽郁的清香。在第一个岔路口左拐后，终于见到一条通往山顶的石砌台阶。

山很静，树也很静，唯有小鸟在树上叽叽喳喳。攀登了数十米高的台阶后，忽听得上面有人声，但始终不见人影，便径直而上，一直走到有一块烈士墓碑的地方，才看到几个正在填土修坟的匠人，他们是在为烈士墓干活儿。文生上前问他们是否知道有一个"刘金义"的墓，他们说不知道。文生说去年才安葬的。他们说上面都是老坟，要找新坟的话在那根电线杆下面。

文生扫视了一下，眼前的墓地与他想象的完全不一样。家乡的墓地四周都是苍松翠柏，墓穴与墓穴成行成列，排列有序。想不到这里杂草丛生，一片荒芜，墓穴的位置很不规整。从碑文上可以看出许多人生前还曾当过一官半职的领导。看来人一死，一切都变得虚无。他一个挨着一个，在一人高的荒草和荆棘中艰难地寻找着。突然，一条坎沟将他陷害，文生深陷其中，等他爬起来，脚上的皮鞋已全是泥巴，衣服和裤子扎满了荆棘的刺儿。

太阳已经下山，不知修坟的那些人何时离开的，此时，山上只剩下文生一个人。黄昏渐渐袭来，他仿佛走进了阴曹地府的迷宫，感觉越来越恐怖。眼看天色将黑，文生只好放弃寻找，失望而归。

文生向山下一路小跑，很快跑到那条废弃的公路上，走了一段路，看到前面有一个破败的院落，才发现已经跑过了头。正想着是否要折返的犹豫中，突然前面传来几声疯狂的狗叫，文生抬头一看，一条黄毛大狼狗正从院墙门口向他冲来。

文生吓得冷汗夹着热汗慌了神儿，不过他很快清醒过来，告诫自己必须镇定。文生站在原地稳住脚跟，也装作一条狗虎视眈眈盯着对方，黄毛已离他很近，在两米开外的地方收住脚步朝他"汪汪"大叫。文生学着狗叫与黄毛对峙，且越叫越凶。他边叫边往下蹲，然后悄悄从身后拣起一块拳头大的石块以防不测。

突然，黄毛一个前跃向文生扑来。文生本能地一个侧身避让，同时将石块砸向对方。黄毛"呜"的一声，忍着疼痛又一次向他扑来。手无寸铁的文生只能选择逃跑，可没跑出几步，黄毛已经咬住了他的裤腿，裤管被锋利的狗牙撕开了一条长长的口子。

文生全身的血管在膨胀，心想这下死定了。慌乱中他突然听到一声急促的哨音。奇迹发生了，凶恶的黄毛竟然放开了文生。

文生不知道那声哨子是谁吹的？黄毛为何听到哨声就立即停止了对他的攻击？

那夜，文生累倒在旅店的床上，发起了高烧。一觉醒来已是第二天早上9点，他想爬起来，可一点儿力气也没有，就继续躺着。孤独、痛苦、无助、绝望，像一个个可怕的魔鬼在他的心房里张牙舞爪。文生呼唤着父亲的名字，祈望他能奇迹地出现。

躺在旅店的床上，文生又胡思乱想起来。最让他纠结的是，几十年来母亲为何始终不提及父亲？父亲究竟是怎么离开的，为何在他的生命里从没出现过？

　　文生突然想起母亲临终时给他的那块玉佩，一摸脖子，顿时紧张起来，一直挂在脖子上的玉佩没了。丢了玉佩，就像丢了父亲，虽然不知道这块玉佩对于父亲和母亲来说究竟意味着什么，或者说背后有着怎样的故事，但这是母亲给他的护身符和寻找父亲至关重要的证物。丢了它等于丢掉了希望，文生沮丧到了极点，仿佛被丢进了万丈深渊。

　　玉佩肯定是挂在文生脖子上的，问题是不知什么时候丢的？丢在哪里？昨天跑了很多地方，丢在哪里都有可能。

　　文生欲哭无泪。当他仍在痛苦的深渊中挣扎时，忽听得有人敲门。文生问，谁呀？没人回答，只有断断续续的敲门声。他穿上衣服，艰难地爬起来。没想到这旅店设施简陋，门上竟没有猫儿眼。文生无法判断外面敲门的是谁？又问，谁呀？还是没人应答，倒是门被敲得像暴风雨那样更猛烈了。文生想，大白天的，不怕鬼敲门。他决定开门看个究竟。

　　不开不知道，一开吓一跳。门刚开出一条缝隙，就被一股强大的外力冲开，突然蹿进来一条大狼狗，身后还站着一位扎羊角辫儿的姑娘。大狼狗用鼻子朝文生身上嗅了嗅。文生一看好面熟，这不就是昨天山上见到的那只黄毛吗？他惊魂未定地说，姑娘，你找谁？姑娘友善地看了文生一眼，咿呀咿呀用手比画起来。文生不知道她在说什么，但很快明白过来，站在他面前的是个哑巴。

　　哑巴长得有点儿像张柏芝，似乎比张柏芝更苗条，只是发音比张柏芝更嘶哑更含糊罢了。文生只好也跟着比画起来，用手指指自己，意思是，是不是找他？哑巴微笑着点点头。文生让她进来坐，并从包里找来纸和笔准备与她"纸上谈兵"。

　　"你识字吗？"文生用笔先写了这几个字问她。

哑巴点点头。

文生写，"你找我有什么事？"

哑巴写，"昨天吓着你了吧，有没有被狗咬着？"哑巴的字写得很娟秀，字如其人，一看就知道是个秀外慧中的女孩儿，令文生刮目相看。

文生接着写，"没事，只咬坏了裤管，没伤着皮肉。"

哑巴写，"对不起，让您受惊了。"

文生抬头看了哑巴一眼，摇摇手。

哑巴也盯着文生看。四目相对，让文生有些不好意思。

文生正想把目光收回，哑巴突然变戏法似的从手里变出一块玉佩。文生一看，惊讶得差点儿叫起来。

文生连忙写下一行字，"我的玉怎么在你手里？"

哑巴抢过文生手中的笔，写道，"山上捡的。"

文生双手合掌，做了个阿弥陀佛的动作。怕她误解，又拿过笔来在纸上写了"谢谢"两个字。

哑巴摇了摇手，然后竖起大拇指弯曲了两下。拇指弯曲就如人礼貌地跟对方鞠躬一样，文生很快懂了她的意思，大概是不用谢吧。

一个正常人，一个哑巴，竟交流得很顺畅，几乎没有障碍。但让文生不明白的是，她怎么知道他住的地方，难道这又是奇迹吗？文生用笔问她，"你怎么知道我住这里？"

哑巴看了文生的提问，抿嘴一笑，做了个调皮的表情，抢过笔写道，"你猜？"

文生摇摇手，表示猜不出。

哑巴抚摸了一下安静地趴在她身边的黄毛，又拍了拍黄毛的脑袋。文生立即明白了哑巴的意思，难怪黄毛一进来就用鼻子嗅他。

文生又提起笔问，"是不是它带你来的？"

哑巴点了点头，同时伸出食指向下点了一下。看她那副得意的样子，文生不知道她是肯定他的话呢，还是在肯定她的黄毛？确实，有时候狗比人聪明。

文生始终没有忘记这次岚皋之行的目的，正提笔想问哑巴认不认识"刘金义"这个人，笔尖还没落到纸上，奇迹再次发生了。

哑巴突然从脖子上拿出一块几乎与他一模一样的玉佩，也是半圆形的，上面也雕刻着一条鱼。文生惊呆了。两块玉佩放在一起，刚好构成一幅完美的"双鱼图"，两条鱼嘴对嘴，尾接尾，宛若一对恩爱的夫妻。

文生激动地看着哑巴，像一个与上级失去联系多年的人终于找到了组织那样，饱含热泪。不过，他暂时没有把欣喜若狂的心情完全表露出来，而是平静地拿起笔问她，"你的玉佩是哪来的？"

哑巴写下了"父亲送我的"几个字。

望着这几个充满希望的字，文生仿佛看到了父亲的身影。

文生的头又涨痛起来，高烧仍折磨着他。为了尽快证实父亲的下落，他与哑巴开始了艰难的"对话"。

文生问她，"你父亲叫什么？"哑巴写下了三个字，"刘清义"。文生想，不对呀，我的父亲叫刘金义，难道哑巴的父亲不是我要找的父亲，那玉佩该如何解释呢？会不会我父亲送给她父亲的？或者父亲改了名，刘清义与刘金义会不会就是同一个人？

哑巴说她父亲原本是清华大学的高才生，"文化大革命"受过批斗，后来被迫回乡当了一名乡村教师，现在年岁已大身体又不好，早就不教书了。

文生心想，我母亲也是清华的，难道他俩是同学？他问哑巴，"你父亲多大了？"她写了"1948年生"几个字。文生一算母亲的年龄，他父亲也差不多那个年份出生的。

希望和不确定像两个调皮的孩子，弄得文生身心疲惫。文生的高烧越来越严重，身体有点儿支撑不住了。哑巴也发现了文生的身体状况，一摸他的额头，咿咿呀呀焦急地比画起来，然后快速写下几个字，"快上医院！"

在哑巴的强烈干预下，文生被吊针胁迫在医院的病床上。她帮文生办好了入院手续后，比画着说要回家看一下父亲。文生用手指在床单上写着问她，"你父亲身体好吗？"哑巴眼睛一红，没有回答。文生心头一紧，头更疼了。哑巴临走时，比画着关照文生，在医院好好养病，明天再来看他。

第二天，文生盼了一天，哑巴没来。他猜想，也许她忙，一时脱不开身，或者有急事外出了。

第三天，文生又盼了大半天，哑巴还是没来。一种不祥之兆如浓重的山雾开始在他的心头缭绕起来。文生挂完水，就从医院里偷跑出来。

天阴着脸，一副将要下雨的样子。文生抬头望了望不远处那座已经不怎么陌生的山。山间云雾缭绕，正如岚皋这座山城的名字一样雾霭朦胧。云雾向山下两边延伸，宛如一位母亲的双臂把整个岚河两岸的土地和楼宇都拥入它的怀抱。岚河叮咚作响，生生不息，就像一位永不停歇的长者，永远做着枯燥而平凡的劳作，枯燥中彰显出执着，平凡里蕴藏着真情。

文生沿着岚河，不顾一切地跑向那座山，奔上半山腰那条废弃的公路。那个破败的院落他还记得。

黄毛似乎已经认识文生，静静地趴在院墙的一角，好像在等候他的到来。

文生正想踏进院门，一个趔趄，差点儿跌倒，连忙扶住摇摇晃晃的门框。等他站稳，眼前的场景让文生凉到心底，空旷的院落里摆放着一只花圈，花圈上的挽联和花朵在风中瑟瑟低吟。

　　这时，从院落深处传来一阵凄婉绵长的哀乐。文生打了个寒战，眼前顿然一片迷糊，仿佛听到父亲的声声呼唤……

抹花脸

　　支梅和柳茹同在一所中学，一个教地理，一个教历史。她俩有个共同爱好，就是旅游。班上的学生还在埋头考试的时候，支梅和柳茹就盘算着去哪儿旅游了。

　　去年暑假，支梅带女儿去了青海湖看油菜花，那时，她那位管全市钱袋子的老公正出差在西宁。本来柳茹也想带女儿去的，只是那个炎热的夏天家里着了"火"，柳茹跟另一半正被绝望的婚姻烧得焦头烂额。

　　放假那天，支梅站在办公室的中国版图前，就有了明确目标。去年去了北方，今年该去南方了，她用红笔在云南丘北一个叫"普者黑"的地方画了个圈。支梅像批作业似的有个习惯，每每想去一个地方就会先用红笔画个圈。支梅的圈刚画好，柳茹就进来了。

　　想好去哪儿了吗？柳茹问。

　　支梅说，我正想电话你呢，去云南好不好？

　　好啊。柳茹不假思索地应允。

　　在支梅眼里，柳茹是个敏感而没主张的家伙，且极无方向感，两人在一起，几乎都听她摆布，出门旅游，更是不动脑筋，全由支梅张罗。有一年暑假，支梅说，想去沈从文故乡。柳茹二话没说就跟着去了。其实，湖南凤凰她跟老公蜜月时已去过一回，或许是想去重温旧梦，可旧梦应该是两个人一起去温的，而不是跟闺友。当时，柳茹跟老公还很恩爱，知道她不吃辣，临走时给她买了好多不辣的东西，大包小包像慰问灾民似的。快上火车的时候，在月台上，支梅还见两人在众目睽睽之下打了个长长的 Kiss。想不到那次从凤凰回来后不久，婚姻的十字路口就亮起了红灯，柳茹和她老公成了两只停在不同路口的凤凰，再也飞不到一块儿了。柳茹的知心朋友不多，一有烦心事就像垃圾似的往支梅身上倒。一天，柳茹哭得像只兔子，眼睛红红的来找支梅。支梅虽不知道啥事，但知道她一定是来倾诉的，便拿了本《瑞丽》，卷来卷去像做垃圾桶，等着柳茹倾倒。以往，柳茹说了几句就不哭了，都是一些鸡毛蒜皮的事，哭过骂过就好了。这回有点儿不对劲儿，哭得很伤心，看来她跟那个叫程诚的男人真的出现了感情危机。照例，组织上刚解决他俩夫妻分居问题，应该开心才对啊。可夫妻间的事也是最说不清的事。看着柳茹呆呆的眼神儿，支梅也急了，当起了电视里的调解明星柏阿姨，苦口婆心、好言相劝了几回，可最终两人还是分了手。或许，婚姻这东西真的像人们所说的，各人脚上的鞋，只有穿的人才知道合不合适。

出游的日期最终定在 8 月 13 日，似乎比往年晚了许多。本该一放暑假就成行的，支梅听云南丘北的同学说，今年普者黑一年一度的"花脸节"要到 8 月 14 日才开幕，15 日那天"万人抹花脸"的狂欢活动还要申报"吉尼斯世界纪录"，机不可失，于是就决定等到"花脸节"开幕前成行，也好尝尝参与吉尼斯的味道。

订机票那天，柳茹跟着支梅一起去了民航售票处。刚出票，支梅的手机就响了。她看了一眼柳茹，跑到靠窗的位置，跟电话那头的人通话。柳茹听到支梅在跟对方说什么"订的 13 号中午的机票"、"好的，好的"的话，说话时的神情也有点儿异样。等支梅挂了电话，柳茹就问支梅，你在跟谁汇报工作啊？支梅说，不跟谁，云南的同学。柳茹做了个鬼脸说，不会吧，对方好像是个男的声音。支梅愣了一下，说，要么你的耳朵作怪。

在柳茹眼里，支梅跟她是一个无话不说的好朋友，甚至有时连夫妻间的房事也不忌口。柳茹很羡慕支梅跟她老公和谐的性生活。她跟程诚就不行，即便磨合了这么多年，孩子也快小学毕业了，可两人依然无法"心往一处想、劲往一处使"。两人离婚，除了因这位教化学的老兄跟别的女人违规做了一次"化学实验"外，最大的原因在于他俩的性生活始终亮着红灯。对她来说，自从程诚做了化学老师，每次过夫妻生活简直就像经历一场天崩地裂的灾难。

柳茹和支梅出了民航售票处，刚钻进果绿色的小 QQ，支梅的手机又响了，是短消息。柳茹坐在副驾驶上，见支梅只看了一眼手机没回复，就问，是不是哪位情哥哥牵挂你了？支梅说，有人想请我喝咖啡，你去不？柳茹说，我才不做电灯泡呢。支梅说，你认识的。柳茹说，认识的我也不去。支梅发动汽车，白了一眼柳茹说，你嫉妒啦。柳茹说，我才不嫉妒呢，不过，我得提醒你，你老公那么优秀，可不能玩火啊，别在婚姻上步我后尘。支梅说，我才不像你呢，小肚鸡肠，遇到一点儿风吹草动就受不了了。柳茹知道支梅又在说她和前夫的事，便不服气地说，什么叫一点儿风吹草动，他跟别的女人叠罗汉似的叠在一起你觉得问题还不严重？支梅说，他不是跟你下跪求饶了么，况且为了你的面子，把老师的工作都辞了，听说他现在在一家外贸公司打工，至今单身一人。柳茹说，他单身一人，关我屁事。支梅说，可他毕竟是你女儿她爸，不关你事，也得关孩子的事啊。柳茹不语。支梅继续开导说，男人啊，就像一只放飞的风筝，收得太紧会掉下来，放得太高会断线，要收收放放，收放自

如、恰到好处才行，既看得见、又牵得牢才是做女人的本事。柳茹
白了支梅一眼说，你说得轻巧。

　　支梅把柳茹送到家门口，就调转车头往淮海路上的"星巴克"
去。请她喝咖啡的不是别人，是柳茹的前夫程诚。支梅推开星巴克
锃亮的玻璃门，程诚已坐在角落的沙发里等她了。程诚问支梅喝点
儿什么？支梅点了一小杯摩卡，她喜欢那种如白云一样鲜搅的奶油
漂浮在咖啡上的感觉，就像浪漫的爱情，在快乐或忧伤的时光里，
给人一种无法抵御的诱惑。程诚要了一大杯拿铁。这款是星巴克引
以为豪的经典，不知能否给失去爱情的程诚带来好运。程诚问支梅，
干吗不点大杯，是不是怕我请不起？支梅说，不是，我喜欢小杯，
小杯味浓。程诚说，不是忽悠我吧？支梅说，我怎么会忽悠你呢，
忽悠的话今天也不来喝你咖啡了。程诚苦笑了一下说，没事，反正
我被人忽悠惯了。支梅说，谁忽悠你了呀？程诚说，反正有人。支
梅呷了一口咖啡，就把话题转到柳茹身上说，柳老师可没忽悠过你
啊。程诚说，怎么没忽悠过呢？当初我们过着牛郎织女生活的时候，
感情还好好的，她一定要我调回来，等我花了九牛二虎之力，终于
夫妻团圆了，她倒好，突然跟我反起目来，连正常的夫妻生活都不
让我过。支梅皱起眉头，问程诚到底怎么回事？程诚说，你是知道
的，以前我在南京一所重点中学教生物，为了夫妻团圆，托关系才
调到了你们现在这所学校，校长说缺化学老师，要我改教化学，好
了，她听说我改行做了化学老师，当天晚上就背对着我睡觉。支梅
说，不会吧，你们夫妻感情难道跟你当生物老师还是化学老师有关
系吗？程诚说，我也纳闷啊。支梅说，那个时候，你有没有外遇？
程诚摇着头说，没有没有，自从我调回来后，夫妻生活一直不和谐，
每次做，她都表现出极不情愿的样子。怎么会这样呢？支梅听了十
分惊讶。程诚说，他也不知道怎么回事。程诚喝了一口咖啡，又说，
像她这个样子，作为一个有正常需要的丈夫，谁能受得了。支梅问，

你们男人都这么强烈吗？程诚说，十天半月都轮不到一次，还强烈啊，当然，后来我也不好，没能管住自己，但这能全怪我吗？支梅又问，你现在有对象了吗？程诚说没有，他还想给女儿一个完整的家。支梅知道，当初离婚是柳茹主动提出来的，为这事，支梅没少费口舌。临别时，程诚要支梅再做做柳茹工作。

波音 737 载着支梅、柳茹和她们两个宝贝女儿，准时从上海虹桥机场起飞了。以往支梅和柳茹结伴外出旅游，每次飞机总是晚点。有一次去福建厦门，晚上的飞机，刚上跑道，机舱喇叭里就传来停飞返航的消息，说是厦门那边雷电交加、暴雨如注，即便飞过去也无法降落。那晚两人就住在离机场不远的免费宾馆里。柳茹从没住过自己城市里的宾馆，感觉一百个不自在，在那张吱嘎作响的席梦思上翻来覆去怎么也睡不着，跟支梅聊了半夜天。支梅被她折腾了半宿，提出"抗议"后倒头便睡，而柳茹在似睡非睡中度过了漫长的黑夜。快天亮的时候，熟睡中的支梅被柳茹的一声尖叫惊醒。支梅以为机场上的波音飞机从头顶滑过，一个鱼跃竖起来，一看还在宾馆床上，便问柳茹，出什么事了？柳茹说，对不起，刚才我做了个噩梦。其实，自从程诚从南京调回来改做化学老师后，她在夜里经常做噩梦。

飞机在不断上升。柳茹的女儿坐在靠窗位置，像只百灵鸟，一边看着舷窗外的云彩和渐渐远去的城市，一边叽叽喳喳跟支梅的女儿说个不停。柳茹平时不爱说话，似乎所有的话都留给女儿说了；而支梅刚好相反，女儿很文静，她很外向，做什么都风风火火的。柳茹的女儿突然转头跟柳茹说，妈妈，要是爸爸跟我们一起来该有多好啊！柳茹瞥了女儿一眼，没有说话。支梅的女儿比柳茹的女儿小一岁，她接话说，我才不要爸爸来呢，他一来，我就不能跟妈妈睡了。柳茹的女儿讥笑说，你还跟妈妈睡啊？支梅的女儿撅起小嘴娇嗔道，我就要跟妈妈睡！支梅和柳茹对视了一下，笑了。支梅对柳茹说，你看，孩子从小谁带就跟谁亲，其实，你女儿她爸还算个顾家的男人，为了孩子，你应该重新考虑一下你们的关系？柳茹对支梅说，我看你别为我瞎操心了。

　　支梅和柳茹她们二大二小四个女人先在昆明休整了一个晚上，第二天早上才从南窑车站乘大巴往丘北赶。从昆明到丘北不是全程高速，有些路段不好走，加上中途吃饭什么的，290公里的路程，停停走走要花7个小时。一路上，柳茹疲惫地打着瞌睡，每次醒来总发现支梅拿着手机在发短信。柳茹终于熬不住开口问，你跟谁这么热乎啊，谈恋爱似的。支梅说，跟朋友呢，怎么，你又嫉妒啦？柳茹试探地说，不会是同性朋友吧？支梅说，当然是异性咯。柳茹说，当心成为失足青年。支梅说，有你在，我怎会失足呢，况且青春的尾巴早就掉了，失也失不到哪里去了。柳茹说，那可不一定，如今老头老太也有很多出轨的。让柳茹有点儿想不通的是，以前支梅不是这个样子，最近怎么变得神秘兮兮的。两人正调侃着，柳茹的手机也响了，一条短信，她看了一眼就摁掉。支梅问，是哪位男朋友发来的？柳茹说，还有谁，还不是那个死鬼。才不信呢！支梅说着就一把抢过柳茹的手机，一看，确实是柳茹的前夫程诚发来的：茹，请再给我一次机会，我们和好吧！程诚。支梅边看边说，给人家回个信吧。柳茹说，我才不想浪费信息费呢！支梅说，要不帮你回一个？不要！柳茹一把夺过手机。支梅劝说道，不是我说你，不要老是钻在历史的牛角尖儿里，过去的早就过去了，我们应该立足现在，展望未来。柳茹说，我不像你，整天抱着地球仪，一副胸怀全人类的样子。支梅说，胸怀全人类有什么不好，有爱心，你这个躲在历史角落里的老顽固应该向我学习才对。柳茹不想当着孩子和整车厢陌生人的面，谈论自己的个人问题。她白了支梅一眼，挪了挪屁股，靠在椅背上继续闭目养神。支梅见柳茹不理她，就继续拨弄她的手机。

车到丘北已近下午五点，支梅的同学早就候在车站的出口处等她们了。从丘北县城到普者黑景区还有十多公里的路程，支梅的同学开了一辆新买的 RAV 黑色丰田，五个女人叽叽喳喳上了车，就直奔目的地。一路上，奇特的喀斯特地貌，旖旎的山水田园风光，让两个孩子兴奋不已。柳茹也一改在大巴上的疲惫，神采飞扬起来。蓝天、白云、青山、碧水、绿荷、红花让她心旷神怡。荷花！荷花！柳茹的女儿高兴得大叫起来。支梅望着车窗外满目的荷花也大发感慨，想不到这高原上，也有江南水乡那样的荷花。支梅的同学接过话头说，我们这里的荷花可不一样，都是野生的，有人称其为活化石，上次有位研究荷花的专家来考察说，这里有两种珍稀的野生荷花在世界别的地方已经灭绝了。支梅去过的地方算是不少了，想不到普者黑这个地方，竟然有着美于拉萨的天、胜于桂林的山、清于西湖的水，还有多于江南的荷，果真是一处名不虚传的人间仙境。

晚餐和住宿都安排在一个叫仙人洞的彝族古村落里。安顿好住的地方，五个女人就去农家乐用餐。柳茹平时不喝酒，这次离家来到千里之外的普者黑仙人洞，也想过一回神仙日子，竟放肆地喝了不少当地人自酿的腻脚酒。柳茹的女儿小嘴很甜，见妈妈喝得脸色红红的，便大夸妈妈漂亮。支梅本来酒量就好，喝得再多也面不改色。她的同学因为还要开车回城，就没喝。三个大女人、两个小女生，酒足饭饱后就来到"采歌坪"观看彝族撒尼人的篝火晚会。

柳茹拉着女儿的小手，站在人群里，看着熊熊燃烧的篝火，竟想起了前夫。虽然十几年过去了，可当年她与程诚去湖南凤凰度蜜月时，在德夯苗寨，两人偎依在一起观看篝火表演的情景依然历历在目。如今女儿都这么大了，爱情之火却已熄灭，婚姻这堆柴火也烧成了灰烬。柳茹正想着，篝火晚会已接近尾声，观看和表演的人们开始手拉手围着篝火载歌载舞起来。柳茹的女儿也拉起妈妈的手，走进了狂欢的人群，学着撒尼人特有的舞姿扭起了屁股。突然，狂欢的人群乱了，柳茹感觉自己的脸被什么抹了一下，扭头一看，一位身穿民族服装的阿黑哥正举着一只大黑手在笑。支梅和她的同学围过来一看，也笑了起来。柳茹的女儿看到妈妈的脸变成了一只大花猫，更是乐得嘎嘎有声。支梅说，那位阿黑哥知道你单身，肯定看上你了。柳茹一边使劲儿用手抹脸一边说，你别瞎说。支梅的同学在一旁解释说，这就是我们普者黑的"抹花脸"，哪个的脸被别人抹得越黑，吉祥和幸福就越会降临到他的身上；如果是男女之间表达爱情的话，双方会相互涂抹，然后去山林间互诉衷肠，脸被抹得越黑表示情意越深。支梅问同学，明天那个申报吉尼斯的"万人抹花脸"，是不是也是这样抹来抹去？支梅的同学说，是啊，明天下午我会带你们去的。柳茹的女儿插嘴问支梅的同学，阿姨阿姨，抹在脸上的是墨水吗？支梅的同学说，不是墨水，是锅烟灰。柳茹的女儿问，什么是锅烟灰呀？支梅的同学说，锅烟灰就是锅子底下被火烤出来的黑灰。柳茹的女儿又问，阿姨，我们没有啊，明天怎么抹呢？支梅的同学拍了拍柳茹女儿的小脑袋说，明天阿姨会想办法给你的。耶！柳茹的女儿高兴地伸出两个手指头，做成胜利的 V 字。

　　回到客栈，支梅的女儿嚷着要跟姐姐睡。本来安排好的，支梅跟女儿一个房间，柳茹和女儿另一个房间，现在两个小孩儿要睡一间，虽然支梅和柳茹都不放心，但最后还是同意了。支梅的女儿还说，从今天起，再也不跟妈妈睡了。看来，旅游的好处真多，非但可以增长见识，愉悦心情，而且让孩子们也变得更加懂事。

　　柳茹和支梅安顿好两个宝贝儿，就回到自己房间。两个女人的世界，加上未消的酒兴和游兴，柳茹和支梅又成了两只不停嘴的八哥儿，满屋子都是她们的声音。

　　支梅倚在床头问柳茹，你实话告诉我，到底有没有男朋友？柳茹说，有了还不是你第一个知道。支梅追问道，真的还没有吗？柳茹说，真的，我这辈子不会再找别的男人了。支梅说，那好，我看你还是跟程诚复婚吧，一个女人家带个孩子什么都要自己动手，挺累的。柳茹说，我习惯了。支梅继续劝导说，你说这习惯好吗？你才三十多岁，真的就这么一个人过一辈子？柳茹说，我现在看见男人就恶心。支梅不解地问，你怎么会有这种感觉呢？难道程诚给了你什么伤害？不就出了一次轨么？柳茹说，也许，是我自找的。支梅看了一眼柳茹，顿了顿说，不瞒你说，程诚把过去你俩夫妻生活的状况都跟我说了。柳茹警觉地问，他说什么了？支梅说，说你不愿跟他做爱，十天半月都摊不上一回。柳茹愤愤地说，他怎么跟你说这些呀！支梅说，他是为了要跟你好，说实话，他这人不坏，唯一的不好是在外拈花惹草了一回，但你也有责任啊！柳茹说，我知道自己也有责任，可我过不了自己这道坎儿。支梅问，你指的坎儿是什么，有什么心结打不开呢？柳茹说，你想知道吗？支梅说，你说出来啊，也好让我帮你分析分析。柳茹说，你知道我为什么讨厌程诚当化学老师吗？支梅说，不知道，我真想问你这个问题呢。柳茹说，我厌恶所有的化学老师。说完，柳茹的眼眶湿了。为什么？支梅盯着柳茹，觉得很奇怪。

柳茹从床头蹚到窗口，拨开窗帘，普者黑的夜空很明亮，月亮高悬，繁星闪烁。她深呼吸了一口窗外的空气，然后又拉上窗帘，蹚回到床前。支梅调整了一下坐姿，屏住呼吸期待着柳茹。沉默——两分钟的沉默后，柳茹终于道出一个久藏心底二十年的秘密：

16岁那年，一场噩梦突然降临到我身上。那时，我的学习成绩很好，特别是理科，是班上的化学课代表。化学老师是个中年男子，平时像父亲那样对我宠爱有加。一天，在学校的实验室里，那个慈父一样的老师突然变成了一头恶狼，竟对我动了邪念，我的血第一次流在了实验台上。

怎么会这样呢？支梅听得浑身发抖，情不自禁地用被子将自己的身子紧紧裹住。

柳茹像打开了闸门，继续说：当时我像一个坠入深渊的人，不想活了，一个人跑出学校，跳进学校旁边的一条河里。程诚救了我，他是我隔壁班的同学，为此成了学校的救美英雄。后来，大学毕业后，我就以身相许嫁了他。

支梅还在为柳茹紧张，问她，你报案了吗？柳茹说，当时感觉天都塌了，只有一死的念头。支梅问，后来那个禽兽老师呢？柳茹说，死了，听说病死在监狱里。支梅说，你报案让他绳之以法了？柳茹摇了摇头说，我没有，一年后有位同学遭遇了我同样的灾难，是她的母亲报了案，才把他送进了监狱。支梅说，这么多年过去了，难道你还没走出阴影？柳茹说，知道那个化学老师死了后，本来好多了，可自从程诚调回来当了化学老师，又触动了我的那块伤疤，每次做爱就会想起学校实验室里那个情景，我试图忘掉，但忘不掉，而且越来越清晰。支梅终于明白了柳茹的心结，劝慰道，原来的那个化学老师死了，程诚也不再当化学老师了，噩梦醒来是早晨，你该走出阴影，试着给他一次机会，也给你自己一次机会。柳茹说，不知道我还行不行？支梅说，怎么不行，你一定行的！要不要我给程诚打个电话，让他来普者黑接你？柳茹说，不要，我还没想好呢。支梅说，这有什么多想的，时间不等人，等你想好了，不怕已经被人抢了啊，现在三四十岁的男人可是绩优股，炙手可热。柳茹不紧不慢地说，我才不稀罕呢。

"万人抹花脸"申报"吉尼斯世界纪录"狂欢活动如期进行。支梅的同学陪支梅和柳茹她们早早吃了午饭就来到丘北县城的椒莲广场，每人领到了一只装有锅烟灰的蜡染布袋。柳茹和支梅的女儿学着大人的样子将蜡染布袋斜挎在肩上，跟着身穿节日盛装当地少数民族，一起欢呼，整个场面人声鼎沸、热闹非凡。祭礼仪式开始了，柳茹和支梅对着晴朗的天空默默祈祷。两个孩子感兴趣的是接下来的千人跳弦子表演，她们也跟着节奏在原地蹦啊跳啊。支梅看了一眼柳茹，又抬眼向四周张望，她似乎在寻觅什么？这时，挂在支梅胸前的手机响了，是一条短信。支梅微笑着看了一眼，快速按键回复了一条。

这时，有人敲响了主席台上的铓锣，浑厚的锣声犹如开战的号角，"万人抹花脸"申报"吉尼斯世界纪录"活动正式开始。广场上的高音喇叭里也不断传出激越鼓动的声音：如果你想要吉祥你就抹！如果你想要快乐你就抹！如果你想要幸福你就抹！

人们开始互相涂抹花脸，一时间椒莲广场成了欢乐的海洋。柳茹和支梅早就被这场面感染了，也兴奋得蠢蠢欲动。

突然，一只乌黑的大手，像苍鹰的翅膀，嗖的一下扑向柳茹，白净的脸蛋立即变成了一朵黑牡丹。柳茹回头一看抹她的人很面熟，可她已管不了那么多了，也本能地抓了一把锅烟灰，用力抹向对方。男人又从蜡染布袋里抓了一把想再抹时，柳茹一个转身，燕子般地快速逃离。男人似乎不甘罢休，一路追去。

这时，柳茹身后的女儿突然大声道：爸爸？爸爸！

伞

关于伞的功能，也许不用我唠叨大家也一定知道，但今天我还是想唠叨几句。伞除了有挡风避雨、遮阳避暑的功能外，最大的好处是可以孵化爱情。

蔡兵兵与赵晶晶两人的爱情就是在伞底下孵化出来的。那是蔡兵兵亲口对我说的，我当然得信，谁叫我俩是好兄弟呢。但好兄弟也有不好的时候，不好的开端就从他与赵晶晶在伞底下孵化爱情开始的。

自从蔡兵兵和赵晶晶好上后，他就成了一只重色轻友的可怜虫，守着这个爱情的胜利果实不放了。当然也难怪他，前两任女友都因或这或那的原因与蔡兵兵"沙扬娜拉"先后去了日本。第一任女友嫌他没有情调，不懂生活。其实那个小妹说的所谓生活也仅仅指浪漫，比如说情人节没有收到他的鲜花，下雪天不带她上山看雪景；第二任女友倒不嫌他这些，而是别的，说他轻色重友，拿她"萝卜不当青菜"。此小妹言之有理，在那段恋爱的季节里，蔡兵兵确实对她关爱不够，亲热劲儿大都释放在我身上。当时我俩既是刎颈之交的朋友，又是势均力敌的对手。那段日子里两人像发了疯似的，每天一下班就赶往工人文化宫摆战场，沉浸在324个方阵里围歼堵截、围城打援，有时一仗打下来三个小时仍不见分晓，有时杀红了眼连晚饭都忘了吃、连觉都不想睡，常常杀得天昏地暗。那种废寝忘食的精神如果让聂卫平知道了肯定也大加赞赏，说不定还会收我俩为徒。当然，那是玩笑话，但我俩喜欢围棋倒是实实在在的。

有一回，两人正杀到你死我活的关键时刻，蔡兵兵的第二任女友突然打来一个电话，于是两人就在电话里卿卿我我起来，他顾不得棋盘上的白子，随手下了一着臭棋。天助我也，我立即抓住这一天赐良机，马上飞出一颗黑子卡到他的喉咙口，就这么轻轻一卡，他的两口气立即断了一口，要知道围棋的规则只剩一口气的棋是死棋，他的一条大龙就这样活生生被我吃了。蔡兵兵输得咬牙切齿，直骂娘。那天结束战斗后，本来我俩说好一起去步行街吃夜宵，但他已经气得没了胃口，况且从文化宫出来时外面正下着瓢泼大雨。想不到此时兵兵的女友竟打着伞来候他了，可蔡兵兵正在气头上，他不领她的情，不跟她合伞，也丢下了我，一个人气呼呼地夺路而去。女友见此情景，当着我的面泪都出来了，当然她最后还是追了上去。事后我问蔡兵兵，那天有没有钻进女友的伞里？他诡秘一笑，说，何止伞里？

我不想把话题扯得太远，至于我的那位兄弟与前两任女朋友在伞外的故事，如果日后有机会我再慢慢告诉大家。现在，还是让我们回到他与现任女友赵晶晶怎么在伞底下孵化爱情这件事上来。

那是一个烟花三月的日子，蔡兵兵回到母校扬州大学拜访了一位德高望重的恩师后，第二天就独自一人来到与学校一街之隔的瘦西湖，他与第一任女友就是在五亭桥上认识的。那天他进瘦西湖公园是去重温旧梦，还是去吸取教训，想必谁也猜不出他当时的心思，这恐怕连他自己都说不清。蔡兵兵曾告诉过我，他与第一任女友认识时，两人还都在读大学，是一个校区的校友，只是蔡兵兵比她高一届。蔡兵兵与第一任女热恋时曾作过一首在我看来是他诗歌中最蹩脚的长诗，其中有一节是这样写的："长堤，留下了含情的脚印／白塔，珍藏起瞻念的恋意／五亭桥，回荡着欢声笑语／难忘的经历将爱一次次拷贝重映。"

　　那天，蔡兵兵一个人走在瘦西湖的长堤上，凝望不远处的五亭桥和白塔，不禁心潮起伏，他收住脚步坐到湖边的一块石头上发呆。（对了，他还告诉过我，屁股下面那块石头是他与第一任女友照过相的地方。）不一会儿，瘦西湖上的天空也开始心潮起伏起来，不由自主地扑簌簌下起了小雨。没多久，雨就渐渐大起来了，但蔡兵兵似乎不为所动，仍像罗丹的"思想者"那样手托腮帮，雕塑般地凝固在那里，雨水自作主张代替了蔡兵兵的泪水哗哗地流过他的脸颊。突然，蔡兵兵的头顶上飘来一朵红彤彤的彩云，雨一下子没了，流淌的泪也止了。蔡兵兵从"思想者"的沉思中回过神儿来，抬头一看，飘在头顶上的不是彩云，而是一把雨伞，那把伞红得很娇艳、很温馨；他扭头一看，原来是一位学生模样的女子撑着伞站在他身边。女子露出一副惊诧的样子称呼蔡兵兵为"蔡老师"，还睁着黑珍珠般的大眼睛问他怎么一个人坐在雨中不走？蔡兵兵立即起身，上下打量了对方一番：青春、亮丽、苗条、陌生。他像放幻灯片似的快速在脑海里翻转记忆的图像，但幻灯片里的与眼前这位女子一个也对不上号。当然，最后他俩还是攀谈了起来。

　　原来，那位撑伞的女子也是扬大的学生，姓赵，芳名晶晶。一个蔡兵兵，一个赵晶晶，两人的名字放在一起倒也蛮顺口，而且都是复名，看来两人有缘。

　　赵晶晶告诉蔡兵兵，她今年将毕业离校，而他的名字早在她刚进大学那年就已经知道了，很崇拜他。

　　蔡兵兵在大学时，确是个风云人物，他的小说、散文和诗歌写得都很出色，尤其是诗歌犹如一杯杯香茗烈酒迷倒了校园里不少女孩子，他创办的"彼岸文化"网站点击率很高，人气很旺，他的第一任女友就是在那段最风光的日子里认识的，也是从崇拜开始。可现实中的崇拜大多虚幻，往往只是敬仰，不会酝酿；只是钦佩，很少发展。在这个速食肆虐的年代里，崇拜不再是陈年的美酒，也不再是吃不厌的米饭，崇拜只是流星雨，只是天上的彩虹，崇拜的尾巴常常是用来演奏伤感乐曲的指挥棒。蔡兵兵与第一任女友就是在名典咖啡屋里听着钢琴曲《幸福的瞬间》而痛苦地"沙扬娜拉"的。

现在，眼前这位女大学生又说崇拜他的话，蔡兵兵虽然爱听，也能接受，但心里还是有一点点余悸。当然余悸归余悸，蔡兵兵表现在行动上还是很坦然自若的。两人在雨伞的呵护下，在雨中边走边聊了起来，由于雨伞太小，两人只能紧挨在一起，就这么挨来挨去，很快就挨出好感来，在走了很长一段路后就有点儿相见恨晚了。当两人分手的时候都显得有点儿依依不舍，最后双方互留了电话号、QQ 号和伊妹儿。

虽然我知道蔡兵兵这段时间电脑不开，网站不上，伊妹儿不用，发誓要静下心来与我专攻围棋，但令人遗憾的是，他仍然把 QQ 号和伊妹儿告诉了别人，而且还是愉快主动地告诉了别人，说明他又想玩电脑了。当初跟我下围棋，说好了坚持一年不上网，现在才坚持了三个月，他就开始动摇了。真是革命不坚决啊，年轻人最终还是经不起甜言蜜语的诱惑。

那天我去兵兵家玩儿，进门看到的第一件事是见他正在给电脑擦脸化妆，看来他真的要跟电脑亲密接触了。他对我说，没办法呀，已经答应给晶晶制作一个网页，为她日后应聘工作做准备。

我可管不了这些，只知道他跟电脑接触我就惨了，我的对手没了，虽然家里也有电脑，电脑里也有下围棋的，但我还是喜欢人脑，喜欢与人面对面地下，看得见摸得着地下，网络世界实在太玄乎，太不踏实了。记得有段时间迷上了网上"斗地主"，可我老是输，后来才知道原来对手是一伙的，暗中勾结欺负我一个人。你说现在的人损不损？

日子过得真快，转眼赵晶晶就毕业了，她希望也能到我们这座城市工作。那天蔡兵兵拉上我一起冒雨赶到火车站接她，他俩倒好，一见面就躲在雨伞里卿卿我我起来，把我冷落在一旁，我算什么了？电灯泡、搬运工、车夫？

赵晶晶一来，我与蔡兵兵的生活平衡顷刻被打破，蔡兵兵的生活天平自然倒向了赵晶晶一边，他为赵晶晶的工作开始奔波忙碌。

新开发的工业园区虽然需要大量人才，但对一个刚从大学毕业的本科生来说，没有实践经验，找工作还是有点儿难，现在的用人单位特别爱挑剔。那段时间蔡兵兵算是上足了发条，开足了马力，动足了关系，帮赵晶晶打了无数电话，跑了一家又一家的单位，当然，赵晶晶自己也跑。功夫不负有心人，最后，赵晶晶凭着自己的实力和魅力终于在工业园区里找到了一家日资企业，具体工作是市场营销。赵晶晶感到很满意，但蔡兵兵有点儿不满意，也许他对日本的东西太敏感了。

有一年，我的一位在武汉大学教书的同学打来电话，说他们校园里的樱花开得特别好，全国各地的人都慕名而去，也热情邀请我去观赏，我问蔡兵兵去不去？他一听我说去看樱花就来气，骂我神经病；还说，你别跟我提樱花，你要看随你便，不要来刺激我好不好？我怎么是刺激他呢，看来这家伙真的患上恐日症了。

而这次是他心爱的女朋友赵晶晶认为那家日资企业很不错。女友满意，蔡兵兵即便一百个不满意，也不敢说反对话。站在赵晶晶的角度上，毕竟是次机会，况且一个外地人要在我们这座人口众多的城市里找到一份满意的工作不是件很容易的事。

我和蔡兵兵终于不再形影不离了，虽然我俩一同在图书馆工作，但由于美丽女人的插足，使得我们这对好兄弟不得不疏远了，现在围棋也不下了，好在我老婆（不好意思，还未过门，读大学时就这样称呼了）已从太平洋彼岸的洛杉矶读研海归，总算让我找到了新的兴奋点。我俩正筹划如何围城的事。

不久，我调到了市文化局，而蔡兵兵还荡漾在书的海洋里，两人见面的机会就更少了。当然，见面机会少不等于没有，毕竟我们在同一座城市里生活。

梅雨季节的江南，宛如一位受委屈的女子，时常落泪。一个双休日的下午，我与老婆（已领红派司，法律承认了）也故作浪漫，打起雨伞一同上街溜达。我俩合用一对耳机边走边听 MP3 里那首《在雨中》的男女声对唱老歌，真的感觉很浪漫，灰暗的天空似乎也变得明朗许多，原来，明与暗的变幻主要来自内心而不是外部世界。

当我俩走进商业步行街时，想不到蔡兵兵和赵晶晶也打着雨伞漫步在雨中。我心想，这家伙现在也学会浪漫了。看来浪漫谁都能学会，关键是用不用心，愿不愿意去制造浪漫，也就是说心中有没有爱的浪花作推动力。一旦爱的浪花大了、澎湃了，浪漫也就自然而然地跑出来溜达了。如此看来，蔡兵兵对第三任女友是满意的，否则那家伙是不会轻易跟女友手挽手招摇过市的。

我们迎面打了招呼，如果换在平时不下雨的话，也许我和兵兵还会握握手，但今天只能免了。蔡兵兵一手挽着女友，一手撑着伞，他伸不出第三只手。我们免了握手，但让我一下子注目起他手中的那把雨伞，很特别，很精致，也很显眼。一般的伞是圆的，而他手中的那把是方的，颜色很艳，艳得简直像天上的彩霞。那次我在南京飞往北京的飞机上就看到过这种平日里看不到的颜色，现在我又一次看到了。

老婆见了那把方雨伞自然也很好奇，问他们从哪儿买的？蔡兵兵首先抢答说，去杭州买的。看他回答时那副得意的样子，我就猜想十有八九是他掏钱给女友买的。老婆冲我撒娇地嚷着也要，我爽快地答应了。本来我俩就打算好了，等办完结婚仪式就去祖国的大好河山转一转，当然，杭州也是我们首选的城市之一。

临别时，我没忘了跟蔡兵兵他们先打个招呼，邀请他俩到时一定喝我俩的喜酒，至于请柬，等日子正式定下来了再补。蔡兵兵和赵晶晶高兴地恭喜我们。

结婚的日子像流星雨那样说到就到，新郎的我，虽瘦了一大圈儿，但精神仍好得出奇，人逢喜事精神爽。那天，我和老婆胸佩红艳的绢花矗立在皇宫大酒店那高高的台阶上，迎候着一批又一批的宾客。天黑了，来喝喜酒的人也来得差不多了，可还是不见蔡兵兵和赵晶晶的踪影，他俩怎么回事呀？不会是怕出不起人情钱吧？我心里焦急起来，趁着开宴前的空当儿打他电话，好家伙，手机关机；我又打他家里电话，家里人说他早去朋友那里喝喜酒了。我心里暗骂，这小子怎么这么磨蹭？

婚宴不可能就等他们两人，司仪要我们进堂准备，结婚仪式准时开始。随着"婚礼进行曲"的奏响，我和老婆含情脉脉地牵着手踏着节拍行进在柔软的红地毯上。为了走上这条红地毯，我和小美努力了整整五年。我望了一眼沉浸在幸福中的老婆，激动之余突然感到某种滑稽，想笑出来，这世界上的女人几亿几亿的，怎么会是身边这个女人而不是别人呢？

结婚仪式热闹而烦琐，接下来的事我有点儿记不清了，反正我像一部人为控制的机器，被那位能说会道的女司仪操作来操作去。我像傀儡似的站在高高的戏台上，在众目睽睽之下，动作极其死板，无外乎给双方父母鞠躬、敬酒、为新娘戴戒指什么的。

由于请的客人太多，我们不能一一到每桌上敬酒，只能来个中国人民大团圆。所谓大团圆就是全体起立、然后举杯、然后在女司仪"永结同心"的祝福声中喝一口酒，不管喝多喝少，只要喝了就算为我和小美祝福了，当然，也有用饮料或茶水以次充好的。这些我自然不会计较，我现在计较的是蔡兵兵和赵晶晶，心里痛骂：这对狗男女真不够意思，一点儿都不给我面子，还是好朋友呢！难道他们以为我以后还会请他们喝喜酒吗？想得美，不可能了。

在我的观念里一生只能结一次婚，结婚不是小时候与邻家女孩儿玩的"过家家"，结婚是慎重的，是要对围城里的东西负责任的。当你感觉力不从心的时候，真的负不起责任了，允许你从城门口大大方方地走出来，当然，也允许你翻围墙或走边门什么的，甚至允许你破墙而出。但既然你千辛万苦地进去了，发现错了，现在又千辛万苦地出来了，那就别再进去了，再进去就变得愚蠢，就是重蹈覆辙，毕竟你已经尝过滋味，不要再去害人，当然，也不要再害自己。所以，我是坚决不会结二次婚的。

喜庆热闹的婚宴总算结束了，我舒了一口气，在送走客人们的时候，我仍然希望能见到蔡兵兵和赵晶晶，但随着时间的流逝，看来已是一个不可企及的奢望。当然，在这个属于我和小美的日子里，不管有多少希望和失望，最终都得让位于洞房花烛夜的渴望，好让我和小美顺顺利利地走进幸福的伊甸园。

第二天早上，我搂着新娘子还在温暖的被窝儿里，蔡兵兵来了电话。这家伙真缺德！早不来，晚不来，偏偏在我们温馨的时候来捣乱。他来电话也没什么大事，无非是对昨天没来赴宴表示诚恳的道歉。我冲着电话要挟说，现在什么都不要谈，有种的下午与赵晶晶一起来我新房服法认罪。

下午一点正，蔡兵兵果真来了，但在他鞍前马后没有赵晶晶的影子，我见他无精打采的样子便问，你老婆呢？

我说的老婆自然就是指他的女朋友赵晶晶，自从那次在步行街见到他俩的浪漫后，我就开始这么称呼了，他们没有反对也没有点儿头，大概也算默认了。

　　蔡兵兵白了我一眼，坐到客厅的沙发里，嘟哝一声说，我才不要老婆呢！

　　我看他的脸色不对，知道遇上什么烦心事了，又问，你的晶晶呢？

　　她死了！蔡兵兵没好气地说。

　　我一诧，便说，怎么可能呢？你可别吓我。

　　蔡兵兵不语。

　　我问，是不是两口子吵架了？

　　蔡兵兵端起杯子咕咕咚咚喝了好几口水，才说，何止吵架？我恨不得杀了她！

　　我一听，感到问题严重，帮他杯子里加满水，就倚老卖老地安慰说，小两口吵架是正常的，我与小美以前也经常鸡斗斗，斗过了不就完了吗，何必要动刀动枪杀不杀的？

　　蔡兵兵听了我的话，火气反而升上来，愤愤地说，你知道什么呀，你知道她在我背后干了些什么？

　　我说，好好好，算我不知道，可我得告诉你，这几天是我潘某结婚的大喜日子，你有心事可以告诉我，但不许胡来，更不许给我添乱！

　　我和蔡兵兵正说着，小美的几个小姐妹像一群小鸟似的叽叽喳喳来参观我们新做的小窝，我最讨厌叽叽喳喳，就拉着蔡兵兵躲到阁楼的小书房里。这一躲，就像躲进了教堂的忏悔室，蔡兵兵将内心的东西在我面前和盘托出。

　　原来，赵晶晶跟公司里一个"咪西咪西"的小日本好上了，其实，他们眉来眼去已有好久，只是蔡兵兵不知道，等蔡兵兵知道时，生米已经煮成熟饭，黄花菜不是凉了，而是被那个小日本吃了。

　　小日本虽小，但也知道伞的功能，他也经常在伞底下给赵晶晶制造浪漫，当然，这对于蔡兵兵来说，不是浪漫不浪漫的问题了，完全是对他的一种欺凌、一种侮辱、一种压迫，说得严重一点儿是一种侵略和鲸吞。

蔡兵兵愤愤不平地告诉我，有一天下午，他从单位乘车去市府礼堂开会，途经一个路口遇红灯，亲眼目睹那个小日本撑着一把花阳伞与赵晶晶躲藏在一起，虽然花阳伞挡住了头顶上的烈日，也挡住了两个人的脑袋，但挡不住蔡兵兵那双明察秋毫的眼睛，花阳伞下那个女子身上穿的裙子，脚上穿的鞋子，还有那两条细长的美腿，毫无悬念地告诉蔡兵兵，那人就是赵晶晶。裙子和鞋子都是蔡兵兵亲自为她挑选的，就在昨天的华联商厦里，况且当天早上两人一起上街吃早点时就见她这身打扮。另外，那顶花阳伞也挺眼熟的，与他出差去杭州买回来的那顶一模一样。蔡兵兵像睁着眼睛吃了一只苍蝇似的难过，他恨不得打开车门走上去扇他们两个耳光。蔡兵兵见小日本和赵晶晶两人躲在花阳伞里没有走的意思，心想，两人站在人行道上不走，干什么呢？蔡兵兵还没来得及想明白，伞下的一个动作就让他心惊肉跳起来，那双鞋子的后跟突然离开了人行道上的彩砖，开始缓缓上提。此时无声胜有声，这个无声的上提动作，看似简单，微不足道，但对于蔡兵兵来说，是致命的。脚后跟上提说明了什么？说明了越轨，说明了红杏出墙。蔡兵兵痛苦地一个回头，此时汽车已见绿灯"呼"的一声开溜了。

蔡兵兵讲得绘声绘色，看来，他对细节观察得很仔细。我也听得屏住了呼吸。

我为蔡兵兵鸣不平，那个小日本真不是个东西！即使咪西咪西，也不能"咪西"到我朋友老婆的头上。我愤怒得有点儿失态了，心里骂道，狗日的，死啦死啦的！看来，蔡兵兵想杀人是有理由的，只是现行法律不允许。既然不能杀人，那么赶东洋鬼子走总可以吧。但事实上也不行，外商来华投资受国家政策和法律保护，也是经济和社会发展的需要，与人民生活也息息相关，他们是投资者，某种意义上也是我们的衣食父母。如此看来，蔡兵兵只能再做一次牺牲了。

说真的，我既同情蔡兵兵，也对他颇有微词。当初，蔡兵兵在我面前炫耀他在瘦西湖畔认识赵晶晶这位女校友时，我就警告他不要重蹈覆辙，前事不忘，后事之师。可他对我的话只当耳边风、嘴边药，完全被那位美眉勾了魂儿，不愿意吃我的苦口良药。现在问题来了，他倒想跟我商量对策了。真是"不听老人言，一世苦黄连"，虽然我只比他大一个月，但经验还是比他丰富。不管才气如何，毕竟我是从北京大学打拼出来的。当然，即使是北京大学的高才生，哪怕是博士生，对这样一个敏感的国际问题恐怕也是束手无策。我和蔡兵兵商量来商量去，想了半天也没有想出一个对付小日本的好办法。

发泄了一番后，我开始冷静下来，但蔡兵兵还是冷静不下来，他从牙齿缝里挤出了几个字，不管结果如何，誓与小日本血战到底。

我听了很害怕，真的担心他会做出什么出格的事来。心想，不能再给他火上浇油了，必须灭了他的火焰，制止他可能采取的过激行为。

我沉思良久，终于想起了小时候外婆曾给我讲过的一个玄幻故事，于是我来了灵感，经过改头换面、添油加酱，一个新编故事炮制出来了。

我问他，你与赵晶晶是不是从杭州回来后不久就产生摩擦的？

他说，是的，从那开始越来越话不投机，感觉两人的感情不如以前好了。

我又问，当你第二次出差去杭州给她带回来一把伞后，你有没有感到你们之间的分歧越来越大了？

蔡兵兵瞪大了眼睛看着我，想了想说，差不多吧，回来不久我们就吵过一架，当然吵过以后我们还是经常在一起，但只是表面上的和好，有点儿心照不宣了。

经过这么一个前奏，我的新编玄幻故事就如比萨饼那样烤制出炉了，当然比萨饼里藏着苦药。我对蔡兵兵说，我突然想起一位算命先生说过的一个忠告，说是恋爱中的男女是不能买伞送伞的，伞即"散"，即便再好的恋人也会以"散"告终。

蔡兵兵听了我的话，紧张而又惊讶地问，真的吗？

我见有了效果，就继续说，以前我也不信，现在这事在你身上应验了，我就不得不信了。

蔡兵兵沉默了。看来我烤制的比萨饼已经发挥作用，很快卡住了他的喉咙，让他苦不堪言，让他认命，让他反省自己的不是。

我想留他吃晚饭。他说，吃不下，想回去冷静冷静。我安慰他说，你也不要太难过，世界上的好姑娘多着哪。

我把他送到小区大门口，握了手，还拥抱了一下，目送着他可怜巴巴的身影渐渐远去。

那夜，蔡兵兵的坏消息就像一颗老鼠屎掉进了本来鲜美可口的肉汤里那样坏了我的心情，让我饭也吃不香，觉也睡不着，就爬起来冲了一杯咖啡，干脆坐在床上看书。

睡在一旁的小美催我，老公，快睡吧，明天还要早起去机场呢。

经老婆这么一提醒，才想起明天要与她去杭州度蜜月了。

小美钻进我的怀里撒娇说，到了杭州别忘了给我买伞。

我说，家里的伞多的是，别买了。

老婆立即撅起小嘴说，老公，你答应我的，怎么可以出尔反尔呢。

我迅速脱了衣裳，钻进被窝儿，搂紧老婆说：睡觉！

英 雄

北京的深秋，让我既爱又恨。校园里那几株美丽的银杏，还有数排可爱的平房，又一次勾起我温馨而疼痛的记忆，但不管怎样，北京还是一个令人向往的地方。这次参加公安部刑事侦查进修班学习，有幸回了一次母校。

离开公安大学已有多年，看到那栋曾经初恋过的学生公寓楼，触景生情，第一个想到的便是我的上铺兄弟英雄。正想掏手机给他打电话，这厮倒先打过来了，问我在哪里？我说，正站在你当年发情的那棵银杏树下呢。英雄冲着手机大叫，你才发情呢！呵呵，我能想象此刻他在电话那头的样子，一定是眼睛瞪得像铜铃那般大。

英雄来电话不为别的，是想请我喝酒，这是我没想到的。以前我俩经常厮混在一起，自从他有了小琼后，就再也没在一起开怀畅饮过。我几次找他喝酒，他总说忙，不是说值班，就是讲加班。一个派出所的小片儿警有啥忙的，我们干刑警的才忙呢。我请他喝酒，他非但不来，有时还教育我，说什么当警察要时刻牢记"五条禁令"。"五条禁令"又不是不许警察喝酒，只要上班不喝、开车不喝，平时还是可以喝的。这次倒好，他主动请我喝酒，不会是知道我在京城故意逗我吧？我说，好不容易逮着一个重回母亲怀里吃奶的机会，你就来胡搅，如有诚意，等我回来请。他说，已经跟别人讲好了。我说，你还是不是我兄弟，我一出门你就请客，什么意思？对方知道我的牛脾气，最后答应等我进修回来再请。

进修班就放在母校的高警楼里。所谓高警楼，就是高级警官培训楼的简称，牛得很，一人一房，电视、电脑、冰箱、独卫一应俱全，这与我当年寒窗求学相比，真是天壤之别。我半倚在柔软的席梦思上，给老婆报平安。我俩结婚才半年，如今天各一方，真有些不适。有人说小别胜新婚，那是站着说话不腰疼，即便是这样，也得看看对象，恐怕这话只适合那些老夫老妻们；还有人说距离产生美，那是狐狸吃不到葡萄，距离大了再美的东西也容易产生裂痕，有了裂痕，你说还美吗？

哄开娇滴滴的老婆，刚挂断电话，手机又响了，又是英雄这小子。他问我是否可以请个假早点儿回来？我说，你好坏也算个警察，懂不懂纪律，况且你不是已答应我回来再请吗？他说，同事们催着他嘛。我说，你就等等吧，就等半个月，看在你姐夫的分儿上，也得等我回来再请。他说，谁是你姐夫？我可从来没承认过。我说，你承认也得承认，不承认也得承认，刚才我跟你表姐通电话时，她也迫切希望我早点儿回家，我不可能赖在京城故意不回呀！

我老婆确实是英雄的表姐，虽然只大英雄一天，但哪怕是早一秒出生也是大。说实话，我找英雄的表姐做老婆，是为了弥补我初恋的损失。这个我老婆不知道，可英雄知道。我要让英雄叫我姐夫，即使不叫，至少在亲戚朋友眼里，我就是他的姐夫，真真切切的姐夫，名副其实的姐夫。

进修学习很快画上了一个还算圆满的句号，走的时候我有些依依不舍，但双脚还是生风似的飞出了校门。回家那天刚好周末，高铁二等座一票难求，只能忍痛高价买了张商务座。和谐号的商务舱宽敞明亮，可让我觉得有些压抑、有些忐忑，感觉车厢里弥漫着一股咄咄逼人的霸气，连座椅也如同大腹便便的暴发户，这与我一个小警察的身份很不相符。第一次坐这么高贵的车厢，难免有些异样和不适，我环顾前后左右总算找到了自己的座位。刚把忐忑的心放平，眼皮突然一阵猛跳，我看到不远处有个女子在看我。彼此目光相交的那刻，我的脑神经差点儿短路。怎么是她？我来不及把目光收回，对方已向我投来淡淡的一笑。这笑，似乎什么都有，似乎又什么都没有。

英雄的电话来得正是时候，这回我得感谢他，借接电话之际，我把目光从对方的眼神里抽逃出来。喂，是英雄啊！我仰靠到红色真皮椅背上，故意调高嗓门儿，把英雄的名字叫得震天响，以至于全车厢的人都探头看我。我知道不少人的目光很惊异很不友善，但我要的就是这个效果。

时速三百的高铁真快，几个小时就到家了。等我下车，英雄已在车站出口处候我多时。我说，你干吗来得这么早？他说，早来不好吗，迟到不是我英某的风格。我说，你少来，别吹了。他说，你可别忘了，大学的时候还不是我像老妈子似的天天催你起床。我说，对了，你不说大学我倒忘了，今天在车上撞见一个重量级人物。英雄见我一脸坏笑，警惕地问，是谁？我说，你猜。他说，我不猜，反正从你这张乌鸦嘴里说出来的不会是好人。我说，你说对了，这个人确实不是好人，但她毕竟是你爱过的人。他问，你说的谁呀，怎么会是我爱过的人？我说，你的前女友李珊珊啊！他听了就来气，说谁的前女友，那是你的前女友，你不要了，叫我做替死鬼。我说，你怎么说话的，明明是你夺人所爱，还鸣冤叫屈呢！他调高嗓门儿对我说，你别再提她啊，早跟我无关了。我说，你这个家伙忘恩负义啊，怎么一下子就无关了呢？他说，人家早就跟着大老板吃香的喝辣的去了。我说，我不管现在她跟谁，但你得承认，当初是你把她从我身边拐走的。英雄瞥了我一眼，装出一副认真开车的样子，不再理我。

酒宴安排在外婆饭店舅舅厅。我去了才知道，英雄请我吃的是庆功酒，好在他自掏腰包，不存在公款消费，也无老板买单之嫌，一桌12个人，大家心安理得地吃着。英雄之所以事先不告诉我，说要给我一个惊喜。其实，最惊喜的不是我，而是他妈。英雄曾不止一次地吹嘘，说他妈在怀他的时候就已经为其起好了"英雄"这个名字。他妈也真是的，怎么给还没出生的胎儿起这么一个高调的名字？"英雄"这个称号，不是人人都可以拥有的，要付出很多，甚至生命的代价，为什么不好直接起个实惠一点儿的名字，比如英科、英局、英处什么的。后来我才知道，英雄的父亲英大勇原本也是搞公安的，在英雄还没出生的时候，就在一次执行任务中因车祸撒手人寰。想必他妈一定是希望自己的孩子长大后接父亲的班，日后也能成为一名英雄。这小子倒也幸运，非但毫发未损"哇哇"地来到了这个世界，还享受着烈士家属的待遇，让他的高考成绩恰巧够着了公安大学的门槛，否则我俩恐怕无缘做同学了。

同窗四年，朝夕相处，我知道英雄不是一块英雄的料。当英雄最好是文武双全，至少得有胆量、有酒量，但他胆量不行，酒量也不行，见了蛤蟆都怕，字又写得烂。他最大的本事就是拐走了我的女朋友，不过那个特爱虚荣的李珊珊也确实不是我的菜，当然我知道也不是英雄的菜，事实证明我的预见是对的，只是当初一时转不过弯来。今天英雄是主角，他买单请客，我就不揭他的短了。

大伙儿都敬他酒，酒过三巡，他就有点儿高了，说话也像螃蟹嘴巴上的唾沫多了起来。英雄指着我的鼻子开始发牢骚，你看你们这帮干刑警的，领导的宝贝疙瘩，一哭就有奶喝，一不小心就立功嘉奖；我们干片儿警的，后妈生的，再努力也白搭，不要说立功嘉奖，弄个表扬都很难。我说，你不是也立了吗，而且一立就是一个二等功。他说，你知不知道这个二等功是怎么立来的？是我冒着倾家荡产和生命代价换来的。

我知道，自打我俩大学毕业后，英雄心里一直有气，倒不是他与我在李珊珊这件事上有过瓜葛，因为此事早已成为过去式。问题出在我俩是同班同学，学的同一门专业，回到同一个地方，进了同一家单位，却偏偏分在不同的岗位，什么专业不专业，接收单位才不管呢，想让你干啥就得干啥，除非你有本事跟人家去拼爹。等新警上岗培训回来分配时，我去了刑警队搞破案，他去了派出所当片儿警。行内人都知道，整天跟婆婆妈妈打交道的片儿警，是很难有机会立功嘉奖当英雄的，而干刑警的机会确实多一些。英雄可能受他母亲的影响太大，自以为天生是块做英雄的料。平日里一直与我攀比，每比一次就牢骚一次，尤其是我工作不到一年就立了个三等功，他更是气上加气。有一回，他段里发生一起凶杀案，刚好我接手此案，老同学嘛，他特别卖力，跑上跑下，又是带我摸线索，又是给我当后勤。后来，案子破了，我立了个三等功。他呢，非但没立功，连个表扬都没有，总结会上，领导反而批评他，说他没把社区防范工作做好，发生了不该发生的案子，把一个保持多年的安全文明小区牌子给砸了。我很为他抱不平。我对领导说，我已立过一次了，这次就让他立吧。领导说不行，该谁的功劳就该谁立。我说，他帮我摸线索，又给我当后勤，没有功劳也有苦劳啊！领导说，你是不是不要这个三等功，不要的话我可以收回。既然领导这么说了，我还能说什么？

庆功宴的气氛异常热烈，以至于整个饭店只剩下我们这一桌，大伙儿还在开怀畅饮。英雄在大家的恭维下，也在酒精的鼓动下，手舞足蹈起来，开始讲他的立功经历。

那个劫持人质的案子并非发生在他的管区里，但劫持人质的案犯与他曾是多年的邻居，也就是说，两人小时候光着屁股一起打过弹子、下过棋子、掏过鸟窝子，等他知道这个情况时，他邻居的刀已架在女孩儿脖子上整整四个小时了，由于拒绝任何人进入房间，局里已派特警队员和狙击手准备强攻，但现场环境和视角不好，当场击毙的风险太大，所以迟迟没能下手。领导决策的迟疑，给了夜班出来正在家中休息的英雄一个千载难逢的机会。他得知情况后，没跟任何领导请示就直奔案发现场，气喘吁吁刚碰着警戒线就被分管刑侦的副局长一把拦住。英雄恳求道，王局您让我进去，我知道那小子的脾气，我能制止他。王局扫了英雄一眼，鼻子里呼出一口气说，你是哪儿的，这个时候还来捣乱？英雄说，王局，您不认识我，我可认识您，我是城南派出所的社区民警，姓英，名雄。王局上下打量了一番英雄，你叫英雄就想来逗英雄是不？英雄耐着性子说，王局，您别这么说，现在救人要紧，您就让我进去吧，里面的劫匪和那姑娘我都认识，我保证人质的安全。王局声音提高了八度说，谈判专家都保证不了，你拿什么保证？英雄被局长的话问住了，脑神经短路了片刻终于蹦出五个字，拿我的性命！王局说，即使你有一百条命，也不能胡来。英雄已经没了退路，男子汉大丈夫怎能退缩？他憋了一口气咬着牙说，这不是胡来，如果解救不成功，我愿接受组织处分；如果人质死了，我愿意承担受害者家属的全部经济赔偿。王局瞪大眼睛愣了一下，也无话可说了，想不到一个小民警会说这种狠话。但他做不了主，上报到局长，局长也做不了主，最后还是政法委书记拍的板。

　　之前我只知道他因为解救人质而立了功，不知道背后还有这么一个故事。这次解救人质算是我局历史上一个成功的范例，英雄也因此成了名副其实的英雄，但他的这种冒险我还是为其捏了一把汗。我说，万一失败，你的责任就大了，恐怕一辈子都完了，你一个小民警，这样做，值吗？英雄摇晃着身子站起来，红光满面地举起酒杯说，值，一百个值！说着将杯中的酒一饮而尽，我从没见过他这个样子喝酒的。我猜想，他的这个值，虽有被酒精浸泡过的成分，但应该是他的真心话；我甚至想，或许他是要以一种特殊的方式来报答母亲的养育之恩，给母亲为他取这个名字而争气争光，当然，也可能想用立功来告慰他那个没见过面的父亲。我问英雄，当初你是怎么想的？英雄用手戳着我的鼻子说，我第一个想到的是你。这小子竟然说第一个想到的是我，让我不解。我问他，你想到了我什么？他继续戳着我的鼻子说，我想到了你立功时那副春风得意的样子，是你给了我动力。我说，你小子干吗老跟我较劲？他一屁股坐回到椅子上，有气无力地朝我翻着白眼说，我才不跟你较劲呢。

今天的酒大家喝得都有点儿过了。有人提议，去钱贵唱歌。我觉得这提议不错，一来喝个茶醒醒酒，二来刚才酒桌上没发泄完的可以借歌声继续发泄。英雄说，算了，大家早点儿回家吧。我说，你小子就是没劲，是不是还有约会？他说，约你个头，你不看看几点了。我说，才晚上10点，大家难得一聚，你就别扫兴了。他说，别忘了"三项纪律"。我说，你又来了，套什么高帽子？我们去的又不是夜总会，完全是自娱自乐，不违反任何纪律。说着，几个弟兄连拖带拽硬是把英雄拉进了KTV。

从钱贵出来已是午夜时分，街上寒风萧瑟，行人很少，唯一让人觉得有些暖意的是道路两旁的路灯，橘黄色的灯光把我们歪歪斜斜的影子拉得很长很长，似乎要把我们拉进另一个世界；一阵风吹来，树上的枯叶开始发抖，一片一片地落下来，又一片一片地在地上打滚儿；远处闪烁着红蓝颜色的治安岗亭，在寒风中默默伫立着，煞是孤独。在这个寒冷的夜里，谁也无法统计有多少人已经安睡，有多少人孤枕难眠，又有多少人依然在忙碌？在这个平凡的夜里，谁也无法预料下一刻会发生哪些不平凡的事？我突然想起我的另一位公大同学李大龙，刚毕业的时候也分配在派出所，后来提干去了巡防大队卡口一中队当副队长。他是那么能干有活力的一个人，可在三年前一次设卡拦截毒贩时，一名毒贩驾驶汽车强行冲卡将他撞倒，在送他去医院的途中就离开了我们，年仅 27 岁。他死时没留下任何话语，后来我找到了他的一本日记，其中有这么一段话："不想当将军的士兵不是好士兵，不想立功当英雄的警察不是好警察。也许我当不了英雄，但我崇拜英雄，当有一天我离开的时候，也许我正走在寻找英雄的路上。"想到他，我的眼睛湿了。

英雄站在红绿灯下的风口上，手舞足蹈地对大家说，今天谁也不许开车，都打车走啊，车费明天我给报销。我钩住英雄的肩膀说，人家又不是小孩儿，别管他们了。我和英雄也打了一辆车，我们两家离得不远，算是顺路。上了出租，我的家先到，车费自然由他掏了。目送英雄的出租车走远，最终消失在满地落叶的十字路口，我突然觉得，英雄对我还是挺哥儿们的，虽然形式上抢走了我的女朋友，说句心里话，事实上他为我排忧解难了，那时我通过英雄已经认识了他表姐，我觉得她比李珊珊更优秀，不管是脾气，还是人品，还是学业，人家毕竟是清华的高才生，而李珊珊只是卫校的一名中专生。

第二天上班，怕隔夜的酒力未消，我自己没开车，而是选择了公交，一块钱到单位很方便，也算为城市绿色环保作一份微薄的贡献。刚到办公室，茶还没泡，电话铃就响了。莫非一早就有案情？我连忙接过电话，一听是城南派出所郝所长的大嗓门儿，问小潘在不在？我说我就是。他说，不好了，英雄出事了。我问，出啥事了？他说，出大事了。我有点儿不耐烦，我说郝所长啥事你直说，别跟我拐弯抹角啊。他说，英雄拘留了。我说，郝所，是不是昨晚酒喝多了，你说谁拘留了？他说，英雄啊，这臭小子昨晚不是跟你一起走的吗，怎么开车撞人了？我说，不可能啊，昨晚我俩一起打车走的，怎么可能开车撞人呢？郝所说，真的，人家小姑娘还躺在

ICU里呢！我听他不像开玩笑，也急了，问他英雄现在在哪儿。郝所说，在交警大队事故中队，马上要送看守所去了。我丢下电话，叫上正进门的新警小陈，我说，快，送我去交大事故中队。

事故中队在车水马龙的平安大道旁，一进中队大门，就看到院子里站着一群闹哄哄的人。有的说，警察知法犯法，必须严惩；有的讲，听说此人还是一个英雄呢；还有的人鼻子出气，英雄个屁，只是他的名字叫英雄罢了。我从人们的嘈杂声中听出了大概意思，看架势他们是伤者的家属，是来讨说法、讲条件的。

我挤过人群，进到里面，英雄耷拉着脑袋坐在一间小屋子里。见我进来，他抬了下头，面无表情地看了我一眼。我本想教训他几句，但看他一副可怜巴巴的样子，只能收住话头，换了一种口气说，兄弟，到底怎么回事？英雄说，我酒驾了。我说，怎么可能呢，难道你回家后又开车外出了？英雄说，下了出租尿急去马路对面的公共厕所，刚进去就听到隔壁女厕所里有一个微弱的喊"救命"的声音，我跑过去一看，一个女的浑身是血倒在地上，我想报警，但手机不知丢哪里了。跑到外面路上，等了二三分钟也不见一个行人一辆汽车，人命关天，我就赶紧回家开车送她去了医院。当初脑子里什么也没想，等那个女孩儿进了抢救室，通知她的家属过来，我才意识到自己酒驾了，想开溜已晚，女孩儿的家属硬说我喝了酒开车撞人。

我打开案卷看了化验报告，"81mg/100ml"赫然在目，脑子轰的一下空白了。英雄的酒精含量刚过醉酒标准，这就意味着，不管女孩儿是不是他撞的，他已触到了"危险驾驶罪"这根高压线。难道就这样把一个好端端救人的英雄送上法庭受审，我有些不甘，便带着怨气对站在我旁边的事故中队中队长发火，你们难道不能手下留点儿情吗？中队长说，人家知道警察喝酒开车，还管你救不救人，早在网上炒得沸沸扬扬了，领导想包也包不了，不信你上网去看看。

好一个冤大头！我为英雄难过，但水已流到下游，再难过也只能先把他送去看守所，况且女孩儿的家属还在外面闹呢！

英雄醉酒的事实清楚、证据充分，虽然最后弄清了事情的原委（女孩儿受伤确与英雄无关，而是被前男友捅成重伤的），但还是没能逃脱法律的制裁。为此，我们几个同去喝酒的警察也都受到了处分，但愿我们的处分能减轻他的刑责。

开庭那天，寒风凛冽，太阳在云层里忽隐忽现，等我来到法院门口时，门前小广场上已聚集了不少人，黑压压一片。我一看，大多是那天在交警中队闹事的女孩儿家属，还有一些不认识的陌生人，他们拉起了横幅，要求无罪释放英雄。我不知道自己是被风沙吹了，还是看到了这样的场景，眼睛又一次湿了。我无言以对，心里只蹦出了两个字：晚了！

审判几乎没有悬念，英雄被法院判处拘役一个月，并处罚金人民币一千元。

几天后的一个下午，我趁去看守所办案的空隙，见了英雄一面。他理着光头，看上去白胖了很多。我问他，在里边过得怎样？他说，每天拉一次屎，原来便秘的毛病也治好了。我说，照你这么说，看守所快成医疗中心了，能治百病。他说，是啊，里边有一个我认识的局级干部，已经关了一年，不知是案情复杂还是什么的，至今没判下来，案子没结，身体倒好了，血压也不高了，血脂血糖也趋于正常了。我说，你别英雄乐观主义了，跟我说句实话，你待在里面不后悔吗？他想了想，没正面回答我，然后苦笑了一下反问我，如果换你遇上这样的事，你会怎样？我一时半会儿也不知怎么说，沉默了。

出狱那天，我开车去接他。小别克上了三环，就变得疯狂起来，大概是路况好的缘故，风也乘机跟在车屁股后面瞎起哄。英雄叫我开得慢点儿。我说，没事，我又没喝酒，你不要一朝被蛇咬，十年怕井绳。他说，我现在还怕什么，官司都尝过了。英雄转头朝向窗外，叹了一口气。我说，要振作，又不是干了见不得人的事，你依然是我们心目中的英雄。他说，你小子少来，还英雄呢，现在连狗熊都不如。我说，别小瞧自己，一切都会好起来的。我告诉他，局领导正考虑给你安排一个合适的工作。英雄说，算了，警服都脱了，还有什么好果子吃。我说，你也别怨恨谁了，当初的舆论压力确实很大，谁都想保你，像我们这些没权的想保你保不了，那些有权的也想保你但又不敢保。

　　过了几天，一个周末的中午，我带着鸡爪、羊肉、烤鸭，还有老白干，开了心爱的小别克去找英雄。他母亲开的门，我问英雄在不在家？她说，他在房间里。我推门进去，只见他捧着小琼的婚纱照在发呆。我知道，还有一个月他将和小琼步入婚姻殿堂。我说，天天搂着大美女，你还没搂够啊？英雄没吭声，对我的到来视而不见。我推了他一把说，你小子怎么了？英雄喃喃自语说，她走了。我说，谁走了？英雄继续不吭声。我说，是小琼吗？她去哪儿了？英雄有气无力地说，回老家了。我知道小琼的老家在祖国最北的漠河，大学毕业后一个人来我们这座城市找了一份会计工作。我想说什么，还没开口，英雄又喃喃自语道，她不回来了。我一愣，突然意识到什么，安慰他说，她会回来的。英雄摇了摇头，又自言自语说，她不会回来了。我拉了他胳膊一把说，走，去外面散散心！他说，不去。我说，你知道今天是什么日子吗？英雄抬起头，露出迷惘的眼神看着我。我说，今天是大龙的忌日。

　　李大龙的墓地就在离城区不远的孤山上。每年忌日，我和英雄都会带上好酒和一些食品去他坟头小聚，大家坐在一起聊个天、喝个酒。在大学同学中，英雄与大龙的关系最铁，所以当我说去山上见大龙的时候，他是无法推辞的。

　　冬日的孤山，银装素裹，昨晚下了今年的第一场雪，引来了不少上山看雪景的游人和一些摄影爱好者。我拎着买来的食品和酒，和英雄一块儿上了山。大龙住在半山腰的公墓区，从山脚下往上走40分钟的路程，不算太远，但今天花了一个小时才见到大龙。英雄折了根松树枝把墓基周围的雪认真清扫了一遍。我铺开塑料纸把食品拿出来摆好，斟了三杯酒，拿起一杯酒对着墓碑上大龙的遗像说，兄弟，我和英雄陪你喝酒来了。然后将酒洒在墓基上。英雄也拿起一杯酒，面对大龙说，大龙，酒害了我，让我丢了工作，丢了爱人，今天我陪你喝最后一杯酒。说完就举杯一饮而尽。我又拿起一杯酒说，大龙，你放心，英雄我会照顾好他的，好兄弟有福同享、有难同当，干！我举起酒杯也一饮而尽。

午后的阳光煞是温暖，道路两旁的雪已融化得所剩无几。小别克在山脚下热了热身，哼着小曲向城区进发。这时，英雄的手机响了，他掏出手机看了一下，又放回口袋，任凭它喋喋不休。我说，你干吗不接？英雄说，一个陌生电话。过了一会儿，英雄的手机又响了，他又掏出来看一下，没接，又放回口袋。我说，你干吗还不接？英雄说，还是那个鬼电话。我说，人家可能有急事，否则不会连续打，你还是接一下吧。我刚说完，英雄的手机再次响起。我说，你不接，我帮你接。英雄没理我，接通了电话，冲着手机说，求你别再打我电话好吗？对方是一个女的声音，叽叽喳喳的，我听不清是谁。英雄没等对方把话说完就挂了。我问，是谁，干吗火气这么大？英雄不吭声。我说，不会是小琼吧？英雄说，怎么可能是她呢。我有点儿警觉了，半开玩笑地问他，那是谁？不会是老相好吧？英雄有点儿不耐烦地说，什么老相好，还不是你的初恋李珊珊。我愣了一下说，怎么？你们还有来往？我怕刺激到他，立即收住话头。这时英雄的手机又响了，这次不是电话，是一条短信。英雄看了一下，突然惊呼道，快！去运河大桥。我说，怎么了？英雄说，是她发来的短信，说她现在在运河大桥上，如果半个小时还见不到我，就马上跳河了。我说，那你快回她一下啊！我知道李珊珊这人的德性，她什么都做得出来，要是真的寻死觅活，怕是真的会发生不测。我心里疑惑着，转头瞄了一眼坐在副驾驶的英雄，心想，你小子怎么还被这妖精缠着？但疑惑归疑惑，我还是调转车头向运河大桥急驶而去。

从我们所在的位置去运河大桥差不多半个小时的车程，但今天是周末，一路上堵车厉害，我知道半个小时赶到那里有点儿悬。英雄说，我来开吧。我说，你驾驶证都吊销了，还开什么车？看得出来英雄有点儿着急了。

30分钟后，小别克终于看到了运河大桥的英姿，但前面堵得很厉害，几乎走不动了。等了片刻，见前方的车还不动弹，却看到许多匆匆往桥上赶的路人，我突然有了一种不祥的预感。我摇下车窗问一个往前小跑步的大妈，前面怎么了？大妈说，有人跳河了。还没等我反应过来，副驾驶上的英雄已经不见了，我抬头一看，他正向桥中央飞奔而去。我熄了火，也跟着奔过去。

等我来到桥面上，英雄已脱了外套准备跳河。我想制止他，可他身手比我敏捷，还没伸手去拉，他已纵身一跃跳进冰冷的河里。

"英雄！英雄！"我不顾人们惊诧的目光，一个劲儿地对着河面大声呼喊。我显得有些无奈，迟疑了一下，就向桥堍一则的河岸跑去。

桥下河边有两个警察也刚刚赶到，正拿救生圈准备下水营救。这时，河面上有两个脑袋一浮一沉地向岸边缓慢靠近。一个警察拿着救生圈下了水开始向河中走去，我不知道自己是怕冷还是怕死，只是一个劲儿地站在岸上呼喊英雄的名字。跳河的女子终于抓住了救生圈，在警察的帮助下，慢慢漂浮到了岸边。我正准备俯下身子和另一位警察将她拉上岸的时候，眼前突然一个恍惚，差点儿不想伸手。我迟疑了一下，但最终还是伸出了手，将对方拉上了岸。

　　跳河女子果真是李珊珊。她不是跟大老板去过幸福的小日子了吗，怎么跑到这里自寻短见呢？难道她被大老板甩了，又要找英雄重温旧梦不成？

　　很快，英雄也被人拉上了岸，我见他嘴唇已冻得发紫，连忙脱下自己的羽绒服给他披上。这时，救护车来了，人们七手八脚把英雄和李珊珊架上车。

　　不管英雄救的是谁？我决定为英雄向见义勇为基金会报功奖励。我跟局领导作了汇报，领导也支持我的想法。按照新出台的表彰奖励规定，英雄可以荣获一个"见义勇为模范"的荣誉称号，更主要的是还能获得 2 万元的奖励。这对于目前无工作的他，也算是雪中送炭吧。申报那天，我把这事跟他说了。他说，不要。我说，不要你操心的，一切由我来办。他说，我真的不要。我说，你这人怎么这么死心眼儿，这是对你善举的褒奖，也是组织对你的关怀。我暗暗要求自己，一定把这件事办好。

　　两个月后，市见义勇为表彰奖励大会如期在市政府会议中心隆重举行。为了给英雄一个惊喜，我在会议召开的当天上午才打电话告诉他。下午，我开了小别克，提前一小时去英雄家接他。我敲了一会儿门，开门的是一位头发花白的老妇人，我愣了一下，才辨出是英雄的母亲。几天不见，老人家似乎苍老了许多，以至于我不敢认她了。我说，阿姨，英雄呢？他母亲说，不在，刚走。我问，去哪里了？他母亲说，具体去哪儿不知道，只说外出一段时间。我赶紧掏出手机打他，手机里却传来一个毫无情感的女声，您拨叫的用户已关机，请稍后再拨。我预感不妙，钻进小别克，赶忙调转车头。我本想等他领了奖，还要好好问他跟李珊珊的后续故事呢。妈的，这臭小子。我狠狠骂了一句，把小别克踩得吱吱直叫。

　　我暗下决心，非找到他不可。我又重重踩了一脚油门儿，小别克使出吃奶力气，快速向前方驶去。

擦肩而过

1

离婚那天，黄胜除了带上自己的衣服和开走了那辆心爱的宝来轿车外，把整套新房连同室内的所有东西统统留给了前妻，暂且搬回了父母居住的老屋。

老屋就在古城区那条狭窄幽深的小巷里，黄胜虽然在那里有过童年快乐的足迹，但当他驾着银色宝来回来时却再也快乐不起来了。好在那条不宽的小巷还能通车，多少给了黄胜一点儿安慰，否则连那辆才买三个月的新车也得离他而去了。

照例，黄胜在文化局这样的清水衙门里工作是没有资格买车的。想不到他一年前写的那部悬疑小说《密码日记》却意外地给他带来了财运，它竟乘着《达·芬奇密码》的东风，销量一路攀升，很快成了出版商的摇钱树，当然黄胜的版税也不菲。他拿了出版商支付的版税就买了一辆银色宝来，成了清水衙门里拥有私家车的第一人。

其实黄胜这人怕做出头鸟，骨子里的细胞几乎都是迂缓和寡断的那种，喜欢思前想后，平时做事也是低调中庸。当他把宝来车开到单位时，同事们都大跌眼镜，事后连黄胜自己也感到惊讶。也许他太爱车了，爱的程度甚至胜过了爱老婆，以至于他不顾新婚妻子的反对，毅然决然地把银色宝来娶回了家。可当人们都在羡慕他套近他的时候，妻子却离他越来越远，从同床异梦到分室而居，最终两人走进了离婚的殿堂，领到了与结婚证一样大小的离婚证。唉，屈指算来从结婚到离婚前后才不过半年。

"嘟、嘟、嘟！"前面一阵急促的汽车喇叭声突然把黄胜从离婚的阴影中拉了出来，幸好他的反应快，猛踩一脚刹车才没有跟对面那辆红色宝来接上吻。好险啊，在小巷里开车真是开不得半点儿小差。

驾驶红色宝来的是一位年轻女子，瓜子脸，长发，是黄胜喜欢的那种，可惜他们之间隔着两道车门，无法看清她的全貌。她朝黄胜狠狠一瞥，虽然他没有听到她的骂声，但从她的眼神里分明读到了骂人的字眼儿。

由于小巷太窄，只有少数几处稍宽的地方才可以两车交会，黄胜赶紧倒车让道。女士优先，加上刚才黄胜确实有过错，这些都成为他让路的理由。当然理由还有一些，有的朦朦胧胧，有的心知肚明。

黄胜将车靠到路边，轻轻按了一声喇叭算是歉意，也表示让她先行。年轻女子朝他瞄了一眼就把方向一打，将红色宝来缓缓操纵过来。在两人快要擦肩而过的时候，黄胜首先赔礼似的向她微微一笑，那女子似乎也不好意思地放下了那张骂人的脸向黄胜尴尬一笑。这一笑虽然十分不自然，但还是给了黄胜一种冰消雪融的感觉。

2

有了上次的经历，黄胜以后每次在小巷里开车总是提心吊胆，有点儿像考驾照的感觉，非但车速快不了，而且还得时时小心谨慎，最要命的就是遇上这种对面来车时的尴尬。

想不到这种提心吊胆式的尴尬很快被黄胜内心深处的某种愿望所替代，他竟希望着这种擦肩而过的相遇多多益善。

真是苍天有眼，在以后的日子里，黄胜开车经过那条小巷时几乎每天都会碰到与那辆红色宝来交会的机会。但他也很快产生了许多疑问：为什么总在上下班的时候与她相遇？这附近的几条小巷里除了一些老房子好像没有工厂企事业单位。她来小巷干吗？她到底是干啥的？

带着这些疑问，黄胜几乎每天在与她相遇后都苦思冥想，但始终不得其解。这种相遇次数的累加，也没能带给他满意的答案。唉，黄胜沮丧地想，她只不过是一个与他擦肩而过的陌生人，想了解她真难。

终于有一天，黄胜从一部电视剧里获得了灵感。不打不相识，不能无休止地遐想，应该立即行动。于是黄胜精心设计了一套与她接吻的行动方案，当然这种接吻仅限于车与车之间。

机会几乎每天都有，但每当到了两车交会的那一刻，往往又都是无功而过。主要问题出在黄胜身上，在关键时刻他总下不了手。看来黄胜这个优柔寡断的老毛病真是病入膏肓了，经常害着他，让他失去了很多机会、很多东西，甚至那些到手的东西，比如他的婚姻。

记得去年"十一"长假，黄胜与新婚不久的妻子去西安度蜜月。回来的时候，在乘飞机还是坐火车的问题上就犹豫不决。黄胜的妻子也是个口说随便没有主见的娘儿们，优柔寡断起来比黄胜还厉害。两人优柔来优柔去，最后飞机票没买到连火车票也落了空，为此两人晚回了三天。如果晚回来两天还没事，可第三天回来就惨了，黄胜的妻子非但失去了一趟出国的机会，而且还受到了团里的纪律处分。

　　说到黄胜的妻子，准确地说是他的前妻，曾让黄胜倍感自豪又时常担心。她是市舞蹈团的一位舞蹈演员，从长相到身材自然用不着说，追求她的人不少，黄胜所知的就有三个，肯定还有他不知的。也许她有委屈，因为黄胜的长相连他自己都不敢恭维，在外人眼里就是那个已经用了 N 次比喻的"牛粪"的形象。要问她怎么会将一朵鲜花插在这堆牛粪上的，其实自己也迷糊，或许是两人做过邻居，近水楼台先得月；或许是让她看上了黄胜公务员的身份。黄胜也曾试图问过她爱他什么？她回答得很绝，爱是不需要理由的。

　　当然，两人在结婚半年之后的离婚是有理由的，但并非是她有了外遇（至少在当时黄胜还没发现）或是嫌弃黄胜的长相，也不是为了黄胜的那辆宝来，而是两人之间出现了一个难于启齿的问题。

　　"嘟、嘟！"两声舒缓的汽车喇叭声在小巷的拐角处打断了黄胜的思绪。

　　噢，是那辆红色宝来亲和地打着招呼在向黄胜驶来，他立即也按了汽车喇叭回应了两声，两人彼此向对方微微点头后又一次擦肩而过。

　　多少天来，他们就是用汽车喇叭声交流着，可这种非语言的交流无法表达黄胜的心声，而黄胜的优柔寡断又无法让自己精心设计的方案得以实施，这着实让他沮丧和痛苦。类似这种沮丧和痛苦，黄胜以前也有过，就比如刚才提到的那个羞于启齿的问题。

　　那是黄胜和新婚妻子从西安度蜜月回来之后，准备作婚后的生活打算，黄胜说的生活打算主要指的是"要不要孩子"？从他妻子事业的角度来说，不应该马上要小孩儿，但从黄胜爹妈的角度来说希望明天就抱孙子，而黄胜夹在中间，加上他的优柔寡断，着实让他不知所措，让他处在沮丧和痛苦的阴影里。其实，这种沮丧和痛苦还不是最强烈的。真的，还有比这更可怕的东西在折磨着黄胜，也折磨着他的妻子。黄胜的婚姻很快就出了问题，说实话，两人从西安回来后就不能好好地过正常夫妻生活了，问题主要出在黄胜身上。由于黄胜在要与不要孩子、后来又在选择吃药还是带套的问题上再一次优柔寡断起来，出现了严重的心理障碍，最终导致了可怕的生理障碍，他害怕了、萎缩了、不能长驱直入了。在短短的几个月时间里，两人越来越不能过正常的夫妻生活，妻子终于到了忍无可忍的地步。当然黄胜也理解她，所以把家里所有东西都留给了她，也算是一种补偿吧。

可以这么说，婚姻和女人不仅没有给黄胜带来快乐，更没有给他带来"性福"。但让黄胜想不到的是，自从他见了红色宝来的女主人后就又变得亢奋起来，又让他找回了男人的感觉。当然这种感觉只在心里，未经实践的检验，不能算数。

3

"嘟、嘟！"红色宝来又驶过来了。

"嘟、嘟！"黄胜也迫不及待地按响了喇叭，像是盼望已久。

黄胜拉了一把方向将银色宝来停靠到边上等她过来。这次红色宝来来得似乎有点儿急吼吼，速度稍快地驶了上来，加上两车交会时她开小差地多瞟了黄胜一眼，就这一快一瞟，两车终于相吻了，吻着了双方的耳朵（反光镜）。

黄胜的第一反应是，机会来了。

他想开门下车。倒霉，由于两车靠得太近，根本无法从车里出去。黄胜只能打开电动车窗，用手象征性地摸了一下自己的反光镜以掩饰内心的不安。

这时她也放下了车窗玻璃，探出一个漂亮的脸蛋儿，脸上飘着红霞说："对不起，有没有撞坏？"

"没关系。"黄胜赶紧回答，并问："你的也没撞坏吧？"

她探头粗粗看了一下说："没坏。"

黄胜试图想延长与她的交流时间，但一时竟找不到合适的话题，以前精心设计过的所谓方案此时早已没了踪影。

机会稍纵即逝，就这么一个短暂的沉默，她的红色宝来已离他而去，黄胜只能从后视镜里沮丧地看着她渐渐远去的车尾。

到了单位，黄胜下车查看了一下反光镜，只是擦出了几条划痕。他居然不心疼自己的爱车，反而埋怨她怎么不撞得重一点。

明天休息，黄胜已经想好了，准备等在那个他们经常交会的地方，看她究竟去哪里？

第二天，几乎是分秒不差，早晨8点08分，她的红色宝来驶过了黄胜埋伏在路边的汽车，他像间谍似的第一次干起了盯梢的勾当。车子拐了个弯进入了一条更窄的小巷，七拐八拐最后终于拐进了一个院子。

小巷深处突然出现这么一个大院真是别有洞天，院子里的场地虽然不是很大，但停几辆车还是绰绰有余。黄胜知道以前这里是个大杂院儿，记得上小学的时候他的一个同学就住在这里，那时在他同学家的房前还有一片半个足球场大小的荒地，他们经常在丛生的杂草堆里抓蚱蜢玩儿捉迷藏。现在这里已经变得面目全非，不知改做啥了？黄胜没有将车直接开进去，只停在门口，经过一番左顾右盼的侦察，终于看到了墙上一块掉了颜色的牌子，上面依稀能辨出"第三敬老院"几个字样。

啊，这里成敬老院了，莫非她就在里面上班？黄胜一阵惊喜，像间谍完成了刺探任务那样立即掉转车头原路驶了出来。

人逢喜事精神爽。虽然黄胜只是知道了红色宝来的去处，但还是觉得蛮开心。在回家的路上，他打开了车载 CD，《两只蝴蝶》飘然而出，那旋律如同盛开的花儿散发出的温馨气息扑面而来，熏香着黄胜的心房。

回到家，黄胜趁着好心情，就邀上了老爸老妈去西郊牡丹园赏花。他知道以前忙于谈恋爱、写小说，没有好好陪二老上公园玩过，今天就做一回孝子吧。

虽然是走马观花，但游走在牡丹盛开的花园里，心情如同彩蝶在花海里飞舞，真可谓花不醉人人自醉。如果此刻站在黄胜旁边的是那个她该有多好呀！黄胜不由得转头看了看身边的两位老人，发现二老开心得好似脸上刻着两朵盛开的牡丹。

老妈说年纪不饶人，想去前面不远处的牡丹亭歇歇脚。

黄胜也跟着走进了牡丹亭。他突然一阵心酸，触景生情地一下子让他想起了去年这个时候，他与前妻在这里山盟海誓的情景。唉，黄胜哀叹一声，不是他不想信守诺言珍惜爱情，只怨这人间世事难料变化无常。

4

红色宝来已经一个星期没出现了。难道她病了？还是出远门了？这让黄胜牵挂起来，虽然还没到痛苦的地步，但确实让他颇感沮丧。

终于熬到了星期天，黄胜心情低沉地徘徊在敬老院的大门口。院子里空荡荡的，没有看到他希望出现的那辆红色宝来，唯有一辆车门上标着"殡仪馆"的运尸车停在那里，人们正七手八脚地抬着一具尸体往车厢里塞。黄胜知道敬老院里住的都是老人，死人的事应该不足为怪，但他一见到死人，心情就更加低落了。

红色宝来为什么不来了？黄胜很想进去问一问里面的工作人员，但总是没有勇气，他始终彷徨着、犹豫着。

运尸车已经发动。眼看他那辆停在门口的银色宝来要挡住它的去路，黄胜只好钻进车内先行离开。

黄胜驾车驶出了小巷，想不到星期天的大街上车流如潮，他的银色宝来很快被挤进了车海中，走走停停如蜗牛爬行。

这时黄胜的银色宝来到了一个十字路口，与其他的直行汽车被红灯拦在那里。突然，他眼前一亮，一辆红颜色的宝来车从其左侧的拐弯车道上擦肩而过。黄胜立即看清了车牌，是她的车。黄胜不管后面是否有车，立即打开左转向灯，死拉一把方向，从直行车道上窜进左拐车道里，又如间谍似的跟了上去。

拐弯后的马路变得宽敞起来，双向八车道，车流明显通畅。又是红灯，前面的红色宝来已经停在直行车道上，黄胜变换车道进入了旁边的另一条直行车道。他想验证一下开车的是否真是她本人？虽然前面有一辆摩托车挡道，让黄胜的车落后红色宝来半个车位，但还是让他看到了驾驶室里的人，果真是她。

黄胜的驾驶室与她的汽车后座刚好相对且靠得很近，他一个不经意的转头，突然看到了她汽车后座上堆着很多物品，最上面还斜靠着一个用花布裹着的东西。

啊？好像是个小孩儿，被花布包裹下的躯体轮廓十分清晰，其中一只手臂还裸露在外面，苍白、僵直。是活人还是尸首？黄胜的脑子顿时一片空白。

红灯已经换成了绿灯，红色宝来起步先行，黄胜跟在摩托车后面跑不快，很快与她拉开了距离。眼看离她越来越远，黄胜不顾市中心禁止鸣笛的规定，重按了几下车喇叭，绕过摩托车加大油门儿向红色宝来追去。

　　也许是写小说写多了，黄胜凭借着丰富的想象力，设想了许多种可能。或许车上躺着的是个病孩儿，她正焦急地送他（她）去医院？或许是一个离家出走的迷童，她正送他（她）回家？要真是一具尸体的话，是病亡还是谋杀？

　　黄胜不敢往下想了。现在唯一让他优柔寡断的是该不该立即报警？

　　黄胜暗暗告诫自己，一定要稳住。在报警之前他觉得应该先弄清情况，于是决定先跟踪了再说。这回黄胜的决定似乎非常果断，他的角色好像也转换得很快，刚才还是个间谍，现在已俨然是个警察了。

　　红色宝来的车速很快，黄胜在后面穷追不舍。又过了两条马路驶入了狭窄的商业街区，想不到这个看似弱小的女子是个飙车高手，依然将车开得飞快，不会是发现他在追她吧？只见她快速绕过前面一辆厢式货车，把黄胜远远抛在后面。慢悠悠的货车挡住了黄胜的视线，让他无法看到前面的红色宝来。黄胜也想超过那辆货车，但对方向老是有车，使他一时无法超越和加速。此时的黄胜多么希望自己的坐骑是一辆"呜哇呜哇"的警车。

　　走了一段路之后，黄胜终于逮到一个机会，超越了那辆晃晃悠悠的货车，可红色宝来已经没了踪影。真无能，黄胜无奈地猛拍方向盘。

　　银色宝来就这样轻易地被红色宝来给甩了。黄胜沮丧地将车速减慢下来，像动画片《猫和老鼠》里那只被杰利调戏的猫咪，傻傻地寻找着目标。

5

　　自从那天黄胜发现了红色宝来后座上的秘密后，正义感、责任感和好奇心统统涌上心头，驱使他去寻觅、去观察、去求证，以至于花费了他大量的业余时间。当然，他的花费大多仅限于新闻媒体上。

黄胜开始关注本地报纸、电台、电视台和网络上的新闻、寻人启事，想从那里得到凶杀或失踪之类的消息。如果有，那么红色宝来肯定可以列入重大嫌疑之一，到时他就可以报警，更可以成为他悬疑小说里的主人公。当然，在没有得到任何消息的确认之前，一切都是他的想象和假设，他觉得现在还不能有丝毫的冲动。

半个月过去了，一切还是那么风平浪静。好奇心促使黄胜不能再犹豫等待了，他决定当一回福尔摩斯，但线索很少，唯一可入手的就是那家敬老院。

终于熬到了星期天，黄胜整装出发了。所谓的整装，无非是在西装外套里多系一条领带（平时懒得系领带），皮包里多放了一包中华烟（平时他不抽烟）。

敬老院就坐落在离黄胜老屋不远的一条叫花园角的小巷里，步行的话约十分钟路程。因此，当太阳晒屁股的时候黄胜才起了床，在离家不远的巷口吃了早点，才慢悠悠地往敬老院方向踱步而去。

一路上，黄胜像福尔摩斯那样沉默着边走边想，是直接找敬老院院长了解情况呢？还是先找看门的老头侧面打听一下？他一时拿不准主意。既怕打草惊蛇，又怕暴露自己。

黄胜的主意还没拿定，敬老院就已经出现在他的眼前了。

正当黄胜拐进敬老院大门时，突然一辆汽车从大门里驶了出来，他定神一看，红色宝来。黄胜再仔细一看，驾驶红色宝来的就是她。不知她有没有看清黄胜的面目？当红色宝来从他身旁缓缓驶过时，黄胜像木头人似的傻站着，不知所措。

望着远去的车影，黄胜埋怨自己没带银色宝来一起出来。他暗骂自己，真是没"知识"。虽然黄胜知道自己不是神仙，但凭他的智商，应该具备这种无患的预见。

红色宝来很快跑出了黄胜的视野，他转身拐进敬老院。

门卫室里的看门老头儿正戴着老花眼镜在聚精会神地看报，黄胜敲了敲玻璃窗问他："师傅（黄胜对不认识的人总是这样称呼），请问院长办公室在哪儿？"

老头儿抬起头，目光从老花眼镜的框架上爬过来，直勾勾地看着黄胜说："院长今天不上班。"

该死。黄胜心里暗骂自己，怎么没想到，星期天敬老院的领导也是休息的。

黄胜鼓了鼓勇气，吞吞吐吐地问道："师傅，刚才开那……那辆红色宝来车的是谁？"

"你说什么？"老头儿脑袋伸长了问黄胜。

显然，他没听清黄胜的问话，或许他的耳朵不灵，也可能黄胜的声音太低或是没说清楚。

黄胜又拉大了嗓门儿问了一遍："师傅，刚才开那辆红颜色汽车的是谁？"

老头儿终于听明白了，说道："哦，你是问那个开红颜色汽车的人是谁？"

"是呀。她是你们这儿的工作人员吗？"

"不是，人家是女老板。"

女老板？这让黄胜犯迷糊了。

黄胜又问："哪儿的女老板？"

"开服装店的。"听老头儿的口气，他似乎对她很熟。

开服装店的家伙常来这里干吗？她不做生意吗？

黄胜边想边转身拐进了门卫室，拉开皮包掏出"红中华"递给老头儿一支，老头儿与黄胜客套了一下，然后就点燃香烟，跟他拉起了家常。

从老头儿的口中，黄胜终于获得了红色宝来的第一手资料，让他初尝到了当侦探的刺激劲儿和成就感。

老头儿告诉黄胜，那个女老板是个孝女，别看她年纪轻轻，做起事来呱呱叫。去年她的男朋友车祸死了，撇下了孤身一人有残障的母亲，她就出钱把男友的母亲送到敬老院寄养，每天早晨和下午一天要来探望两次，几乎雷打不动。只可惜那个老太没有福气，一个月前，因思子心切突发心脏病也随儿子去了。那个老太也真作孽，终身没有嫁人，唯一的儿子也是被她从小领养的，想不到儿子长大成人快要尽孝的时候，白发人先送了黑发人。

老头儿还告诉黄胜，今天她是想来结账的，但星期天会计休息不上班。

现在社会还有这种事？黄胜内心许叹着。

老头儿最后体恤地说："唉，做生意人也真不容易，忙得连星期天不星期天都不知道了。"

黄胜脸一红，想到他这个不做生意的闲人也经常不问星期不星期而贸然行事。今天要是不与门卫老头儿拉家常，死脑筋一味地要找院长了解情况的话，也会失望而归了。黄胜过滤出了老头儿说的那些让他感兴趣的话。

临走时，老头儿还告诉了黄胜她服装店的地址，因为他的女儿已经去她店里买过好几回衣裳了。

告别了老头儿，黄胜又像福尔摩斯似的挨家挨户在市中心的长江路上寻找她的服装店，找了很久，就在他快要失望的时候，终于发现了她的那家店。那是一家专营女装和童装的商店，门面不大，但很进深。

黄胜看到进出该店的几乎是清一色的年轻女子，偶尔有几位男士，但看上去都是很不情愿地被身边的女人拽着胳膊硬拉进去的。黄胜感到一个单身大老爷们真没面子进那种店，他只好站在沿街的橱窗外往里瞧，试图发现红色宝来的主人。

　　这时，橱窗里的模型模特儿突然动了起来，着实把黄胜吓了一跳。他看到一双纤细的手正从模特儿背后伸上来脱它身上的衣服，模特儿一下子成了裸体，那苍白僵直的手臂让黄胜一个激灵，那天红色宝来后座上那只裸露的手臂又浮现在他眼前。莫非那天他看到的就是这种玩意儿？黄胜如释重负地长长舒了一口气，也许他真的错怪她了。

　　模型模特儿被后面的那个人转了一个身，在转身之间黄胜终于看清了后面的那个真人。是她，红色宝来的女主人。

　　黄胜努力使自己站稳，希望她能看到他并主动与他招呼，但黄胜的这种想法似乎是徒劳的、单相思的。很快，这种刻意的行为在黄胜内心深处产生了非常强烈的矛盾心理，既想见她又怕见她，让他觉得像做了贼一样的不自在。黄胜的脚最终不听使唤地快速前移，犹如一只过街的老鼠。

　　十秒钟后，黄胜终于钻进了旁边一家新华书店，惊魂未定地从书架胡乱取下了一本书翻阅起来。

　　啊，是精美的人体摄影。黄胜看着眼前可餐的美色，一下子男人起来，顿时变得信心十足。

6

　　黄胜在目前还没有女人之前，银色宝来就成了他唯一的伴侣，几乎把它当成了他的第二个老婆。这个星期天黄胜决定带它去 4S 店做一次全身体检。

　　4S 店就坐落在东郊的世纪大道旁，参加体检的汽车还真不少，不一会儿工夫就排起了长龙。黄胜登好记，把车钥匙交给了服务人员，就来到客户休息室歇脚。

休息室里的人不少，有的在聊天，有的在阅览汽车杂志或看报，更多的人在静静地闭目养神，黄胜拣了角落里一个空位坐下。

这时，室内的背景音乐正低沉地播放着张洪量的陈年老歌《你知道我在等你吗》，黄胜随着歌声，内心里也哼唱起来：

莫名我就喜欢你

深深地爱上你

没有理由

没有原因

莫名我就喜欢你

深深地爱上你

从见到你的那一天起……

听到这熟悉的歌声，黄胜的心情顿时激奋起来，他油然想起了红色宝来。黄胜不经意地看了看身边那个低着头闭目养神的人，觉得眼熟，只是她戴着一副浅色墨镜让他有点儿迷惑，莫非是她？

那人似乎也意识到了什么，欠了欠身，抬头朝黄胜望了一下。她突然摘下了墨镜，惊讶地冲着黄胜说："是你！"

黄胜一看，坐在身边的正是那位他心仪已久的红色宝来女主人。黄胜像一个戴了假面具的饥饿者突然拣到了天上掉下的一张馅饼那样掩饰着强烈的内心喜悦，不动声色地暗自高兴起来。真是缘分到了。

在这陌生的公共场合，黄胜没了尴尬，惊异地说道："原来是你，也是来做汽车保养？"

"是呀，你也是吧。"她的嗓音很甜润。

两人就这样不着边际地泛泛聊了起来，但自始至终没有涉及到感情这一敏感话题。说实话，黄胜很想，但他不敢，毕竟与她萍水相逢。

当然，黄胜还是想借此机会推销一下自己，但一时不知道该如何表白？想了半天也没想出一个出彩的好办法，真是一个枉为写畅销小说的作家。最终，黄胜只好用老掉牙的手法，递上自己的名片说："喜欢看戏可以来找我。"

她接过名片一看，立即高兴地说："文化局的，哟，还是个作家呢。"

"见笑，见笑。"黄胜谦辞地说。

"对不起，我没有名片。"她抱歉地说道。

"没关系。"黄胜虽这么说，但很希望现在就能知道她的芳名和得到她的电话。

"我叫张莉。"她看着黄胜期待的目光，终于道出了自己的姓名。

黄胜像看到了黎明的曙光，继续期待着她的电话号码，想不到休息室广播里喊"张莉"的声音立刻把他希望的曙光给掐断了。

原来红色宝马已经保养完毕，她起身与黄胜告辞去吧台结账。黄胜眼睁睁望着她离去的背影，好沮丧。时至今日，黄胜终于第一次全方位看清了她的身材，比他想象的要好，她在黄胜心中的形象竟像牛市里股票那样一下子飘红起来。其实她今天本来就穿着一件红色连衣裙。

4S店广播室放音乐的那个家伙估计与黄胜有着同样的心病，那首《你知道我在等你吗》的旋律又在休息室里弥漫开来。黄胜听着略带伤感的歌声，忧心忡忡地想，她是否知道他也在等她吗？

7

自从那天黄胜给了张莉一张名片后，似乎把一颗心也交给了她。这不，现在他连工作都有点儿心不在焉了，有事没事老掏手机看。说实话，黄胜是在等她的电话，但等了一个星期，还是未见她有任何动静。

正当黄胜的自信心像一朵盛开的鲜花被消逝的时光一瓣瓣地快剥得只剩花梗的时候，机会终于在等待中起死回生了。中央电视台《同一首歌》不久要来他们这座刚刚获得"国际花园城市"称号的文化古城做一档节目，真可谓柳暗花明。

黄胜得尽快弄两张票，他相信她这次一定会来找他的。

果真，当《同一首歌》要来做节目的消息在媒体上一公布，她当天就打来了电话，她在电话那头显得很兴奋，黄胜在电话这头就更不用说了。《同一首歌》真是黄胜的大救星，它像黑夜里的一盏明灯照亮了他希望的前程，它也像突然出现在茫茫大海上的一艘航船把他从苦海中拯救了出来。

当然，在兴奋之后，黄胜不得不开始了紧张的筹票工作。《同一首歌》的现场观摩票很紧俏，除了 A 区留给市级机关的少量机动票外，其余的几乎都是分派到各行各业组成方队的团体票。因此他只能在 A 区这块蛋糕上动脑筋，况且他知道 A 区也是最佳的观摩位置，黄胜现在的心思是势在必得。

可黄胜毕竟只是文化局创作室的一员小兵，要在 A 区里连挖两张票的难度可想而知。不知那天他在作自我介绍时怎么会斗胆向她夸下如此海口的？

黄胜打开了脑海里所有的库存资料，最后动用了在市政府办公室秘书科当科长的叔叔，才搞到了一张票，连同他在自己单位"打肿了脸"问局长要到的一张，才算凑齐了两张。但问题是两张票不在一起，他当然不希望也不甘心两个人在看戏时像牛郎织女那样离得很远，那样做对黄胜来说也就失去了看戏的意义，最后，他只能再去求叔叔帮忙。虽然黄胜知道他家与叔叔家平时很少来往，在他的印象中老爸也从来没有求过他叔叔什么，即便他母亲下岗或是他本人寻找工作。而这次是黄胜瞒着父亲第一次求叔叔帮忙，也许这两张票对他来说太重要了，黄胜不想失信，也不能失信，如果换了平时，他是决计不会低三下四地去做别人的孙子的。

叔叔毕竟是他父亲的弟弟，虽然脸色有点儿难看，但最终还是帮了黄胜，让他如愿以偿地得到了两张紧挨在一起的票。当黄胜接过叔叔手里的票走出办公室时，他重重地舒了一口气。黄胜不想马上告诉张莉，希望她能主动来催几次，反正票已搞定，他觉得自己现在已经稳坐钓鱼台了。

现实并非像黄胜想象的那么轻松惬意，张莉始终没来电话，这让他坐立不安。黄胜记不得有没有说过搞到票就给她电话的话？也许不给她电话，人家不会主动上钩。

明晚《同一首歌》就将亮相市府广场。中午吃过饭，黄胜再也忍不住了，就打电话给张莉："喂，是张莉吗？你好，票我帮你搞到了。"

"几张？"她在电话那头问。

黄胜不假思索地说："两张。"

"太好了，我可以和妈一起去了。"

她还说了很多感谢之类的话，黄胜能强烈地感觉到她在电话那头兴奋的样子，似乎翘盼已久。而此时的黄胜已经兴奋不起来，如同被医生抽去了400CC的鲜血那样难受。

姑奶奶，其中一张是他留给自己的呀，想不到她要跟老妈一起去看。黄胜沮丧地想，当初她为什么不早说呢？当然也怨他自己当时怎么没问个清楚？现在她说跟母亲去还算好，要是她的父亲也要去，那真要把黄胜逼上梁山了。看来真正的戏还没开演，黄胜的戏已经谢幕了。黄胜自己的票已经落空，现在叫他再去搞票肯定很困难了，想当初一拿到票就告诉她，也许他还有搞到票的希望。千怨万怨，只能怨他聪明过了头，真是应验了"聪明反被聪明误"的古训。

黄胜埋怨了半天才想起该如何把票给张莉，他打断了她的话，问："那票怎么给你？"

张莉说："你可以来我店里，顺便看看我的店。"

黄胜推说不认识。张莉告诉黄胜她的服装店就开在市中心的长江路上，离新华书店很近，很好找。

"好吧。"黄胜最后应着她的话，但心里很是不情愿。

其实他不是不情愿给她票，而是黄胜已经向领导请好了下午的假，想借此机会在咖啡屋哪怕是茶楼里单独与张莉见个面、聊个天，然后再把票送给她。但生活就是这样，许多东西往往不是遂心所愿的，而黄胜又不愿主动表达。

黄胜不想再去跟领导多费口舌，就早早回了家。在家睡了个午觉，顿觉来了精神，他似乎想通了，驾上银色宝来就直奔长江路。在地下停车场泊好车，便熟门熟路地来到了她的服装店。这次他没有在店门口徘徊，而是昂首挺胸地走了进去，似乎他不是来送票的，而是来完成一项重要使命的。

店堂内顾客很多，当然大多是一些穿戴时尚的年轻女子，黄胜在这养眼的秀色中寻觅着张莉，在寻觅之中他又像是在看别样的风景。

"喂，大作家，你好。"不知张莉从哪里钻了出来，在商店的另一头就大声向黄胜招呼。

黄胜被她的招呼声吓了一跳，因为他正目不斜视地盯着一位古典而不失时尚的女孩儿。这时，黄胜全然没了刚才的那份理直气壮，尴尬地朝张莉点了点头、笑了笑。而接下来的景象更令黄胜尴尬，他猛然发现店堂里几乎所有女人的目光都齐刷刷朝他射来，刺得他脸上像火烧云那样一阵阵发烧。黄胜心里嘀咕着：求求你，不要称我大作家了。作家风光的时代早已过去了。特别是在这种商业场合，说起作家真让人寒碜，他恨不得拔腿而逃。

当然在黄胜还没有挪动脚步的时候，张莉已经像风一样飘至他的跟前。她先伸出了热情之手。黄胜短暂而轻柔地握了握她的手，确切地说像蜻蜓点水，只是轻轻碰了一下。但即便是这么轻轻一碰，也让黄胜欣喜不已，如同少男少女羞涩的初吻。

黄胜强作镇静地掏出票说："给你。"

"多少钱？"她边说边从身上掏出钱夹。

黄胜极力摆了摆手说："不要钱的。"

"怎么，你请客？"她半开玩笑地说。

"不，是招待票。"

"真的？"她瞪大了那双会说话的眼睛说。

"真的。"黄胜怕她不收，故意把"真的"两字说得很重。

"那叫我如何谢你呢？"

"不用谢。"黄胜嘴上这么说，心里却在嘀咕：以后就请我喝咖啡吧。

黄胜见张莉收了票，心里总算像一块悬着的石头终于落了地那样平静了许多，看着店堂里人气，他说："你这里生意不错耶。"

"还行，这几天可能特别火一点儿，也许是借了《同一首歌》的光。"张莉喜悦地说。

黄胜环顾了一下四周，顿了顿，故意说道："生意这么好，老公也不来帮帮你？"

张莉听了黄胜的话就哈哈大笑起来，用手捂着嘴说："男朋友都没有，哪来老公？"

黄胜一听也乐了，但没有把喜悦挂在脸上，而是偷着乐在心里。他只是"哦"了一声，想把话题扯开，因为他知道她的前男友患白血病去世了，不想再在她的伤口上撒盐，所以，他刚才把本来想说的男朋友改成了老公。当然黄胜问她的目的是明确的，无非是想知道她目前是单身还是名花有主了。

张莉说："我这里女装还是挺时尚的，要不要给夫人带几件？"

难道张莉也是在套他话吗？黄胜顿了顿，瞥了她一眼，学着她的话说："女朋友都没有，哪来夫人？"

她听了又哈哈哈地笑了起来，似乎已走出了前男友去世的阴影。

8

这几天，《同一首歌》的舞台已经开始在市府广场上搭建了。黄胜每次上班路过都会放慢车速条件反射地望上几眼。

演出的日期越来越近了。正当黄胜为无法去现场观看《同一首歌》而沮丧不已的时候，单位领导像知道他心事似的，突然交给了他一个在晚会现场的拍摄任务。"天助我也。"黄胜高兴得差点儿跳起来。原来，同单位搞专职摄影的小刘昨天下午突发急性阑尾炎动手术住进了医院，领导知道黄胜爱好摄影，就临时决定派他上场救急。

黄胜得感谢小刘，是小刘的急性阑尾炎救了他的"命"。因此上午领导把任务给他交代清楚后，中午趁休息时间黄胜就买了滋补品和鲜花直奔医院。

躺在病床上的小刘虽然刚做完手术，体弱忧郁，但对黄胜还是面授了许多机宜，传教了不少拍摄晚会的技巧。

黄胜知道小刘的忧郁不全是因为动了手术无法去《同一首歌》的晚会现场这件事，而是有着深层次的原因。一个月前，谈了三年恋爱的女友突然与他分了手，女友是个醋坛子，她看不过小刘经常游弋在那些女模特、礼仪小姐等美眉们的中间。其实黄胜知道小刘这人挺清高的，他的定力很强，他多次在黄胜面前表露过女友在他心里的位置是别人无法替代的，那些漂亮的妹妹们只不过是与他萍水相逢的工作对象，要说有交流也仅仅是擦肩而过那样的短暂。可光有黄胜的理解又有什么用呢，关键是她女朋友不理解他。黄胜唯一能做的只能是尽可能地多安慰他几句。

告别了小刘，黄胜就回单位准备今晚要用的拍摄器材。在他摆弄那架尼康相机的时候，一个念头如一道灿烂的霞光在黄胜脑海里突然闪现，让他偷着乐了起来。

离晚会开始还有一个多小时，黄胜就提着摄影包早早来到市府广场，想不到晚会现场的门里门外已经人山人海。他挤进人群，挤了半天才挤到保安把守的大门口，扬了扬挂在胸前的工作人员胸牌，像一个出征的战士昂首挺胸，健步跨入晚会现场。

《同一首歌》的舞台很大，台上伴舞的演员们在导演声嘶力竭的指挥下正在紧张地走台，灯光音响师们也在忙碌着调光、调音。

黄胜举着相机在凸型舞台前徘徊，像演员走台那样预先确定着拍摄的最佳位置。

"喂，你好。"突然一个熟悉的声音把黄胜的目光从舞台上的演员身上收了回来。

黄胜回头一看，是张莉。忙回应道："你好。"

张莉手挽着身旁的一位大妈，想必就是她的母亲了。黄胜正想问，张莉已经开口介绍："这是我妈。"

黄胜虔诚地微微鞠了一个躬，说："伯母，您好。"

"你就是送票给我们的大作家吧。"老人家的眼光不错，没等她女儿介绍，就猜出了他是谁。显然在此之前张莉已在她母亲面前说起过黄胜。

黄胜红着脸说："伯母，我不是什么大作家，只是一个文学爱好者。"

张莉的母亲夸黄胜说："不错，不错，年轻人还有这份爱好真是难得。"

在寒暄中，张莉的母亲毫无顾忌地告诉了黄胜她们家的住址，希望他有空去玩。黄胜不知道她是随便说说的客套话呢，还是故意道出的暗示语？

《同一首歌》晚会开始了。黄胜望着舞台上璀璨如珠的灯光，心里还在回味着张莉她母亲刚才的话。

这样反复的回味，很快让黄胜想起了刚才的那个念头，他要借此机会拍几张张莉的倩照。黄胜举起相机寻找着张莉和她母亲的位置，似乎把今晚的任务置脑后于不顾，将镜头首先对准了她们娘俩儿。

当然黄胜的私心杂念没有影响到公事，最终还是较好地完成了晚会的拍摄任务。

《同一首歌》终于落下了帷幕，而留给黄胜温馨的回忆才刚刚开始。这回忆并非是晚会本身，而是晚会上张莉和她的母亲带给他的。

9

几天后，黄胜决定按张莉母亲说的地址先去探个虚实。

张莉的家并不好找，黄胜在星期天花费了不少于一个小时的工夫，打听了不下十个人，才在近郊的一片自建住宅区里见到她家的门牌。

大门紧闭，黄胜在她家周围转了一大圈儿。这是一栋两层住宅小楼，全封闭的围墙让他无法看到院子里的景象。

突然，院墙的大门"吱嘎"开了。黄胜连忙躲闪到一边，他凭着墙角的掩护探头张望，看到一个提着公文包的青年男子从门里走了出来。

黄胜心里一个咯噔：此人是谁？应该不会是她的男朋友吧。他暗暗安慰自己，因为几天前她不是对他说过还没男朋友吗？

难道是她的兄弟，她有哥哥或弟弟吗？眼前此人到底是谁？那鬼鬼祟祟的样子不太像她的家人，倒像一个作了案的盗贼，但光天化日之下作案似乎又有违常理。

黄胜边想边赶紧发动汽车跟了上去。那人走路的速度很快，三步并作两步的样子，这让黄胜更加怀疑。前面的人身高马大，如果真是一个盗贼想抓他的话，自己显然不是他的对手。怎么办？

黄胜只能尾随，见他走出了住宅区，在马路口拦了一辆出租车。好奇心驱使黄胜像读侦探小说那样不忍心放手。黄胜紧随其后，想探个究竟。

出租车上了高架路，向市中心驶去。银色宝来紧追不舍。

车子拐了几个弯，在一幢大楼前停住。等黄胜在附近停好车，那人已经进了大楼的电梯。黄胜只能眼巴巴地看着电梯液晶显示屏上跳动的数字，那人上了七楼。

黄胜乘着电梯，也上到七楼。

七楼对直电梯口的墙上标着"建华律师事务所欢迎您"的字样。黄胜在楼道的走廊里从头走到尾，但没有见到那人，也许他已经进入了某一个办公室。

他是律师？还是一个到律师事务所办事的人？但凭黄胜的直觉，此人做律师的可能性比较大。难道张莉已经找了个做律师的男朋友？黄胜的脑海里像突然闯进了一条乌贼鱼那样一片浑浊。

10

近来，黄胜老是吃饭不香，睡觉不甜，感觉将要生一场大病似的。那天刚好单位组织体检，他去了医院，可检查下来一切正常。

一天，金豪影城的温经理打来电话，说他们影城正在热映王家卫的《2046》，问黄胜要不要票。黄胜说没兴趣。

温经理是黄胜中学时的同学，两人关系很铁，他开玩笑地跟黄胜说："你还年轻，不要老是没兴趣。要不要帮你叫个小姐陪陪？"

黄胜没好气地说："你别损人了，是不是你的影城开设陪看业务了？我可要举报的。"

两人在电话里调侃了好一阵儿。

等黄胜挂断电话，才突然来了灵感。他现在真的需要两张电影票，不防可以通过请张莉一起看电影这一招，试探她一下。如果她欣然接受的话，说明他还"有戏"；如果她推辞的话，那么那个律师就"嫌疑"大了。

黄胜立即又打电话给老同学，让他帮忙代买两张今晚的晚场票。黄胜担心时间太早了她还在开店脱不了身。

打完老同学的电话，黄胜就拨打张莉的手机，忙音。过了一会儿，再拨，仍然忙音。

她在跟谁煲电话粥？黄胜又猜测起来。一般来说，能够煲电话粥的无非这么几类：恋人、情人、好朋友。他是否多虑了？但愿跟她通话的是同性好朋友。

温经理真是他的铁哥儿们，没等黄胜和张莉接上头，他已经派人将票送来了。晚场电影的放映时间是晚上九点，黄胜捏着电影票又打电话给张莉，仍然忙音。

黄胜决定豁出去了，想直接去她店里找她。他早早吃了晚饭，就驾着银色宝来出了家门。在街角处的停车场把"小老婆"安顿好，就徒步向张莉的服装店走去。

不一会儿，张莉的服装店就出现在眼前，黄胜放慢了脚步，开始矛盾起来。要不要进去？如果她拒绝该怎么办？一定会让他很尴尬，让他无地自容。

不知不觉地黄胜已经来到了服装店的街对面。正当他心里默念着"下定决心，不怕牺牲，排除万难，去争取胜利"的口号，鼓足勇气准备横穿马路闯入店堂时，突然，在他眼前晃过一个熟悉的身影，黄胜立即收住了脚步。

难道是她？黄胜惊讶地睁大了眼睛再次仔细辨认，确认是她，是他的前妻。

前妻正微笑地挽着一个大腹便便中年男人的胳膊走进了张莉的服装店。黄胜害怕碰见前妻时尴尬，就不敢再往前走。远远地望去，他看到张莉似乎跟前妻在打招呼。

难道她们认识？

不可能。也许这只是张莉的微笑服务罢了。

黄胜只能暂且回避一下，便漫无目的地在街上溜达。

金秋十月的街道上，花团锦簇，行人如织；华灯初上的夜景里，霓虹闪烁，仍是一派节日的气氛。穿行在这迷人的夜色里，看到擦肩而过的一对对情侣，黄胜感到自己像是一个刚从外星球跌落到地球上的怪物那样，顿然产生了一种难于名状的孤独和失落。

是呀，平时黄胜大多是家和单位两点一线，很少外出，偶尔上街也只是驾车去图书馆或新华书店，晚上更是不出家门。因此，今晚一个人行走在这灯红霓彩的大街上着实有点儿像种田人进城看画展那样，实在难得。

想不到，就在黄胜东张西望看"画展"的时候，一件更难得的事情发生了。在一家酒店门口，突然有人朝他惊呼起来，有人在喊他的绰号。黄胜还没回过神儿来，那人已经将他拥入怀里。黄胜挣脱开来，才看清那人的容貌。

"是你？呆子！"黄胜几乎不相信自己的眼睛。

呆子是黄胜大学时同宿舍的上铺兄弟，长得胖乎乎的，简直让黄胜认不出来了。在学校里因为个子长得高经常做黄胜的名誉保镖，后来他改睡下铺，黄胜睡上铺。美其名曰，为了保护黄胜。其实是他嫌爬上爬下太累。黄胜知道他大学毕业后靠了老爸在京城发财，怎么跑到这个小地方来了？

"书生，你还是那么年轻。"呆子晃着他的油头肥耳，神采飞扬地对黄胜说。

"你怎么连个招呼都不打，自说自话跑到我的地盘上来了？"黄胜只有在老同学面前才显得不那么矜持。

呆子辩解说："不要官僚主义啊。我打过你的电话，说已经停机；打你老婆的电话，她说你已经不在了。我以为你死了，害得我连你单位的电话都不敢打了，差点儿让我联系全班同学凑了份子给你送花圈。"

黄胜骂道："你怎么还是这么缺德。"

"怎么，你跟老婆怄气了？"

黄胜告诉呆子，不是怄气的问题，是跟她离了。

呆子不再跟黄胜瞎聊，拉着他进了酒店。黄胜说吃过了。呆子说，怎么不考虑考虑人家？人家的胃还空着哪。

照例黄胜是这儿的主人，应该主动请人家吃饭，但一想到自己还有重任在身，就有点儿吞吞吐吐了。

呆子说："不要你请客，今天已经有人请了。我俩好久没见面了，只是想与老友搞搞'同性恋'。"

黄胜和呆子确实好长时间没见面了，离得最近的一次见面还是黄胜结婚的时候。看来与张莉看电影的事只能搁着再说了。黄胜就跟他进了酒店包厢，里面已经有好多人，三男五女，加上他和呆子刚好十个。

呆子一一给黄胜作了介绍，男男女女都是他生意圈里的人。酒桌上的五个女子个个长得年轻漂亮，秀色可餐的样子，但黄胜对她们似乎都没有太大的好感，难道自己真是只看上张莉一人了？

黄胜最近的酒力也不行，酒过三巡，已经有点儿眼花缭乱了。他摸了摸口袋里的电影票，掏出手机看了看时间，见还来得及，便抱拳对呆子说："我还有事，先告辞了。"

呆子问："什么事？"

黄胜说："约了一个人。"

呆子说："是不是跟哪个小妹约了会？"

黄胜没吭声。呆子骂他重色轻友，坚决不让他走，说今晚还要去夜总会，有种的把女朋友也带过来让大伙儿骚扰骚扰。

呆子在生意场上才混了几年，说话就已经变得如此粗俗，哪里还有做学生时的那份清纯？简直让黄胜受不了。黄胜才不带过来呢，况且他还没有带她出来的资格，现在连能不能跟她看场电影他心里还没底呢？

今晚，看来黄胜的那场电影梦要泡汤了。他现在已经身不由己，很快被他们几个似醉非醉的痴男鬼女像绑架一样拖进了夜总会。说实话，那地方黄胜是大姑娘上轿，头一回进去。在包厢黯淡的灯光里，五个女人各展风骚、风韵十足。那个长着一双会说话的大眼睛的东北女人，说要跟黄胜合唱一首《无言的结局》。黄胜说不会。她说不会可以学，谁也不可能一生下来就会的。

呆子还在一旁瞎起哄，说不唱歌可以，陪他妹妹跳个舞。黄胜知道他没有妹妹，问呆子谁是他妹妹？呆子哈哈大笑，说黄胜太迂腐。他与黄胜耳语说，对心仪的女孩儿都可以称做"妹妹"的。

黄胜对跳舞更是一窍不通，推说尿急要上厕所，就一个人出了包厢来到了外面的大厅里，一看时间已是晚上十点，只好死了看电影的心。今天他虽然有点儿懊丧，但转而一想也算是一次深入社会，体验生活的好机会，对今后的写作肯定有利。黄胜这么一想，也就释然了。

黄胜在夜总会里到处转悠了一番，随着高亢激烈的迪斯科音乐的响起，他看到不少男女在舞池里疯跳狂舞起来，其中几个在不停地摇头晃脑，不由让他想起了摇头丸。突然，舞池中央在一束强光的照射下，他看到了一个熟悉的身影在轻狂劲舞。

啊？是她！黄胜简直不敢相信自己的眼睛，以为今天真的闹鬼了。舞池中央那个狂舞的女子竟是他的前妻，她正与一个瘦长男子胸对胸、胯对胯地在用肢体语言激情演绎着他们的疯狂。

她什么时候也来这儿了？刚才不是还跟一个胖男人在街上购物吗，怎么现在又换了一个？想不到多日不见，他的前老婆长"出息"了，真是不看不知道，看了吓一跳。她让黄胜刮目相看，也让他担心起来，她到底游弋在几个男人之间？黄胜想起了前不久发生在新城区的那起情杀案，顿时让他害怕起来，全身一下子冒出许多鸡皮疙瘩。当然她的事已经与黄胜无关，但毕竟两人相爱过。黄胜为她担心，也为自己难过。

11

生活像一条快要报废的流水线，缓慢地循环往复着，机械得一点儿都没有新意，黄胜心灰意懒地过着每一天。

一日，他意外地接到出版《密码日记》一书的责任编辑陈先生打来的电话，说是开会路过，问黄胜有没有时间见个面，他正在为出版社办的一份文学期刊组稿，想约黄胜写几篇稿子。

黄胜听了当然高兴，总算有人为他这条干涩的流水线加润滑油了。黄胜问清了火车的到站时间，下午就请了假去火车站接陈编辑。

刚到火车站广场上，黄胜突然接到张莉打来的电话。他一听是她的声音，着实喜出望外。张莉说她母亲请他去她家吃晚饭。黄胜问为什么？她说不为什么，说是给了晚会的票还没表示谢意呢。

从黄胜内心来说，真的很想去她家赴宴，但责任编辑他不能不招待呀。这让黄胜陷入了两难的境地，此时的他即使不优柔寡断，也变得忧心忡忡了。

　　当然，黄胜不能爽约，只能忍痛割爱。他很失望地在电话里告诉张莉没空儿，可没等他把话说完，张莉说了声"没关系"就把电话挂了。黄胜思前想后，觉得有必要跟张莉解释清楚，免得她误会，便在火车站广场上拣了一个人员较少的地方，又给她回打了一个电话。在电话里他像一个得了更年期综合征的老妇人那样反复跟她解释不来的原因。等黄胜发觉自己太啰嗦的时候，通话时间已超过了十分钟。

　　黄胜与张莉在电话里作别后，就来到旅客出口处。一看时间已经不早了，陈编辑乘坐的那趟火车应该到站了，他连忙高举起写着名字的牌子，因为他们还没见过面。黄胜举牌的样子看上去着实像个招揽生意的"野鸡"修理工，招人显眼，连他自己也觉得怪怪的。牌子虽然举了半天，但还是没人前来接洽。一问门口的检票员，才知道那趟火车晚点了，黄胜只得继续耐心等待。

　　又一趟列车到站了，黄胜不敢怠慢，手举牌子两眼死盯着旅客出口处。突然，黄胜遭遇了一道强烈而又熟悉的目光，他尴尬地想用牌子将对方的目光隔开，但显然已经来不及了，那目光已经向他直射而来，强行射进了他的眼帘。

　　"你好。"持有那道目光的女人已经走过来跟黄胜打招呼了。

　　那人焗着一头黄毛，身轻体美，风姿绰约。如果没有那道强烈而又熟悉的目光，黄胜几乎认不出她就是他的前妻，他愣了一下，才与她招呼："你好。"

　　"过得还好吗？"她问。

　　黄胜说："还行。"为了少一些尴尬，他把目光移向她旁边一道陌生的目光，强装平静，力求坦然自若地问："这位是……"

　　"男朋友。"前妻很大方地回答，并告诉黄胜，"我们刚从北京旅游回来。"

　　黄胜第一次见这男人，他既不是那个中年胖子，也不是那个瘦长个子，而是另一个男人。黄胜不想多说什么，煮熟的鸭子都飞了，他不想与前妻多啰嗦。

黄胜说："对不起，我得接人去了。"他终于回避了前妻的目光，迅速向接站的人群里挤去。

12

陈编辑说只住一个晚上，第二天早上就要走的。那晚，市文联出面招待了陈编辑，省了黄胜一顿餐费。在金海华大酒店彩云阁包厢里陪坐的有文化局的常务副局长、新闻出版局和作家协会的领导，黄胜是餐桌上唯一排不上号的小人物，要是陈编辑不是冲着他来的，这种规格的宴请肯定没有黄胜的份儿。

酒宴一直延续到晚上九点，直到陈编辑喝醉趴下，黄胜也喝得上吐下泻才告结束。那夜，黄胜陪陈编辑住在宾馆，其实当时谁也管不了谁了，好在有人叫了两个宾馆的服务生前来服侍，他俩才算是安睡到了床上。

第二天送走了陈编辑，黄胜又回到了机械的"流水线"上，这让他又想起了张莉，他与她好久没见面了。

没过几天，就在黄胜还在为失去了一次去张莉家吃饭的机会而耿耿于怀的时候，突然一个见面的机会从天而降，让他一下子见到了张莉的全家，她的母亲，还有她的父亲。然而，让黄胜意想不到的是，见面的地点竟在西郊殡仪馆。

那天，黄胜与单位的同事去殡仪馆参加文化局老局长的追悼会，想不到在追悼会上见到了张莉和她的母亲，更想不到的是，她的父亲就是躺在鲜花丛中的老局长。黄胜真是孤陋寡闻，以前他只知道老局长有一个女儿是北大毕业的高才生，想不到这个高才生就是他想追求的张莉。这着实让黄胜惊讶不已，北大毕业的高才生怎么做起了卖服装的个体户？

黄胜虽然对老局长的家庭情况不是很了解，但他知道老局长的许多作品，他的诗集《梅塘河，我的母亲》和散文集《灵魂的独白》是黄胜最喜欢的两本书。老局长是他非常崇拜的一个前辈作家，只可惜他进文化局的时候，老局长已得癌症长期病休在家不来局里上班了，因此两人从没见过面。应该说他们是有见面机会的，但这些机会都被黄胜有意无意地葬送了。

黄胜站在老局长的灵柩前，深深行了鞠躬礼，以表达他的崇敬和哀思。当然，也夹杂着黄胜无比的遗憾和内疚的心情。

当他见到泪流满面的张莉时，心情更是复杂得难以形容。黄胜不知道如何安慰她才是？说实话，她哭泣的样子很美，凄凄的美，让他生出几许怜香惜玉的情丝。黄胜大胆地紧紧握住了张莉的手，心中似乎有千言万语想对她说，但等了半天还是没说出来，只从嘴里挤出了"保重"两个字。

追悼会上，黄胜还见到了被他跟踪过的那位律师，应该说他与张莉没有关系，只是老局长雇请的遗嘱委托人。他当场宣读了死者的一份公证遗嘱，老局长的遗愿是把他的所有的手稿和书稿版税全部捐给文学会馆。

一个多么令人敬佩的作家啊，想必他的女儿也应该是个不错的人。从那天起，黄胜暗下决心一定要找机会主动接近张莉，追她、爱她。

13

不久，黄胜遇到了一次人生的重大转折。组织上决定下派他到农村挂职扶贫一年，按惯例回来就有一次升迁的机会。机不可失，时不再来。黄胜想，自己的年纪也老大不小了，在职务的问题上不能再优柔寡断了，得抓住这次机会。虽然这样做会在时间和空间上为他跟张莉接触设置不少障碍，但他已经想好了，等他扶贫回来有了一官半职，一定主动向她求婚。

临走的前一天，黄胜鼓足了勇气给她打了个电话，笑着与她告别，可他内心希望在他走之前能见上她一面。张莉问了黄胜走的时间，说了许多鼓励和祝福的话，可就是没有说见面的话。黄胜挂断电话的刹那间，心头竟掠过一阵酸楚。

傍晚时分，黄胜在家刚准备好行李，就听到有人敲门。开门一看，让他惊喜万分，站在门口竟是张莉。她穿着一件红丝绒旗袍就像秋日里的一叶红枫，飘扬在他的眼前，也荡漾在他的心间。

黄胜惊讶地问："怎么是你？"

"我就不能来吗？"张莉歪着脑袋反问黄胜。

黄胜忙解释说："别误会。我不是那个意思，我是说你怎么知道我家地址的？"

张莉说："查的么。"

黄胜暗想：不会是跟踪过我的吧。但不容黄胜多想，只能先招呼她进屋："快进来。"

张莉只是探头朝屋里张了张，说："不进来了，今晚我想请你吃顿饭。"

"请我？"说实话，黄胜是盼望已久又倍感突然。

黄胜妈在厨房间问儿子："谁来了？"

黄胜不知怎么回答母亲，就说："我的一个朋友。"

不知是黄胜妈出于好奇，还是她老人家好客，她迅速从厨房间里走出来责备黄胜："怎么不叫人家进屋？"

黄胜一阵脸红，不知所措。

张莉倒大方，微笑地冲着黄胜妈说："伯母你好，我不进来了，与他有点儿事出去一下。"

"急什么？吃了晚饭再走么。"黄胜妈真是拎不清，她以为真是她儿子的女朋友了。

张莉推辞说："我们在外面吃了。"

黄胜向妈白了一眼说："我们有事，你去烧你的饭。"

黄胜妈快快地回了厨房。黄胜跟着张莉出了家门。

两人沿着护城河的绿化带并肩慢慢地走着。黄胜不想与她距离拉得太大，但又不敢靠得太近。

一路上黄胜问张莉："干吗要请我吃饭？"

张莉说："今晚不请，也许以后更难有机会了。"

听她的口气，像是跟黄胜诀别似的。黄胜说："怎么可能呢？"

张莉冷冷地说："你这个大作家实在难请，上次请你就说没空儿，要是去乡下当了官后，那就更没空儿了。"

她说的上次大概就是她母亲请黄胜吃饭的那件事，黄胜只好又解释了一番。

黄胜试探地问："上次没去你家吃饭你是不是生气了？"

黄胜心里希望她说生气了，但她的话令黄胜失望。

张莉说："我怎么会生气呢，只是最近生意较忙，没有时间请你吃饭。想来想去，今天一定要了结我这桩心事。"

"你太客气了。"黄胜礼貌地说，可心里很不是滋味，她好像只是为了请他吃饭而吃饭。

黄胜暗暗安慰自己，也许是他自己的感觉不对，人家姑娘上门来请客已经够主动的了。这么一想，黄胜很快就释然了。

黄胜突然想起了什么，问她："你是北大中文系毕业的高才生，怎么想到开服装店？"

张莉说："我喜欢。"

黄胜可惜地说："不是大材小用了吗？"

张莉不以为然地说："什么大材小用？北大中文系毕业的高才生

还有卖猪肉的呢？"

两人边说边并肩走着。当他们走进皇宫大酒店的时候，俨然是一对情侣了。

在牡丹厅的包厢里，张莉要了两瓶皇朝干红，说是每人一瓶。黄胜推说酒力不行，其实不想在她面前喝醉。因为他知道如果不克制自己，今晚醉酒的可能性极大。黄胜暗暗告诫自己：控制，控制，明天还得拿出最好的精神面貌去广阔天地大有作为呢。

但克制了没多久，黄胜就有点儿招架不住了。喝了酒的张莉在柔和的灯光下更显美丽，微红的脸蛋儿、水灵灵的眼睛，简直让黄胜迷醉。此刻，张莉的一个笑容或一个眼神儿，就是一种让他举杯畅饮的神力。黄胜在张莉面前已经脆弱得不堪一击，当她敬他酒的时候，黄胜已无招架之力，乖乖地成了她的俘虏。在那种场合，如果张莉敬的是一杯毒酒的话，相信黄胜也会毫不犹豫地喝下去的。

说来惭愧，那顿饭是黄胜有生以来第二次没能把握好自己，第一次是上次招待陈编辑在领导面前，这一次却是在女人面前。黄胜感觉自己像一个可耻的小人那样丧失了坚强的革命意志，竟忘情地喝了那么多酒。虽然说没有喝得酩酊大醉，但已经到了醉酒的悬崖边缘。当然，那夜他感到很尽兴，酣畅淋漓。

14

扶贫的那个乡村在偏僻的长江边上，离市区很远。黄胜蹲点儿的那家村办印刷厂完全是一个烂摊子，破厂房、破设备、没有技术力量，几乎已到停产边缘。黄胜向局长汇报后，立即开列了一份清单，将文化局下属单位一一列了出来，把他们需要印刷的报表、资料都统统承揽下来，以救生产之急。

刚开始的一个月，黄胜虽然经常在城乡两头跑，但他几乎把所有的时间都奉献给了乡村的扶贫事业，没有休过一天假。因此，黄胜觉得追求张莉的爱情慢跑是心有余而力不足，他根本没时间顾及与张莉有更多的联系。头一个月里他们只是通了一两次电话，都是说一些生意上的事，没有谈及感情问题。看来黄胜也成了一个生意人了，他本想年底完成的一部长篇，现在也只能搁浅再说。

两个月后的一天，张莉突然打黄胜电话，说她母亲准备在周末晚上请他去她家吃饭。黄胜很想去，可不巧的是，他刚与印刷厂的李厂长到外地谈生意去了，周末肯定赶不回来。

黄胜又一次爽约了。也许生意人都是这样身不由己，这让他留恋起原本那种清闲的生活来。

以后黄胜就再也没有接到张莉的电话。黄胜曾忙里偷闲，主动给她打过几次电话，但对方不是忙音，就是关机。也许她真的很忙或者很烦。说实话，黄胜现在也体会到了生意人在风光背后的忙碌和烦恼。

在以后的日子里，虽然黄胜和张莉再也没有联系，但他每次回城总要特意路过她的商店关切地朝店堂里看一下。看看她在不在？

黄胜想在有限的时间里，埋头苦干一阵子，做出点儿成绩。等他事业有成，不愁得不到她的芳心。

就在黄胜全身心投入到乡村脱贫致富的事业中的时候，突然从家里传来了一个噩耗，他的父亲走了。父亲走得那么匆忙，没有留下一句遗言。

黄胜的父亲与他儿子不一样，是个说一不二的犟汉，自从从工厂下岗后，他不去找其他挣钱的活儿，偏偏爱上了坐公交车，当起了公安局的反扒志愿者。黄胜和母亲都极力反对，但他犟得像头牛，娘儿俩费了九牛二虎之力都没能拉他回来。

黄胜事后听母亲说，出事那天，他带了母亲给他准备充当午饭的馒头就上了线路，那是一条扒手肆行的公交线路，他与一个同事在一个上午就抓到了两名扒窃嫌疑人，可就在下午父亲和另一个同事再次行动时却遭到了一群不明身份人的袭击，黄胜的父亲当场倒在血泊中，鲜血染红了他的衣服，也染红了他口袋里的半个馒头。黄胜的父亲，一个倔强的老头儿在送往医院的途中，心脏就已经停止了跳动。

黄胜第一次真正伤心地哭了。在父亲成为英雄的那天，他还在为他的扶贫事业出差在千里之外的湖南。

15

一年后黄胜回到文化局。在正式批文还没下达之前，已有好多人在喊他黄科长了。黄胜既不承认也不反对，他虽然静观默察不动声色，但内心里还是春潮涌动，想必文化市场管理科副科长批文不日就会下达。

黄胜在等待中继续在原岗位上认真工作着。可半个月过去了，对他的任命还是迟迟没有下来。黄胜有点儿急了，但光急又有什么用呢？他想去找局长问问，可又不敢开口。

就在黄胜急不可耐的时候，有一个人被安排进了文化局，据说是市委组织部的公子哥儿，刚从部队转业回来。有人就私下里提醒黄胜，快给局长进香，否则副科长位置就很悬了。黄胜不会拍马奉承，对此他也不以为然，认为该他的还是他的，不该他的再进香也无济于事。谁让他没背景呢？

果不其然，人们的猜测是对的，文化市场管理科副科长位置很快被那个公子哥儿给夺去了。

说实话黄胜不是伤心，更多的是愤慨，但很快平静了下来，他安慰自己不要发火，血压升高只会对自己的身体不利。其实黄胜本来对副科长的官位就看得很淡，很多事情都是被世俗的眼光左右的结果，升官发财不是他的初衷，更不代表他的喜好，他的位置在文学，还是老老实实搞他的创作，写他的小说。

那天黄胜下班回到家里，就像什么事情也没发生，唯有向张莉求婚的念头越来越强烈。入夜，黄胜迷迷糊糊地进入了梦乡，做起了美梦。他梦见了自己怀着既兴奋又忐忑不安的心情，手捧鲜花走在去张莉家向她求婚的路上。在快要到她家的时候，看到张莉已经候在门口，他便加快了脚步，张莉也看见了他，一路向他奔来，两人幸福地拥抱在一起。张莉的身子太柔软了，让他激动不已。

就这么一个激动，把黄胜的梦激醒了。他睁眼一看，竟然是紧紧抱着自己的被子。

梦醒了，黄胜那颗优柔寡断的心也终于醒了，他决定马上向张莉发起总攻，直接求婚，今晚就行动。

当然，在求婚之前黄胜还是设想了各种对策，如果她拒绝怎么办？她不表态怎么办？她同意了又该怎么办？

黄胜想给张莉一个惊喜，没有打她的手机。他把电话打到她店里探个虚实，店里的营业员说，老板这几天都在家里。为了确认，黄胜又将电话打到她家里，接电话的就是她。黄胜没有说话就挂了线。

终于熬到了下班，在大门口，门卫老张头儿叫住了黄胜，递给他一个大信封。信的收件人是黄胜的名字，信封上的字迹纤细而工整，像一个个亭亭玉立的美人，他一看立即惊喜起来，那是张莉寄来的。难道她等不及了给他寄情书来了？黄胜掂着信，感觉有一股诱人的芳香在向他袭来。黄胜仿佛一下子坠入了多彩的云雾里，顿觉飘飘然起来。

黄胜把信小心翼翼地装进印刷厂李厂长临别前送给他的那只金利来皮包里，挺起胸、昂起头，浑身上下都洋溢着男人的风采，一路春风地回到了家。

　　躲进自己的小阁楼，黄胜轻轻将信启封，此刻的心情犹如经历久旱之苦的禾苗将要迎接滚滚而来的渠水那样激动不已，连捏信笺的手指也不停地抖动起来。

　　黄胜终于将信笺取出，那是一张像在过年时经常收到的那种贺卡。把那张遍体玫红的纸卡翻过来一看，烫金的"请柬"两字赫然呈现在黄胜的眼前，他顿时有了一种不祥之兆。打开一看，黄胜像被一股强电流突然击中了那样愣呆了，脑海里顿时一片空白，只见大红喜字从香气扑鼻的纸上跃起，像小丑一样做着鬼脸在黄胜的眼前翩翩起舞。

海　浪

　　"爱莎"号货轮像一条可爱的鲸鱼，在海浪的簇拥下，欢快地游进温馨的港湾，偎依在深水港码头的臂弯里。

　　左龙拖上那只跟随他多年的报喜鸟拉杆行李箱，来到甲板上。此时，码头上的灯火已如璀璨繁星，将附近的海面映得波光粼粼。他抬头望了望晴朗的夜空，一片星光闪烁，感觉自己简直像一位站在舞台上的大歌星，周围都是拿着荧光棒迎候他出场的歌迷，甚至发现那个躲在远处高楼背后的月亮，也探出圆圆的脑袋调皮地朝他微笑。左龙也笑了，笑得很灿烂。当他望见不远处那座闪耀着"东方拍卖"霓虹字的高楼时，立刻激动起来。就这么瞬间的一个激动，左龙便有了从心理到生理的连锁反应，感觉体内春潮涌动，热力四射。他不得不做了一个收腹动作。

　　左龙下了船，在码头上停住脚步，掏出手机想给妻子打电话，但转而一想，又把手机放回口袋里。今晚，他想给妻子一个惊喜。那天，左龙在电话里告诉妻子回家的时间应该是明天上午，不想那艘巨轮也是归心似箭，提前十多个小时就进了港。

当年左龙在考大学时没听母亲的劝导，填报了航海技术专业，才变成了今天的牛郎。左龙每每在无垠的大海上思念家乡和亲人的时候，总是深感无奈和痛苦，这无奈和痛苦就如一只生长在肚皮里的萤火虫，虽然明亮，但就是飞不出来。

左龙走出码头，招手拦了一辆的士。在车上，他的心"嘭嘭嘭"跳得飞快，体内的血液如海浪那般汹涌澎湃。的士刚上环城高架，他的心就已奔向名城公寓的家了。

对于左龙这个一年半载才回一次家的海员来说，家是温馨的港湾，是平安的乐园，是生命的栖息地。他对家的认识有着比一般人更深的理解，想家自然成了一件无奈而美好的心事。此刻的他正热切地盼着早点儿到家，也盼着早点儿见到家里的女人，这女人当然不是别人，是他那位半年没亲热了的妻子。今晚，将是他与妻子新婚别离后的第一次重逢，能不特别激动吗？

左龙的家就坐落在名城公寓靠东的一幢房子里，一下出租车就能一眼望见自己的家，二楼的窗户正透着柔和的光亮，那是他家的主卧室。左龙想象着，此刻妻子一定穿着睡衣躺在床上了。这么一想，他不由自主地加快了脚步。

左龙赶在小区门口的花店关门之际买了一束玫瑰，他知道女人的心思，鲜艳的玫瑰，温馨而富有情调，是开启女人心扉一把最好的钥匙。

当左龙拧开主卧室的房门时，妻子确实躺在床上，且已经搂着枕头睡着了。左龙轻手轻脚地走到床前，用手中的玫瑰花瓣儿惹了惹妻子劲挺的鼻尖儿。妻子醒了，她惊喜道："你怎么回来了？"

"傻瓜，想你了么！"

左龙说完，就如孙猴子见了仙桃似的扑向妻子，手中的玫瑰顷刻成了娶亲之后的媒婆，被冷落在床头柜的边沿儿上。左龙腾出那只拿鲜花的手，迫不及待地伸进久违而温暖的被窝儿里。可伸进去不久，他又触电般地缩了出来，惊诧地问妻子："你怎么什么都没穿？"

妻子红着脸说："我现在喜欢裸睡。"

"是不是想我好久了？"左龙对妻子做了个鬼脸。

"才不呢！"妻子从被窝里伸出玉手打了左龙一下，随后一个鲤鱼打挺钩住他的脖子，嗲嗲地说："书上讲的，裸睡有益健康。"

左龙看到妻子雪白的臂膀和胸脯，浑身燥热起来，有点儿抑制不住，他一手抱住妻子将她按回到床上，一手开始脱自己的衣裳。

妻子推开左龙，说："馋猫，先去洗澡！"

左龙无奈，放开眉目传情的妻子，快快地走进卫生间。

左龙快速脱掉衣裤，镜子里赤条条的他活像一条肌肤乌黑的鲸鱼，健壮、性感、光溜、富有弹性。左龙对着镜子做了一个握拳屈臂的造型，暴出强壮的肱二头肌。当然，他身上可以炫耀的地方不止强壮的肱二头肌一处。

左龙用莲蓬头草草往身上喷了一下水，就如一条跃出海面的飞鲸，跳出浴缸，裹上浴巾快速跃进另一个温暖的海洋里。他急切地靠近身边的那条美人鱼。两条鱼迅速变成蚂蟥，一下子粘在一起，发出低沉的欢鸣。

妻子一个人睡时，常常不关灯，但两个人睡就不同了，她要他关了灯，可左龙不肯。他说，好久没见面了，想多看她几眼。

两人在明亮的灯光下像对虾似的动了起来，当左龙和妻子在欢乐的海洋里开始真正欢乐的时候，他突然像一个失去自控力的孩子，情不自禁了。左龙发觉自己过于激动已软瘫下来，急了，他想再次坚强起来，可越想坚强越坚强不起来，整个儿犹如一堆烂泥。

妻子很沮丧，左龙也很沮丧，他暗骂自己，关键时刻怎么会这么无能呢？

左龙不甘心，他像一条粗壮的蚂蟥，粘在妻子身上不肯下来。

妻子也由着左龙，刚开始还好，时间一长，就有点儿受不了了，她感觉左龙简直像一艘没有动力的万吨巨轮，压得她喘不过气来。

少顷，左龙见对方投降求饶，才极不情愿地松了劲，从妻子身上滚落下来。

不一会儿，妻子就睡着了，而左龙却怎么也睡不着。

他记得新婚燕尔时，自己总比妻子先睡着，想不到今晚他像喝了一杯浓浓的苦咖啡，竟毫无睡意，且亢奋得很，只是亢奋得有点儿无奈，有点儿不得要领。而此时，妻子已呼呼大睡了。

左龙看着睡在身旁的美人儿，看着看着，那股热血又一次涌上心头，继而流遍全身，终于，他又一次男人起来。而这次，妻子已进入梦乡，一点儿也不女人了。

左龙轻吻了一下妻子的额头，他有弄醒她的欲望，但没有弄醒她的勇气。刚才，他做蚂蟥的时候，已听妻子唠叨过，今天她在拍卖行当了一天主拍，连喉咙都拍哑了。左龙一阵心疼，他心疼妻子；他忽又一阵悲哀，为自己刚才的匆匆而哀伤，感觉自己枉为男人，还不如当拍卖师的妻子。拍卖师在关键时刻总能果断下槌，而他抓不住机会，今晚当妻子展示她那件珍贵的拍品，要他充当拍卖师一锤定音的时候，他高举的那个槌子却遗憾地过早坠落了。这看似拍了，其实并不算成功，严格意义上说是一次流拍。

妻子动了一下身子，左龙以为她醒了，可她只翻了一个身，背着他又睡着了。左龙调整了一下睡姿，他只能从背后搂住妻子，将自己的胸脯贴在她的后背上。想不到就这么一搂一贴，让他更加兴奋，感觉身上那把无依无靠的槌子找到了新的着落点，只是此时不宜下槌了。左龙知道，自己虽当不了合格的拍卖师，但做"爱莎"号远洋轮上的二副还是称职的。

这次上岸休假，一是休养身体，二是与亲人团聚，最重要的是要完成母亲的重托，让她老人家早日抱上孙子。三个月前，妻子有过一次流产经历，这次如果有了，无论如何要保护好这个小生命了。左龙想着，便紧紧地搂住妻子。

左龙在被窝里做了不少努力，但那些多情的动作显然都是徒劳的，最终还是没能把妻子打动。妻子睡得很香，呼吸均匀有力，这让左龙感到无望。

左龙望着天花板，似乎看到了母亲那双期盼的眼睛，他知道母亲眼睛里所期盼的东西，只是在他的记忆里从没出现过父亲的眼睛。左龙来到这个世界就没见过父亲一面，在他还没出生的那年，父亲，一个优秀的水手，就永远与大海为伴了。左龙后来才明白，母亲为何不让他去航海学院的原由。想想那时的他真的不懂事，逆反得很，为了一点小事也要与母亲较劲。

左龙在自责的回忆中，体会着母爱，想着怎样让妻子早早怀孕，让她老人家安心。他已经想好了，等有了孩子就把母亲从老家接来一起生活。

妻子又动了一下身子，由侧卧转为背卧。左龙关了灯，也改变了一下睡姿，把脸转向窗口。

今夜，窗外的月亮很圆，银色的月光如沙滩般地倾泻进来。左龙这才发现卧室里的窗帘只拉上了一半，他心里责备妻子的粗心。

左龙知道，妻子有时细腻得比女人还女人，有时大大咧咧简直像个大男人，这种多重性格有时让左龙有点儿不适和无奈。他盘点着妻子的优缺点，而妻子总像一面多棱镜，让他无法判断哪些是优点儿哪些是缺点。有时候，面对妻子多变的脾性，他会感到迷茫，不知所措。

左龙连打了两个哈欠，终于有点儿迷迷糊糊了。

当他快要睡着的时候，突然听到房间里忽高忽低的鼾声。这"呼噜呼噜"的声音在寂静的夜里简直像一个个巨大的海浪，分外粗重而令人烦躁。

　　左龙想不明白，分别才半年的妻子，竟有了这么多的变化。打鼾应该是男人的专利，女人很少打鼾，会不会是身体哪个部位出了问题？他记得在大学读书的时候看过一本医学书，书上说，打鼾属于一种睡眠性疾病，也可能是伴有其他疾病的一个信号。

　　他想转过身去喊妻子，心想，现在叫醒她似乎还有一点点理由，或许还有可能得到一次与她重温美好时光的机会呢！

　　如此一想，左龙又一次变得亢奋。他想起了小时候在家乡经常去玩耍的那个大转弯的黄河口，想起了生生不息的黄河水从舒缓转向激越的那种美妙。他不再讨厌鼾声了。原来，这鼾声也能像大拐弯处的黄河水那样令人振奋，给人激情。

　　左龙决定趁此机会叫醒妻子。他清了清喉咙，正当他准备转过身去喊妻子时，鼾声突然没了。这鼾声宛如一个精灵，不打招呼就走了，鼾声一走，就像轮船上的铁锚扎进了海底，左龙没有理由再叫妻子起航了。

　　左龙哀叹一声，心想，要想让妻子重新起航，先得把铁锚提起来，但起锚不是说起就起的，必须听船长的命令。今天的船长就是鼾声，左龙只能耐心等待、默默翘盼。

　　呼噜，呼噜……

　　左龙终于又盼到了那振奋人心的鼾声，这次他有点儿急吼吼了，"宝贝宝贝"地叫唤，生怕鼾声再次像精灵一样逃遁。

　　妻子终于从睡梦中醒来，打开沙哑的嗓门儿不悦地说："什么事啊，三更半夜的？"

　　"你怎么打呼噜了，忽高忽低的。"左龙的话说得很温柔。

　　"没有哇，我怎么不知道自己打呼噜呢？"

　　"小傻瓜，自己知道了，还会打吗？"

　　左龙说着，那只藏在被窝的手就情不自禁地在妻子身上做起他熟悉的海图作业来了。记得老船长曾语重心长地对他说过：大副要敢于管理，三副一定要勤快，而作为你这个二副，工作一定要仔细，做海图作业一定要到位。

左龙想进一步到位，却被妻子阻拦了。

她把左龙的手抓住、挪开，说："老公，今天我累了，明天吧。"

左龙像一盏高悬在桅杆上的信号灯，刚被点亮，就让一阵阴风给吹灭了。他觉得扫兴，心里一扫兴自然就影响到了生理，很快，他又变得不男人了。

两人不再说话，背对而睡。

呼噜，呼噜……

不知隔了多久，左龙在睡梦中被惊醒，他又听到了鼾声，这鼾声不再悦耳，且越来越粗重、轰响。

左龙这次没有呼唤妻子，只是用后背重重撞了她几下。

妻子又醒了，埋怨道："你今天怎么了？"

左龙正想回击妻子的话，突然，他意识到了什么，一个转身迅速捂住妻子的嘴，低沉而紧张地说："别出声！"

两人屏住呼吸。

呼噜，呼噜……

粗重的鼾声像咆哮的海浪肆无忌惮地撞击着船舷那样，令人心惊胆战，不堪忍受。

左龙拉亮电灯，他和妻子面面相觑，惊恐万分。

此时的左龙已从睡梦中彻底清醒，他侧耳辨听，鼾声发自他们的床底下。他一个激灵，压制住内心的恐慌和惊诧，轻手轻脚穿上裤衩下了床。妻子见左龙下了床，吓得把整个人儿全都蒙在被子里。

左龙环顾了一下四周，他想寻找一件可以对付那个鼾声的东西，但卧室里实在清爽，除了床头柜边沿上那束被冷落的玫瑰和枕边一本《西游记》以外，剩下的只有一排木呆呆的橱柜，根本找不到像孙悟空金箍棒那样的硬家伙，更没有像沙和尚手中的月牙铲或猪八戒肩上的大铁耙。

左龙赤手空拳地站着，心里十分害怕，连挂在床头的那只红绸小香袋似乎也在为他担心。

床底下到底躲藏着一个人还是一个鬼？

惶恐中的左龙终于急中生智，迅速抽下裤子上的皮带。他捏紧了手中的皮带就如船老大抓住了缆绳那样，镇定了许多。

蓦地，这一点点儿小小的镇定却让他冒出了一个大大的念头，这念头虽然一闪而过，但着实让他更加心惊肉跳：床下的龟孙会不会是妻子的……

左龙不敢多想，可就这么一个闪念还是帮他点燃了一团怒火，他终于冲着床底下大吼起来："床下有种的，你出来！"说完，他把脚上的拖鞋脱下来，往床底下扔去。

很快，一个穿着单薄的身影从铁床的另一头窜了出来，只见他像猫似的迅速跃上靠阳台的窗户，嗖地跳了出去。

左龙立即冲过去，快速打开阳台门，借着小区的路灯，发现那个身影已经攀下阳台向远处逃遁。左龙按亮阳台的电灯，发现阳台上躺着一只陌生的皮鞋，捡起来一看，是一只全新的"老人头"牌皮鞋。他心里一愣，似乎明白了许多。

左龙回到房间，见妻子还蒙在被子里，再也控制不住心中的怒火，举起手中的皮鞋狠狠地朝妻子扔去。被窝里的妻子被崭新的皮鞋猛地击中，惊吓得尖叫起来。她在床上颤抖着，抖得大铁床嘎嘎直响。

左龙扯开妻子身上的被子，质问道："你给我说清楚，刚才躲在床底下的是谁？"

"我怎么知道？"妻子拉住被子的一角，往身上裹。

"你还不老实！"

左龙说着用力一扯，把妻子身上的被子全部拉了下来。

妻子"啊"了一声，只得用双手护住自己白嫩的胸脯，蜷缩在床头。

左龙像一条游上岸的大鲨鱼，张大嘴巴发出低沉而含糊不清的吼声，他已经骑到妻子赤裸裸的身上，做出将对方吞噬的架势。

"你疯了，放开我！"

妻子边喊边在大鲨鱼的身下挣扎，像一只漂浮在海面上快要下沉的小舢板，挥动着双臂使劲儿拍打着左龙的身体。

此时的左龙，已听不进妻子半句话，像一艘没有舵的大轮横冲直撞。他一手按住妻子的双手，一手掐住她的脖子，恶狠狠地说："我让你叫！我让你叫！你是不是也想把自己拍卖出去，卖个好价钱啊！"

左龙的妻子被左龙掐得喘不过气来，她极力挣开左龙的一只手，去拉脖子上的另一只手。

此时的左龙已完全失去了理智，顺手拿起身边的皮带，像套缆绳似的把妻子的脖子套住、收紧。

妻子在拼命挣扎。

面对妻子的挣扎，左龙突然有了幻觉，以为他俩在颠簸的海轮上，台风来了，他生怕自己的妻子被汹涌的海浪卷走，以为手中的皮带就是救命的缆绳，只有牢牢抓住、抓住，收紧、收紧。

很快，左龙清醒过来，可为时已晚，他所幻想的海浪早把他妻子的灵魂卷走了。

面对不再醒来的妻子，左龙的愤怒即刻被巨大的恐惧和悲哀赶得无影无踪，他脑子里像灌进了海水那样一片汪洋。左龙瘫坐在床上，一动不动。

天亮了。阳光，已穿过半扇未拉窗帘的窗户钻进卧室。

懊悔、哀伤、痛苦也随着微弱的阳光一齐向左龙袭来。此时的阳光非但不温暖，反而成了冷酷的帮凶。

左龙倍感恐惧，备受煎熬。

他终于慢慢平静下来，把妻子平放到床上，费了九牛二虎之力为她穿好衣裤。

面对妻子惨白的怒容，左龙突然蹦出了一个从没有过的想法，他打算为妻子化一化妆。

这是他第一次给人化妆，给心爱的女人化妆。面对一大堆化妆品和化妆用具，他不知道如何下手？左龙拿起一把粉刷，横看竖看看了许久，才笨手笨脚沾了一点儿粉红色散粉在妻子的脸上扑刷起来。

左龙呆望着妻子，可此时的妻子不会再对他眉目传情了，他俩的目光不再交汇，而命运在刚才的瞬间已经打上了一个牢牢的死结。

生命不再，一切皆善。左龙的眼睛模糊了，他仿佛又回到了温馨的从前。

妻子也是在黄河边上长大的，他们同住一个村，同上一所学，所不同的是他还有一个母亲，而她只是一个没爹没妈的孤儿。平日里，母亲隔三岔五地总要招呼她去他们家吃上一两顿饭。

记得那年他去厦门读大学，在滚滚的黄河边她送了他一程又一程，那是他俩第一次真正的眉目传情，虽然没有拥抱、没有接吻，但在临别时她塞给了他一只亲手用红绸子缝制的小香袋。左龙手里攥着那只红绸小香袋感觉就像已经拥有了她那颗通红的心。

两年后，她也考上了上海的一所会计学院，那年国庆节，他去上海看望她，两人第二次的眉目传情，换来了第一次的拥抱接吻，他忘不了在苏州河畔一家小旅店里那个温馨的夜晚。当然，还有新婚的那天晚上，在柔和的灯光下，两人传递的眉目之情更令左龙终生难忘。

左龙神游梦回，手中的粉刷掉落到床上，才把他从过去的时光里重新拉回到残酷的现实中。

左龙笨手笨脚地终于将妻子的妆化好，然后准备给妻子戴上戒指、项链等首饰。当他在梳妆台里寻找妻子的首饰时，突然在抽屉角落里发现了一只精致的红锦缎饰盒，打开一看，是一颗色泽光亮的红豆，盒盖内的白色织锦缎上，书有一首王维的《红豆》小诗：

红豆生南国，春来发几枝？愿君多采撷，此物最相思。

字体矫变灵异、纵逸狂放，很有点儿唐代大书法家怀素的气势，看笔迹，妻子是写不出这等好字的。那么，书写这首诗的人是谁？送红豆的人又是谁？与床底下逃跑的那个人是否同一人呢？

那颗红豆像一个巨浪，重重地向左龙砸过来。左龙一阵眩晕，胸中的怒火冲破懊悔和哀伤再次升腾起来。

初秋的天气虽不像夏日那么炎热了，但吹来的海风，还是让人感到阵阵的燥热。

越野车穿越黎明前的黑暗，沿着杳无人烟的海堤一路狂奔……

左龙把车开到一处僻静的海滩时，泛着鱼肚白的天际也已醒来，向他投来刺眼的目光。左龙一个寒战，想不到以前天天见面的这位老朋友，竟一下子变得如此陌生和无情。他望着波涛汹涌的海面，看了看腕表，快速打开越野车的后盖儿，把黑布包裹的尸体拖下来，拖到沙滩的水边，然后又转身从车屁股里拎出一只塑料桶。打开桶盖儿，一股浓重的血腥味儿立刻像幽灵一样窜出来，左龙皱了皱眉后退半步，将桶里的血水全部倾倒在尸体上。

这时，远处的几处礁石已被汹涌的海浪拍打得大呼小叫；近处，一个个巨浪如一条条食人的大白鲨向血腥的黑色包裹展开攻击。左龙伸手又看了看腕表，知道大海已经开始涨潮，便快速钻进怠速中的越野车，一踩油门儿，向堤上狂奔。他从没有过对大海如此的恐惧。

当左龙爬上海堤回望大海的时候，海浪已经把他的妻子吞噬，再也看不见什么了，唯有天边挂满的万道霞光映红了一大片海面。

几天后，左龙去派出所报了妻子的失踪案，又在大街小巷张贴了寻人启事，他几乎做得天衣无缝。

惶恐中，左龙度过了漫长的假期。一天晚上，左龙在家收拾行囊。明天，他又将出海远航。突然，有人敲门，左龙顿时慌张起来。过了许久，他才轻手轻脚靠近门口，外面楼道里的灯虽亮着，但猫耳眼里什么也没有。

又等了许久，左龙确认外面没有动静，才壮胆将门开出一条缝隙，只见一封信从门框上飘落到地上。他捡起来一看，信封上写着"名城公寓四区48幢204室朱左龙收"的字样。左龙拆封一看，顿时目瞪神呆。信是这样写的：

尊贵的孙先生：

你好！

还记得两个月前的那个晚上吗？我就是躲在你家的那个人。你知道吗，在你享受欢乐的时候，我却在你们的床底下吃苦头。实话告诉你，我不是你老婆的情人，只是一个生活无着落的小偷。为了生存，我不得不来到你家，想不到我还没下手，你老婆就把我逼到床底下，后来，你又把我从床底下逼出来。那天，你老是不睡，让我无法下手。只怪那几日我干活儿干得太累了，开始还好，听着你们的精彩，后来眼皮打起了架，实在支撑不住，只得临时借宿。你把我赶出家门后，困虫也被你赶跑了，想想，实在舍不得那只新皮鞋，也为了路上的安全，我不可能赤着脚，也不可能一只穿鞋一只赤脚地跑回去。后来，又鼓足勇气翻上你家阳台，看到了发生的一切。你也太小人了，拿着我偷来的皮鞋，就不分青红皂白地怪罪于你老婆。我虽是个小偷，可比你理智。毕竟我是一个有知识有文化的人。我不需要偷情，更不会去杀人。现在，我只明白一件事，有钱能使鬼推磨。

今日来信不为别的，也不是劝你去投案自首，而是看到你张贴在电线杆上的寻人启示。虽然我不知道你把老婆藏哪里了，但我还是很想得到你开出的五万元酬金。也许你会骂我不劳而获，可我不会白拿，就算是你支付给我的信息保密费吧。如果同意，明晚10点整，将酬金用纸包好，放到南门长寿桥南塊的第一只垃圾桶里就OK了。如果不同意或者报警，后果自负。

好了，希望我们合作成功，希望这五万元能给你带来一生的平安和幸福！

　　　　　　　　　　　　　　　　一个爱钱如命的小偷

左龙望着手中的信，好似迎面打来的一个巨浪，他一个趔趄，眼前一片漆黑。

今夜无眠

今晚的月亮格外迷人，在无数颗星星的陪伴下显得很圆、很美。而我却无人陪伴，一个人孤守在派出所里，只能寂寞"举头望明月"，但愿今晚值班不再是一个不眠之夜。

当然，今晚不就我一人值班，只是那些同班哥儿们都去喝小王的结婚喜酒了。(想必跟我一起值班的弟兄今晚也只能闻闻酒香，因为我们有"禁酒令"么。)小王是我们一个单位的同事，亦可称为"战友"，人长得不咋样(对不起兄弟，恕我直言。)，可心眼儿不错，交上了桃花运，找的媳妇居然是公安大学里的"一朵校花"，真的让我们这帮弟兄羡慕死了。也许，今夜除了我以外，愿意无眠或不想睡觉的人肯定大有人在，想必小王和他的新婚爱妻就是这一对。愿他们今晚度过一个幸福难忘的不眠之夜，我不能当面去祝贺，只能默默祝福了。

在派出所值班真的"冷清"不了多久，我倚着窗台还没看够月光美色，桌上的报警电话骤然响了，刚积聚的一点点儿好心情顿时烟消云散，让人好扫兴。一听电话那头喧闹的嘈杂声就知道那帮弟兄在跟新郎官起哄，说是也让我感受感受现场气氛。因为是报警电话我不得不很快就挂了，只嘱咐同班的哥儿们："早点儿回来值班啊！"

毕竟是多年感情的兄弟，同班的哥儿们真的很快回来了，还带来了不少吃的，虽然那些（我估计）都是酒桌上吃剩的东西，但他们的心意我还是领了。那帮小子围着我，津津有味地谈论他们如何"调戏"新郎新娘的种种恶作剧。

一会儿，报警电话又响了，这次真的是报警的事，有人举报在阳光新村里有卖淫嫖娼活动，举报人还说在新村大门口等我们。因为班上的领导出差办案去了，我是今天的当班民警，总算捞到了一次"发号施令"的机会，便叫上铁哥儿们小徐（其实年龄比我大），再带上两名辅警队员，驱车直奔举报地。

阳光新村在管辖区的东南角，离派出所较远，但凭我熟练的驾车技术还是很快到达了目的地。新村大门口确有一位四十来岁的中年妇女等在那里，她看到我们的警车，老远就招着手迎了上来。

"同志，刚才是你报的警？"职业习惯驱使我先打招呼问道。

"是的，我领你们去！"她风风火火地对我们说。

走进阳光新村，里面的区域很大，凭我的了解，应该是本市最大的一个居民住宅小区，由于地处城乡接合部，近几年这里的房屋出租现象较普遍，外来人员在此租住的人很多，鱼龙混杂，隐藏其中的不法分子肯定不少，因此，新村的治安状况确实有点儿差强人意。我们走过了大半片居民区，就看到了不少无所事事的外来游荡者，一来未发现他们有违法嫌疑，二来不能偏离此时的主题，我们紧跟着举报人直奔目的地。

趁往前走的工夫，我认真打量了一下身旁这位中年妇女：一张爬满鱼尾纹的脸在新村并不明亮的路灯照射下变得暗淡无光，头发不长但蓬松得如同刺猬一样杂乱无章，胖胖的个儿在一件宽大的睡衣包裹下显得格外臃肿，脚上还穿着一双凉拖鞋。见她的神情和穿着，我心里有点儿纳闷：像她这模样的人会有这么高的觉悟吗？在我的记忆中像这样的举报人简直是凤毛麟角。不一会儿，中年妇女终于在一幢楼房前示意我们停住脚步。

"那对狗男女就在这栋楼的403室里活动。"她用手指点着，恶狠狠地说。

"您是这儿的居民？"我随口而出地问道。

"不是。"

"那你是怎么知道的？"

"是人家向我举报的。"

"人家怎么不直接向我们举报？"我有点儿茫然。

"我是花了不少工夫，出钱才得到的线索。"她又恼又得意地说。

听了她越说越玄的话，弄得我们真成了"丈二的和尚"——摸不着头脑。但很快我们几个人都明白了是怎么回事，一定是她老公"红杏出墙"了。事实也验证了我们的猜测。

"一切还得依法办事，不能感情用事。"我默默告诫自己。

接下来的事情，就是把他们都请到派出所，为他们无偿提供场所，听双方无休止的诉说和争吵。但只要双方不动手动脚，就让他们先发泄发泄吧。等他们泄发完了，气消尽了，我才正式开始做他们的工作。

说真的，做人的工作最难。不瞒大家，最近老婆也有恃无恐地吵着要跟我离婚，说什么"你们警察只知道值勤加班，都是些冷血动物"。好几天了，连老婆的思想工作我还没做通，现在却又要先帮人家做工作。可笑！但有什么办法，谁叫自己是个警察呢！

其实，我眼前那对夫妻的感情确实出现了问题。她丈夫与另外那个女人从小是青梅竹马的一对恋人，但由于父母之命，无情地扯断了两人真挚的情丝。不久前的一次偶遇，又重新点燃了两人爱的火焰。他们之间有感情交流，但没有金钱来往，算不上卖淫嫖娼；那个女的是一家公司的董事长，赚的钱比她男的还多，根本不需要靠男人来养活，因此又谈不上"包二奶"。或许，这事不是我们警察管得了的。现在要是在白天的话，我会建议他们去司法调解或直接到民政局办离婚手续得了，再不行的话就上法院彻底解决算了。其实，有时候劝"离"比劝"和"更管用，往往会达到意想不到的功效。你想呀，死亡的婚姻应该劝"离"，俗话不是早说了吗："强扭的瓜不甜。"再去劝"和"，倒是一种不负责任的行为；确实还没有死亡的婚姻，如果你想劝"离"，他们也不会听你的，相反，双方倒会冷静下来重新考虑考虑了。

　　刚才我跟他们夫妻俩"磨嘴皮子"，虽没有解决什么实际问题，但还是让当事人换位思考了一下，使他们多了一种冷静的姿态，相信他们对自己以后的婚姻能平静地去面对、去解决。看着他们无奈的样子而渐渐远去的身影，我又想起了与妻子共同生活十几年来的酸甜苦辣。

　　正想着，值班大厅里的报时电子钟响了，现在已是北京时间午夜12点。哟！肚子叽里咕噜在提意见，是到了吃半夜饭的时间了。对，就让辅警老张把兄弟们从小王酒宴上带来残羹冷炙加工一下，也算了却小王和同志们对我的一片心意。

　　"今天是个难忘的日子，你们几个都不许早睡啊！"我一见小徐和小李从外面巡逻回来，就指手画脚地吆喝起来，为的是让同班弟兄多陪我一会儿。本来他们是可以休息了，因为明天还得正常上班。你看，做警察苦不苦？其实，苦一点儿倒还没什么，挺一挺就过去了，可气的是，我们警察天天做好事一大堆，有些老百姓还不理解我们，就连共同生活了十几年的恩爱夫妻也老跟警察（当然指我咯）闹别扭。嗨，这世道到底怎么了？是我们当警察的落伍了，还是这个世界变化太快了。

　　算了，不谈这些伤心事，还是先填饱肚子再说。老张加工出来的饭菜的确很可口，人家可是厨师出身，不然我怎么会要他出手呢。我招呼着被我拖住的几个弟兄一块儿分享，大家边吃边又谈论起新郎官小王，凭着"过来人"各自的经历，每个人都猜想着新郎新娘现在如何如何了。

　　"也许他们累得早睡了。"小徐是从部队转业分配到我们派出所的，这是他的观点。

　　"凭我的直觉，他们可能已躺下了，但睡没睡着还是个问题。"我说。

　　"嘿嘿，还早着哪！不到凌晨三点不过关。"结婚才一年的小李做着鬼脸说。看那小子胸有成竹的样子，像最有发言权似的。

　　我们聊得兴致正浓，要命的报警电话又铃声大作。我强压着心头的埋怨，拿起听筒，硬撑着很礼貌的样子接过电话："你好，这里是花港派出所。"

　　"噢，我是水沟派出所的小赵。你是哪位？"

　　我一听是水沟所的，就来气。前不久，他们抓赌竟抓到了我们的管区。我们跟他们交涉，非但不承认错误，还要变着法子狡辩，说什么是接到群众举报才去的。这深更半夜的来电，绝不会有"天上掉馅饼"那等好事，不卖卖关子不行。我便慢条斯理地说："我是老钱！啥事呀？"

　　"哪位老钱？"

　　"少废话！有话就说。"我的下半句"有屁就放"想说，但还是没说出口，因为毕竟是兄弟单位的，与我们一样都是些苦哥儿们。其实，水沟派出所赵警官的年龄比我大好几岁呢！

　　"刚才我们这里发生了一起强奸案，犯罪嫌疑人在逃，受害者是个外地小姑娘，目前已在我们所里，但她死活不肯说话，一个劲儿地哭着要见你们派出所的小王叔叔，所以我们只好求助你们的小王了。"

说得轻巧，半夜三更叫小王出来，没门儿！也不打听打听今晚是小王的什么日子？是一生中最美好、最难忘的新婚之夜。我能做这种缺德的事吗？我便打着官腔说："赵老弟啊，今晚肯定不行，今晚是小王的新婚之夜。"

"钱大哥，你也别为难小弟了，这是我们领导的意思，我们马上要知道犯罪嫌疑人的体貌特征，好布控搜捕呀。"

"我可能不做这种缺德的事，要叫你自己去叫。"说完，我就把电话一挂。

不一会儿，报警电话又响了。这下可不好了，电话那头是局长的吼声："刚才是谁接的电话？"

"是我，钱小宝。"我故作镇静，虽然对方不会吃人，但心里还是有点儿害怕，人家毕竟是局长嘛。

"钱小宝，你是不是活腻了？不想当警察了！发生这么大一个案子，还谈什么新婚不新婚的。我现在命令你马上把小王叫出来，事后再跟你算账。"

算账就算账，为了维护小王的"初夜权"，即使给我吃一个行政处分（不至于被开除吧）也值。但可悲的是，我的权力太微不足道了，小王的新婚之夜权利还是被无情地"剥夺"了。人家说，警察的权力很大，可我怎么总觉得警察行使的全是义务呀。

"好兄弟，对不起，打扰了。"我像是一个做错了事的孩子，一边默默地念着，一边无奈地拨通了小王的电话。

小王说什么也不要我去接他，自个儿驾摩托车直接去了水沟派出所。令我百思不得其解的是，"那个受害的小姑娘，为何非要见我们的小王叔叔才肯开口？一个外地小姑娘怎么会与我们土生土长的小王认识呢？他们之间到底发生过什么事？"等我见到了他，一定要好好"审问审问"。

　　我正打算脱衣睡觉，报警电话又响了，我暗暗叫苦：今晚怎么啦？我刚才受的气正没地方出呢，哪个倒霉鬼，自个儿来撞我的"枪口"。我一把抓过电话，正想发作，电话那头却传来了一个女人的声音："钱小宝在不在？"

　　"你是谁？"我生硬地反问道，深更半夜的还有谁来找我呀？

　　"死鬼，你连我都不认识了！"对方脱口而骂。

　　哦，我终于听出来了，电话那头是那位正盘算着和我离婚的老婆。我不是自己唱戏自喝彩，其实我这人还是挺好的：一不抽烟、二不喝酒、三不赌博、四不嫖娼，她真是吃饱了撑得没事干了，天天吵着要跟我离婚。我说还是先分居吧，可她倒好，除了我值班睡单位以外，仍然天天往我被窝儿里钻，还好意思说，不闻我的气味睡不着觉。口是心非！

　　我没好气地说："深更半夜的，不会是查岗的吧，有啥事呀？"

　　"你还有心思跟我打什么哈哈？女儿发高烧了。"电话那头的吼声像母老虎发情那般简直想震聋我的耳朵。

　　"啊，那快送医院呀！"我这下也急了，女儿是我的心肝宝贝儿。我以前常常跟老婆开玩笑说："跟你是随时可以撕毁的契约关系，跟我女儿是永远割不断的血缘关系。"每次都气得她骂我没良心。

　　"这么晚了，黑灯瞎火的，你叫我一个妇道人家怎么送呀？而且天正下着雨呢！"老婆的话像"朝天辣椒"，又尖又辣。

　　不对呀，上半夜我观赏月亮时天气还好好的，怎么一下子下起雨了呢？我拉开窗户一看，外面果真下起了小雨。

　　"老婆，那你就等着，我今晚值主班不能脱岗，叫辅警小张开车过来送你们去医院。"

　　"懒虫，你叫他快点儿呀！"

　　女人就是不讲道理，我拼着老命在风口浪尖儿的第一线为人民站岗放哨，还说我懒，不是欺人太甚了吗？

好男不跟女斗。我放下电话正打算去隔壁值班室叫小张，桌上的电话铃又响了。这次电话那头传来的是一个女孩子甜甜的声音："你好！是花港所吗？我是'110'小左。"

"是花港。"

"哪位？"

"钱小宝！"我一字一顿地说，生怕她记不住我大名。

"阳光新村五区 55 幢 505 室有一位老人急病要送医院，你们赶快去一下。"

"不是有急救中心的社会联动吗？"

"通江路刚刚发生了一起严重车祸，他们现在忙不过来。"

"好吧，那我们去一下。"嘴上是答应了可心里还在嘀咕，我这里也忙不过来呢。虽然有一百个不愿意，但"110"的指令我还是必须执行的。

因为只是送病人，我可以不直接带班前往，留着应付更重要的事，便马上叫来了小张等三个辅警兄弟，并嘱咐他们："你们先到阳光新村五区 55 幢 505 室送一位老人去医院，如果没有家属陪伴，你们两个先留下看护，问清姓名，马上告诉我，我好联系老人的家属。小张，你再去我家接我女儿上医院。"

一切安排停当，天色已开始渐渐吐出鱼白。虽然离天亮不远了，但我还是想抓紧时间睡一会儿，等会儿交了班我还得去医院陪女儿呢。

刚脱衣躺下，床头的电话铃又响了。

"死鬼！你派的车子怎么还不来？"

"哦，对不起，他们先要送一位老人去医院，你耐心等一下，车子马上来。"

"耐心？你倒好，平时口口声声说最疼女儿，到了关键的时候你为什么不疼了。"

"我也没办法呀!"我有点儿压不住火了。

"你说一声没办法就算完了,我嫁你这个警察干吗呀!"对方显然在哭了。

男人嘛,气量大一点儿吧。我强忍着怒气,稍微安慰了老婆几句话才挂断电话,但刚才她的一番话,再也无法让我入睡,"你有气就往我身上发,我的气向谁发去?"

我干脆起床,想到许多电影里的主人公一旦有无法排解的忧愁或痛苦,往往都到外面去淋淋雨,解解闷儿,发泄发泄。对,现在外面不是有雨吗,我也去尝试尝试,看看这招灵不灵?一不做二不休,我果真走出值班室站到了雨中的庭院里。那飘落的雨是细细的,柔柔的,但它毕竟是冷冷的。我不知道此时挂在眼角上的水是雨水还是泪水?站了不一会儿,就有点儿挺不住了,连打了几个喷嚏,看来这招并不灵。

"钱小宝,你神经病啊!"突然,背后有人大吼一声,吓了我一大跳。

我回头一看,原来是新郎官小王:"你才神经病,不陪新娘子,来派出所干吗?"

"我刚从水沟派出所过来。你现在要我回家,去闹醒人家,我可不忍心啊。所以我想来想去还是来闹闹你吧。"

小王把我一把拉到了值班室里。我心里真的想谢谢他,是他给了我一个下台阶的机会,其实他不来,我也要做"逃兵"了。

我一边用干毛巾擦着头,一边露出神秘的样子问他:"你小子又交了什么'桃花运',跟外地的那个小妹妹怎么认识的?说来听听,也让大哥饱饱耳福。"

"我交什么'桃花运'呀。"

"是啊,这世界是你们的,也是我们的,但归根到底是你们的。"

我拉长了调，很有感慨地说。

"噢，你想哪儿去了？"

"那你老实交代！"

小王看了看窗外的天空说道："反正天也快亮了，我就给你说说我们之间的故事吧。"

小王的话音刚落，我的精神就一下子提了上来，心里的烦恼和身体的疲惫都立刻抛到了九霄云外。

由于我的口才不行，只能复述个大概意思：

一个星期前的一天，也是小王新婚前的最后一次大堂值班那天。一大早，他交接好班后，刚打扫干净值班大厅里的卫生，"110"的处警车就送来了一位面容憔悴的小姑娘。据"110"处警民警介绍，一个小时前有两个冒充辅警的男子在长途汽车站以帮助介绍工作为名，把那个小姑娘骗到了一个废弃的建筑工棚里，抢走了她随身的全部钱物，犯罪嫌疑人随即逃离现场。"110"指挥中心已经向全市发布了查控命令，具体情况叫我们派出所询问了当事人后再汇报。小王见那小姑娘惊魂未定，便先从派出所的食堂里拿来了两个热馒头和一碗稀饭，在她狼吞虎咽吃东西的片刻，他才仔细打量起眼前的这位受害者：圆脸、大眼、长辫子。那红红的脸颊上泛着青紫色，像是被吓出来的样子；一对眼珠子不停地左右游动，显然还在惊恐之中；长辫子末梢处用红头绳打的蝴蝶结已经松开，变成了两根飘带。那小姑娘二十岁上下的样子，上身穿一件印有牡丹花图案的大花衣，下穿一条青色土布裤子，脚上着一双自制的黑布鞋，一看她的穿着打扮就知道是个地道的外来妹。等她吃完馒头和稀饭，定下神来，小王便开始向她询问有关案情，准备制作笔录材料。那女孩儿开始不肯开口，小王没办法就指着墙上挂有照片、姓名、警号的派出所全体警员的公示栏，先介绍起自己："你看这是我的相片，我姓王，警号是876243……"那女孩儿抬头望了一下墙上的警察照片，也许是小王的真诚打动了她，也许是小王也姓王的缘故，经过小王的耐心开导，过了不长一会儿，她终于开口说话了。她叫王小花，今年16岁。

我又想起自己的女儿，她今年也是16岁，人家已经独自一人出来自谋生计了，可她有时还要偎依在妈妈的怀里撒娇。真是天壤之别。

王小花的老家在河南黄河边上的一个小村庄里，这是她第一次出远门，临走时年迈的父母为她东拼西借凑足了三百元钱。她带了这些钱和仅有的几件替换衣服便一路搭货车来到我们这座城市，一来想找正在这里打工的哥哥，二来也想出来闯世界挣大钱。在她的脑海里，对我们这座城市充满着了渴望，因为听同村外出打工回来的人说，我们这里有个全国最大的服装城，里面遍地是黄金。

那天大清早，王小花一下汽车就记着村里打工老乡的话，直奔长途汽车站不远处的一个招工市场，她想先找到一个挣大钱的好工作，然后再去找哥，想给哥哥一个意外的惊喜。那个招工市场其实是一个地下非法招工窝点，市里各相关职能部门曾组织力量多次打击取缔，但不知什么原因，收效甚微。王小花很快找到了那地方，一眼望去，那儿的人像聚堆的蚂蚁——人山人海，这一切着实让她有点儿"春潮涌动"，好像离致富之路只有一步之遥。很快有两个穿辅警制服戴大盖帽的人与她搭上了话，说可以帮她介绍工作。她一看是两个穿制服戴大盖帽的人，觉得很有安全感。在她眼里，戴大盖帽的都是警察，这点倒与刚来中国的老外很相像。是呀，许多第一次来中国的老外，对我们的国情了解甚微，也都把戴大盖帽人当作警察看待。记得有一次我在街上碰到一个问路的老外，他竖起大拇指，用半生不熟的汉语夹杂着英语夸我们："中国的 Policemen，真多！"这哪是夸呀？其实，我们警察的比例是全世界最少的几个国家之一。但造成这个原因很大的一点，就是许多部门的制服喜欢往警服上靠，就说我们每次换新装吧，其他行政执法部门会很快跟风，从款式到颜色甚至到标志都要模仿得差不多，有的甚至可以以假乱真，连我们警察也被迷惑一时，老百姓就更分不清是哪个部门的大盖帽了。一些不法商贩更是胆大妄为，从衣服到标志全套仿制，牟取暴利。这些问题的存在，对我们警察产生了不小的负面影响，导致了老百姓们的许多误解。

王小花碰到那两人后，庆幸着幸运之神对她的钟情，心中充满了喜悦，就不假思索地跟着他们一路走去。其实，当幸运之神突然降临时，厄运之神也已悄然来临了，只是她还没觉察到吧。当王小花跟着他们走进了一个废弃的建筑工棚时，一切都已晚了。两个男子终于真相毕露，先是抢了她的旅行包，然后又搜了她的衣服口袋，把她身上仅有的几百元钱也抢了去。当两人露出淫光开始剥她的衣服时，她才从惊吓中回过神儿来，叫喊着、撕咬着，拼命反抗。那两个案犯不知是由于害怕了，还是听到外面有走动的声音，抓起王小花的旅行包就从后墙的一个破洞口逃之夭夭。王小花也从惊吓中逃了出来，过路的群众为她报了警，才出现"110"处警民警送她来派出所的那一幕。

制作笔录、勘查现场、走访群众，所有案头工作均已结束，小王向所领导汇报后便陪着王小花去找她的哥哥。王小花只知道她哥哥在本市一家制衣厂打工，不知道厂名，也不知道确切地址。偌大的一个城市，人海茫茫，全市的制衣厂不下几百家，要这么一个一个地找是很困难的。那个小王也是聪明一世糊涂一时，带王小花在全市转悠了半天，才想到可以先通过市公安局信息中心的电脑查查是否有她哥哥暂住登记的资料。亏他还是我们派出所的"博士"呢，丢人！有关她哥哥的信息资料很快被查调出来，在本市红杉树制衣有限公司做缝纫工。小王立即驱车带王小花直奔位于近郊的红杉树制衣有限公司。但到了那里之后才知道，王小花的哥哥昨天刚被派往外地培训，一个月后才能回来。

　　这时天色已晚，小王看看身旁王小花一副非常沮丧的样子，不知如何是好？让她一个十六岁的女孩子独自一人住旅馆实在让人放不下心。此时，腰间的手机响了，是他未婚的老婆（他们结婚证已领，但仪式还没办）打来的电话，原来是丈母娘请女婿吃晚饭。这下他犯难了，一来他现在要先想办法安置好王小花，二来今天是值班，哪也不能去。（派出所民警轮到值班都是白天黑夜连轴转的。）小王因此在电话里对未婚老婆说话有点儿吞吞吐吐。

　　"你干吗呀？吞吞吐吐的。"电话那头显然有点儿不满了。为了不让未婚老婆产生误会，小王只好把实情和盘托出。未婚老婆听了也许出于同情，也许出于感动，竟爽快地命令他："你马上把那小姑娘送来，一切由我安排，你尽管放心去值班。"小王听了她的一番话，心里一阵感动，正想把"老婆万岁"四个字喊出来，但一看旁边坐着的王小花，只得把话又咽下肚去。

　　那夜，王小花就睡在小王未婚老婆的家里，也许是她有生以来睡得最香的一个晚上。她从心底里感激小王叔叔（她第一次从内心深处称呼着）和他的未婚老婆，感到现在唯有他们是她最亲的人了。

　　第二天，小王为王小花买好了回河南老家的车票，还塞给了她五十元零花钱，并亲自把她送到了车站。临上车前，小王突然接到了单位的电话，说有急事，便对王小花嘱咐了几句就挥手告别。想不到的是，王小花等小王走了以后，她并没有上车，而是去售票窗口退了车票。她不想马上回家，这里的灯红酒绿对她的吸引力实在是太大了。她也不能空手而归，否则无脸回家见父母和村里的乡亲们。那些日子，她不敢再见小王叔叔，靠着乞讨度日，想熬到哥哥培训回来再说。然而，就在昨天晚上，王小花被一个歹徒劫持到露天公园的角落里糟蹋了。

　　王小花当时被惊吓得昏死过去，当她清醒过来的时候，或许是又一次厄运之神的降临，让她强烈地产生了对这人世间所有的人（除了她对少数几个亲人和小王叔叔外）的恐惧和怀疑。在这个举目无亲的陌生地方，也许小王叔叔是她唯一可以信赖的一个人，于是就出现了只想见小王叔叔的念头，但她至今仍不知道小王叔叔是为了她而"牺牲"了最宝贵的新婚之夜。

　　小王与王小花的故事讲完了，天也已经大亮。不知从什么时候起，雨也停了，但雨过后的天空还是显得阴沉。与同事交接完班，我真的感觉很困很困。但想起女儿还在医院吊针，我还是不能入睡。

木 兰

　　教师节那天，木兰趁学校放假，陪父亲去了县城的大医院看病。父亲患哮喘已有多年，每到秋天就咳得厉害，有时连觉都不能睡，只能坐着熬过漫漫长夜，这让做女儿的一直放心不下，年复一年，便成了木兰的一块心病。

　　木兰和父亲看完病，拎了药走到家门口，惊惶地发现自家大门虚掩着，她顿时紧张起来。这几天家里除了她和父亲外没有别人啊？木兰思摸着，将门轻轻推开，喊了一声："谁在里面？"见没人搭理，便从门边操起一根门闩，又重重地喊了一声："谁在里面？快给我出来！"

　　"妈，是我呀。"

　　木兰一看，从屋里走出来的是远在南方打工的女儿小甜，便惊诧地问道："死丫头，你咋回来了？"她知道，女儿外出打工几年，只有快到春节的时候才会回家。

　　小甜告诉母亲和姥爷，说她要结婚了。木兰感到很突然，问对方是哪里人？做什么的？小甜说，是江苏人，在她打工的那家服装厂做服装设计师。木兰埋怨女儿，婚姻大事怎么不早跟家里人商量商量？小甜说，这次回来就是跟家里人商量准备结婚嫁妆的。她不好意思地用手戳戳自己的肚皮，说已经"有了"，以后也不再去深圳打工了，上个月和未婚夫一起回到他的家乡常熟，准备结婚后在当地开一家服装厂。

"常熟？"在一旁一直不吭声的姥爷听小甜这么一说，竟情不自禁地从嘴里蹦出了这个地名。

木兰对"常熟"这个地名不熟，她不知道是哪个旮旯里的，见父亲惊异地说了"常熟"两字，以为他熟悉，便问父亲是不是知道那地方？

木兰的父亲连忙摆手说："不知道。"说完就不停地咳起嗽来。

小甜仰了仰头，骄傲地说，"你们怎么都不知道？常熟就在苏州旁边，是著名的鱼米之乡，上有天堂，下有苏杭，那里的生活不要太好！"

木兰问女儿，那里的生活还过得惯吗？她担心女儿嫁到一个陌生的地方，今后会不会吃苦？小甜说，过得惯，只是吃得太胖了，正想减肥呢。木兰又问了男方的家境。小甜告诉母亲，未婚夫汤水强家的条件很好，他俩的婚房就安置在芦花飘香的沙家浜农民新村里，是一幢二百多平方米的独院楼房。现在，他们那个村子里的村民不少都搬进了这种由集体统一规划建造的农民别墅。小甜还骄傲地告诉母亲，水强的曾祖母是京剧《沙家浜》里女主人公阿庆嫂的原型之一，那年汪曾祺等人把《芦荡火种》改编成现代京剧《沙家浜》时，曾去常熟沙家浜实地采访过她呢。

木兰虽然责备女儿，一个姑娘家没结婚就有了孩子，但心里还是喜滋滋的，女儿的远嫁也让她有了这次去江南的机会。离国庆节还有好几天，她就跟女儿一起到了常熟沙家浜。

　　木兰与水强娘两亲家一见面，就如亲姐妹似的，亲亲热热聊了起来。木兰叫水强娘"大姐"，她告诉水强娘，她叫李木兰，以后就叫她木兰好了。

　　水强娘打着不标准的普通话问木兰："怎么只来了你一个人？"

　　木兰说："小甜她爸还有点儿事，等几天过来。"

　　水强娘又问："那你父亲呢？"

　　"哦，他……他不一定来了。"提到她父亲，木兰说话有些结巴。

　　"不是讲好的，叫你父亲一起过来吗？"水强娘听水强说过，小甜的父亲是个孤儿，她的外婆已经离世好几年了，与他们一起生活的只有一个老外公。这次婚礼，水强娘特地关照小甜，要他们全家人一起过来的。

　　木兰顿了顿说："唉，我父亲年纪大了，不想走动。"

　　"你父亲身体还硬朗吧？"水强娘问。

　　"还好，只是每到春秋季节，就要犯哮喘。"

　　木兰心里明白，其实父亲有这哮喘病，就更应该带他一起出来，也好有个照应。当初她来时就想带父亲一起过来的，但问题是他死活不肯来。木兰不明白，父亲也算是一个知书达理的教书匠，为什么死活不肯来江南呢？而且话里话外也不希望她过来。最令她想不通的是，每当她与女儿或丈夫提起常熟沙家浜，老父在一旁就会皱眉头，露出一脸的严肃。

　　这几天，汤家已像过年似的张罗开了。院子里搭起的油布帐篷上空开始炊烟袅袅，厨师们忙碌着准备婚宴菜肴，四面八方汇集过来的八仙桌也已经在厅前屋内摆好阵势准备狂欢，附近周围的一些亲朋好友和村民邻居也陆续前来贺喜。

　　明天，就是水强和小甜百年好合的日子了。木兰虽是新娘的母亲，但她人生地不熟，除了汤家的几个亲戚外，对来来往往的人谁也不认识。对于江南结婚风俗一点儿也不懂的她，就像一个局外人，束手无策，一点儿忙都帮不上。木兰很感无奈，便一个人来到村口，想看看小甜她爸要不要到了？昨天他来电话说下午就出发，只是父亲不肯跟他一起过来。木兰要丈夫临走前再做做父亲的工作。木兰一想到老家的父亲，情绪又一下子低落下来。父亲不来，一个人孤零零的，他能照顾好自己吗？木兰有点儿心神不定，她已经想好，等女儿办完婚事，就回河南老家。

木兰在村口终于见到了风尘仆仆的丈夫，但没有见到父亲，便问丈夫："俺爸呢？"

"别提了。你爸像头犟牛，不肯来，我说了一锅的话都没用。"丈夫气鼓鼓地说。

木兰眼神一暗，埋怨、担心一齐涌上心头。

水强和小甜的婚礼在国庆节这天如期进行。前来汤家喝喜酒的亲朋好友真多，一群一群的，木兰看得眼花缭乱。她和丈夫被水强爹娘领着，像贵宾似的给介绍来介绍去，真有点儿头昏脑涨了。

婚宴早早开始。隆重的婚宴像老家的赶集，嘈杂而热闹，碰杯声、说话声、欢笑声此起彼伏。木兰没有想到江南水乡举办婚礼的排场如此庞大，里边坐的不说，还有外边站着等吃的。她算是开了眼界，原来江南农村的婚宴要分头席和二席，头席、二席的菜是一样的，只不过是时间的先后问题，路远的一般吃头席，路近的可吃二席。也许汤家人的子孙多、亲戚多、朋友多，今天来喝喜酒的人也特别多，头席吃客们坐过的凳子余热尚未散尽，二席吃客们就如蜜蜂似的蜂拥而至，嗡嗡嗡围满了一张张八仙桌。吃的过程自然跟头席一样，仍然是一阵阵闹哄哄的碰杯声、说话声和欢笑声。

不知谁喊了一声："新娘子来了！"顿时把婚宴的气氛推向高潮。这时，鞭炮齐鸣，礼花绽放，把夜色中的水乡闹得欢天喜地。

一会儿，人们又叫喊着："新郎新娘敬酒来了！"

于是，所有的目光又齐刷刷地投往一个方向：新郎水强一袭皮尔卡丹黑西服，英俊潇洒；新娘小甜一身紫红色真丝旗袍，丰满美丽。

木兰看在眼里，喜在心头，想不到女儿如此出息，三年前还是河南黄河故道边的一只丑小鸭，经过三年的南方生活，一下子就变成了惹人喜爱的金凤凰。女儿能找到这样的好婆家，真是前世修了福。木兰听女儿说过，她跟水强特别有缘分。说常熟的别称跟他们家乡是一个名称，都叫虞城；他们老家靠近黄河故道，而水强家位于长江之滨；还有，家乡虞城县是花木兰故里，花木兰传说被列为国家级非物质文化遗产，而常熟是新四军革命根据地，沙家浜景区被树为全国爱国主义教育示范基地、全国百家红色旅游经典景区。那天，女儿女婿已带她去景区里转了一圈儿，还品尝了阳澄湖大闸蟹。

新郎新娘敬完酒，婚宴也就进入了尾声，人们酒足饭饱后陆续起身撤离。木兰站在门口向所有的人点头微笑算是打了招呼。

这时，在宴席一角，木兰发现一双苍老的眼睛在注视她。那是坐在角落里一个老妇人的眼睛，直勾勾盯着木兰不放。

木兰见老妇人起身，不知咋的，心里有点儿紧张。老妇人径直向她走来，木兰更是紧张了。她不知道那人是谁？为什么用异样的目光盯着她不放？

很快，老妇人已经走到木兰跟前，直愣愣的眼神立即变得柔和而忧郁。她用常熟话问木兰："嫩阿是从河南来个新娘子个娘？"

木兰没有听懂对方的话，有点儿尴尬，便挤出一丝笑容说："大妈，你能不能讲普通话？"

老妇人放慢语速，土话不像土话，普通话不像普通话地说："我是问你，你是不是从河南来的？”

木兰这回听明白了，点了点头。

“你是不是属老虫？”老妇人紧接着问。

木兰想不到对方会问这样的问题，很是好奇。

老妇人以为木兰不明白，便打着手势，用极不标准的常熟普通话说：“孩子，告诉我，你是不是属‘吱吱吱’的老鼠？”

孩子？她称我孩子。江南人真不可思议！木兰觉得怪怪的，但她出于礼貌还是轻轻点了点头。

“你的生日是不是七月初五？”

木兰越发好奇了。她依然点了点头算是作答。这时，木兰发现老妇人眼眶里有泪花闪动。

“孩子，你能不能跟我来一下？”老妇人露出恳求的目光说。

木兰望着老妇人不知如何是好？但对方已经拉着木兰的手跨出了门槛。

木兰不得不开口问：“大妈，您要带我去哪儿？”

“去我家，不远，就在那边。”老妇人的话很直，不再是商量的口吻。她拉住木兰的手不放，看来执意要让木兰跟她走。

木兰跟着老妇人往村东头去，心里有点儿忐忑不安。虽然一路上有路灯照着，脚下的水泥路也平平坦坦，可木兰的脚步还是颤颤簸簸，她不知道老妇人带她去她家干吗？

秋雾笼罩着大地，缥缈而有点儿神秘。一路上，木兰发现老妇人不停地用手揉抹着眼睛。

老妇人的房子在一条小河的对岸，是一幢三开间的老式楼房，过了一座石拱小桥就到了。虽不算很远，但离水强小甜的新房还是有很长一段距离。

木兰随老妇人走进底楼的东房间。屋内家具不多，整洁干净。

最显眼的是一张老式片子床，紧靠片子床的一只掉了漆的五斗橱。这显然是老妇人的卧室了。

木兰问老妇人："大妈，您就住这儿？"

老妇人说："是的，原本儿子媳妇一家住楼上，上个月他们刚搬到农民新村的别墅区居住了。"

"哦。"木兰站在房间中央有点儿尴尬，只好东张西望。

"现在条件好了，不像过去子女多，养不活。"老妇人说着长长地叹了一口气，"唉！"

木兰有点儿害怕老妇人的叹息声，但她一时又说不出害怕的原因？

"大妈，这么晚了，您叫我来干啥？"

"孩子，我想给你看样东西。"

什么东西？木兰顿时紧张起来。

老妇人走到片子床边，从五斗橱的抽屉里摸索了半天，拿出一张泛黄的小照片。

木兰接过老妇人递过来的照片一看，惊讶得说不出话来。这照片上的人，简直与她年轻时的形象一模一样？

"大妈，这照片上的人……"木兰此刻真的紧张了。

"照片上的，是……是我女儿。"老妇人有点儿哽咽地说。

"她……"

"死了，难产死了。"

"难产？太不幸了。"木兰哀叹道。

老妇人闪着泪花说："二十几年前，我那个苦命的女儿胎位不正，肚里的孩子生下不来，那时我们农村医疗条件差，交通又不便，等用船送到城里的大医院，大人小孩都已经断气了。"

"真是太不幸了。"木兰捏照片的手在颤抖。

"唉，苦命的孩子啊！"老妇人叹息着。

木兰定了定神，内心倍感蹊跷：大妈为什么要告诉我这些？难道我与照片上的人有着某种关联？难道我也是……木兰有点儿不敢往下想了，心儿像一只迷途的羔羊怦怦乱跳。

老妇人没等木兰开口，突然一把抓住她的手说："孩子，如果我没认错的话，你就是我女儿！"

木兰紧张地后退一步说："大妈，您……"

老妇人拉住木兰的手不放，哭着说："孩子，原谅我这个娘，我是实在没办法才把你送给人家的呀！"

木兰脑子里闪过一道强光，像一台被人格式化的电脑，顿时一片空白。

老妇人开始唠唠叨叨起来。

木兰从对方的话语里依稀知道了自己的身世。照片上那人和她是一对同胞姐妹，1960 年，就是她们出生那年，正巧遇上困难时期，给本来贫穷的家庭雪上添霜，而在她们上面还有两张嘴，一个五岁的姐姐和一个三岁的哥哥。那年月，一家人能填饱肚皮的几乎都是粗糠和胡萝卜，有时连胡萝卜也没有，常常是吃了上顿没下顿。因为没有吃的，父亲得了浮肿病，在她俩出生不久就抛下全家老小一个人"走"了。

木兰听到这里，竭力想控制自己，但此时的心情已经难以平静。她不敢相信眼前这位老妇人会是她的母亲？她的母亲应该在河南，而且早已过世。难道我真是被人领养的？木兰的脑子里一下子又塞满了记忆，如一堆乱麻，剪不断，理还乱。

老妇人还在唠叨，"记得那时，你比你姐姐机灵，老是探着小脑袋哭着往我怀里钻，可我的两只奶奶一点儿奶水都没有了啊！"老妇人越唠越激动，她突然撩起衣裳，暴出一对干瘪的奶子说，"孩子，你看看，当初你哭着想吃的就是这个样子的奶奶，你含着我的奶头，嗫了又嗫，可嗫了半天也没有嗫到一滴奶水，我把奶头拔出来，你就哭，我只好再把奶头放在你的小嘴里骗你。你喂累了，眼角上的眼泪还未干透，就躺在我的怀里睡着了。"

木兰望着眼前这一对干瘪得不能再瘪的奶子，惊呆了。

"孩子，你还在怨恨我吗？"

木兰噙着泪水终于开口说："大妈，如果我真是您女儿，我一定不怪您。"

老妇人听木兰依然叫她"大妈"，心里一凉，大声说："孩子，你还不相信我吗？"

她抹了一把泪，立即转身从五斗橱抽屉里摸索出一封泛黄发皱的信，递给木兰说："孩子，你看看，这是你养父领你后寄过来的一封信。"

木兰接过来一看，信封上的落款只有"河南省虞城县"几个字，没有详细地址。她抽出信笺，信的内容不多，主要说了些感谢之类的话，最后落款是"李小祥"。信笺上的字似乎有点儿像老父的笔迹，可父亲不叫李小祥。

面对这一切，木兰像一只原地打转的陀螺，感觉一阵昏眩。要是站在眼前的果真是生身母亲的话，这一切来得太突然了，她一点儿思想准备都没有，但此时有了一种说不清的感觉。如果一切都是真的，那要不要认这位母亲？认了，远在河南老家的父亲咋办？他知道了会咋想？她仿佛又听到了父亲重重的咳嗽声。不认，是不是太绝情了，虽然当初是被父母抛弃的，但他们有他们的苦衷，也许不送人，就活不到今天了。

此时的木兰像飘在大海里一条没有罗盘的小船，没了方向，眼前一片模糊。她仿佛看到两条江河同时在向她奔涌而来，澎湃激昂，势不可挡。一条是黄河，一条是长江，两条江河即将交汇，将是怎样一种情形？她不知道。可她知道，这一江一河都是自己的母亲河啊！木兰突然猜疑起父亲为何不肯来和阻止她来的原因，难道这一切都是真的?

　　木兰定了定神,心想,骨肉相认毕竟不是儿戏。她想进一步确认,便又问道:"大妈,您还有别的信吗?"

　　老妇人一听这话,双膝一屈,蓦地跪在木兰的面前大哭起来,"孩子,你难道还不相信我吗?"

　　木兰赶紧扶住老妇人说:"大妈,您起来,不是我不信。"

　　那晚,木兰不知是如何回到女儿家的?她只记得做了一个梦。梦见自己把那位大妈紧紧地搂在怀里,在她耳边叫了一声:"妈!"

两个人的电梯

　　快到下班的时候，总经理打来电话，要张倩把各部门调研情况整理汇总后，在六点之前传给北京的合作商。等她忙完手头的活儿，公司里的人几乎都走光了。

　　临走前，张倩去了一趟卫生间，除了必要的"放松"，最主要的是想重新修饰一下自己。她瞧着洗手池上方镜框里的那个人，感到惊讶：此人怎么这么憔悴，脸黄无光，神色黯淡，难道这就是我吗？

　　镜框里的那个人确是张倩本人。最近一段时间她心里很烦躁，紧张的工作固然是一个因素，但主要的原因并非这个，而是被那个出国才半年的男友惹的。就在前天晚上，张倩收到了他从美国发来的"伊妹儿"，对方客气地告诉她，他有很多缺点，不值得她再为他付出。他的决定很明朗，也很突然。张倩无法左右他的思想，也不可能去美国找他，更不会向他乞求，但必须要对方一个说法。张倩立即打电话过去，可对方的手机已停机。一年的感情就被对方几句轻飘飘的话打入死牢，化为乌有。张倩当时的感觉好像被人掐住了脖子，说不出话来，又悲又忿。当然最悲痛倒不是失去他，而是他欺骗了她的感情，把她当成了一只被他任意咀嚼的泡泡糖，想什么时候吐就什么时候吐。以前张倩总是自我感觉良好，自以为只有她不要别人而不会发生别人不要她的事。然而，残酷的现实还是在她身上发生了。一想起这件事，张倩的眼泪在眼眶里就直打转。

望着镜框里的自己，张倩终于感到依靠别人往往只是一厢情愿，真正能呵护的唯有自己。泪珠虽已在眼眶里打转，但最终还是被张倩忍住了。她觉得应该重新振作起来。想到这儿，张倩便快速从包里取出纸巾、粉饼、眉笔、口红，擦干了眼泪，然后扑粉、画眉、涂口红，一番精心打扮后，感觉好了许多，似乎找回了不少自信。

张倩来到电梯口，按了往下的电钮，一会儿电梯门就开了。就在跨入电梯的一刹那，她突然发现电梯里一个熟悉的身影。当张倩与那人的目光相遇时，竟像一个犯案的人突然遇上了警察那样紧张得要命。她想退缩，但半个身子已在电梯里，只好硬着头皮走了进去。

张倩尴尬地站在电梯靠门的位置，背对着那人，不知道该不该转身跟对方打招呼？想必那人一定在背后盯着她，仿佛感到有一双如虎如狼般的眼睛在她的后背上扫射。张倩的心跳在加快，脸在发烫，而背脊骨却阵阵发凉。

电梯吱吱地向下滑行，然而电梯里的空气几近凝固。

张倩抬头望着电梯门框上从大到小跳动的楼层数字，心里默念着：电梯啊电梯，快快下到一楼吧！

电梯滑过三楼，突然哐当一声，在一个强烈的抖动之后，电梯蓦地停住了，电梯框上的数字也停在"3"上不再跳动。张倩立即伸手去按电梯里的开关，电梯门却打不开，她又急吼吼地重复按了几下，还是打不开。

这下完了！张倩脑子里嗡地一下，知道电梯一定出了故障。

身后的那个人依然无声无息地站着，让张倩不知所措。电梯里的气氛变得死一般的沉寂，好似一下子掉进了阴曹地府。她害怕极了，在这封闭的空间里，就他们两人，那人魁梧的身躯像一只老虎，而瘦弱的她却像一只小羊羔，要是现在想吃她的话，想怎么吃都成。想到这些，张倩那颗急速跳动的心几乎要从喉咙口蹦出来。她微微张着嘴，喘着粗气，此时的她真像一只没有任何反抗能力的羔羊，感到非常无助。

"我来看一下。"那人终于打破了沉默。

张倩先是一惊，然后迅速让过身子，躲到电梯一角，静静地看他拨弄电梯上的按钮，但拨弄了半天也没有把门打开。那人抬起头，伸手摘下挂在电梯里的应急电话，拨了号，喂了几声却没有任何反应，看来那部应急电话不知什么时候已成了摆设。

那人又从腰间拿出手机，那是一款银灰色的翻盖机子，中规中矩的模样。张倩看了一眼，她以前也用过，是摩托罗拉 V680。

"喂，喂！"不知那人拨打了谁的电话，但对方似乎没有回音。

那人把手机移到眼前，看了看屏幕，摇了摇机身，然后又放回到耳旁，继续大声地"喂"了起来。看来对方还是没有反应。

那人埋怨道："CDMA 的信号怎么这么差！"

张倩不知对方说此话是自言自语还是讲给她听的。她知道，他们公司所处的位置，CDMA 的信号确实很差，电梯里更是通话的盲区。以前她用的也是 CDMA，有一次总经理打电话找她，刚好在电梯里没接到，以为她故意关机，还官僚主义地批评了她一通。后来她就重新换了一部"139"的。

张倩见那人还在不停地拨打电话，分明是与外面的人联系，似乎少了一些戒备之心。但她知道，此时用他的手机打电话十有八九是徒劳的。

张倩望着眼前这个令她不敢正视的人，鼓足了勇气从包里拿出自己的手机，递到他面前说：“用我的吧！”

对方惊讶地看了张倩一眼，犹豫了一下，才小心翼翼接过那部小巧的摩托罗拉V291。他打开机盖儿，问张倩：“你没开机？”

难道没开机？张倩心里嘀咕着拿过手机，按了几下面板，居然一点儿反应都没有。她苦笑着说：“不好意思，手机没电了。”

“有备用电池吗？”

“对不起，昨天放在家里充电忘带了。”

张倩建议用他的手机发短信，希望尽快有人来救他们。她焦急地问：“发出去了吗？”

“发送失败。”对方的话说得很轻很平淡，但让张倩听来竟是那么沉重，就像听到了一个噩耗似的。

之后那人又发了几次，但所有的发送均告失败。

真是超级大傻瓜，没有信号，怎么能发送短信呢？两人这才意识到。

张倩蜷缩着身子，沮丧极了。要是今晚出不去的话，就会没吃没喝没法睡觉，她不由自主地大声叫喊起来。

那人要她别叫，说公司里的人早走光了，门卫的保安又离这里很远，根本听不到像你这种小绵羊似的叫声。但张倩不管，还是一个劲儿地叫喊，或许她是因为恐惧给自己壮胆。

对方见张倩不听劝告，就不再说话。

张倩喊了许久始终没人理睬，终于喊累了，最终停了下来，感觉喉咙口一阵火辣辣的疼。

两人都静静地站靠在电梯的厢壁上，看得出来，双方都在等待对方开口。

过了一会儿，那人终于先开了口，他掏出V680手机看了一下时间懊丧地自言自语道：“唉，《新闻联播》都看不到了。”

想不到这家伙依然保留着看《新闻联播》的习惯，张倩瞄了对方一眼，有些失望。她是希望眼前这位曾经的男友，能说一些安慰她的话，但他没有。张倩重新清了清嗓门儿，又开始叫喊起来。其实这次叫喊已不再单纯，不光是向外求援，更多的是不满意他刚才的话。

那人见张倩又在叫喊，就加重了语气说："不是咒你，如果你再这样不停地叫下去，只会死在电梯里。"

张倩白了对方一眼，心想，居然说出这种伤天害理的话，是报复我吗？你不想办法，行！你咒我，也行！你不要我喊，我偏要喊。于是，她扯上大嗓门儿继续喊，越喊越凶。

"别叫了！你这样大叫大喊，会消耗大量体力的，耗尽了体力就只能等死。"那人伸手想拉张倩，但手在空中画了一个圆圈又回到原处。

张倩不甘示弱："难道不叫不喊就能活着出去？"

"对！"那人的回答竟如此蛮不讲理。

张倩愤怒了，狠狠地说："你这是什么逻辑？"

"我们必须要做好长期作战的思想准备。"

什么长期作战短期作战？张倩心里嘀咕着：他真是个当兵出身的，说出来的话就是喜欢用部队里的字眼儿，以前跟她恋爱的时候也是这个样子，喜欢说一些跟军事沾边的词语，在这点上他倒一点儿也没变。

张倩故意道："你说长期作战是什么意思？"

"你想想，明天是元旦，虽然放假只有三天，但在这三天里如果没人用电梯的话我们就惨了。因此我们必须保存体力，作最坏的打算。"那人说话的腔调简直像老师跟小学生谈心。

张倩听他这么一说，觉得自己真变成小学生了，怎么没考虑到公司明天没人上班呢？真是工作得连休息都麻木了。节假日本来对他们这些生意人就少有缘分，尤其对张倩这些远离家乡的人来说更是无所谓，除了每年的春节还有一点儿盼望的感觉外，其余的日子都很淡漠。

当然经对方这么一提醒，张倩顿时清醒了许多。其实不清醒还好，一清醒她就真的害怕起来，害怕真的没人来救援，真的会死掉。她的内心在挣扎：我才二十五岁，我不想死，在新疆的父母还等着我春节回家过年呢，我有两年没回家了呀！

张倩环顾着这个像牢笼一样的长方形厢体，仿佛已经被死神关进入了一口硕大的棺材里，让她感到前所未有的恐惧和绝望。

对方似乎看出了张倩的心思，安慰她说："当然你也别怕，有我在，我们一定会活着出去的！"他说得很自信。

但张倩还是很害怕，而且越想越害怕，竟当着他的面哭了起来。

"不能哭，要保持体力。"

张倩感觉有些失态，止住了眼泪，心想，在一个曾经被她抛弃过的男友面前哭泣多丢人啊。

"饿了吧，先吃点儿饼干。"他说着，不知从哪里变戏法似的拿着半包苏打饼干递到张倩面前。

见对方递过来的苏打饼干，张倩肚子就叽里咕噜欢叫起来，感觉自己也确实饿了。她用手抹了把眼泪，就不客气地接过饼干。

张倩啃着平时不屑一吃的苏打饼干，一股暖流顿时涌上心头，感觉身边的他一下子变得亲和起来，眼前此人才是唯一能和她共渡难关的人。她暗暗告诫自己，从现在开始无须再防他，也不再与他较劲儿。

张倩望着眼前的他，蓦然多了一个不切实际的念头：要是他现在仍是我的男友该多好啊。

那人从身后的地上拉过一只帆布旅行背包，放到张倩面前说："累了吧，坐下歇会儿。"

看到趴在他脚下的帆布旅行背包，张倩倍感诧异，心想：天哪！难道他早有"长期作战"的思想准备了？这只灰头土脸像从博物馆里偷跑出来的旅行背包似乎在对她做鬼脸。张倩忍不住扑哧笑了出来。

"你笑什么？"那人疑惑地问张倩。

"你怎么拿着这么一个大包？"张倩好奇地反问。

他说："今天刚从西安回来。"

张倩听到这话，就不再言语，直挺挺站着继续啃他的苏打饼干。她知道，在西安有他们公司设立的一个办事处，前年他俩分手的时候，不，是她抛弃他的第三天，他就主动要求去了西安。张倩明白，他为的是逃避与她的那段感情，因为两人毕竟在一个公司上班，虽然不在一个部门，但在同一屋檐下总免不了有尴尬的时候。

两年多了，他现在真的还恨我吗？张倩一想到这个问题，就不敢正视这个叫"李奇"的家伙了，内心像被一艘快艇掠过的湖面，再也无法平静。

张倩清楚地记得，大学毕业来到这家公司的时候，认识的第一个人就是李奇。那是第一天到公司报到，在大门口碰到的第一个人就是他。她见他挂着胸牌，拿着一叠材料，便猜想一定是这里的人，就上前向他打听人事科在几楼？他说他刚好也要去那里，便热情地领她进了电梯。在电梯里两人聊着，竟忘了按楼层键，人事科在三楼，他俩却不知不觉地上到了顶楼，原来顶楼上有人已按了下楼的键，李奇一看不对，涨红了脸连忙一个劲儿地向张倩赔不是。

那次初遇，李奇就给张倩留下了深刻的印象，后来两人成了好朋友，再后来就成了恋人。但是当张倩把李奇的情况告诉给远在新疆的父母后，他们竟不同意，说他家那么穷，怕女儿受苦。张倩当然不以为然，仍与李奇继续交往，想不到母亲千里迢迢从新疆赶来做女儿的工作。

张倩母亲对女儿说，她吃了一辈子的苦就是因为过去你父亲家里太穷，不想看到自己的女儿步她的后尘，如果不与李奇断绝来往，她就不走。

张倩是家里的独苗，也是一个孝顺的女儿，为了不伤母亲的心，只能违心地与谈了一年多恋爱的李奇断绝了往来。时隔不久，母亲为张倩介绍了她同事的一个亲戚，大学毕业后也在张倩所在的这座城市发展，那人的家庭条件好，又是独子，父亲是自治区一家外贸公司的老总，母亲是国家机关公务员。不像李奇家那样兄弟姐妹四五个，父亲是终年在井下劳作的矿工，母亲是脸朝黄土背朝天的农民。当然李奇也是个大学生，他靠的是个人奋斗"书包翻身"。张倩很钦佩他，但他毕竟是个穷大学生，每个月还要从微薄的工资里拿出一部分钱接济给家里。虽然张倩不嫌弃李奇，可她最终还是听从了父母的话。

如今，张倩父母喜欢的男友已离她而去，对方非但没有给她幸福，反而增添了她许多痛苦。而李奇却在她最痛苦的时候出现在眼前，今天就站在她的身边。当然，在这个特殊的空间里，想分离也分不开，想逃避也逃不了，真是苍天有眼。张倩不相信这是巧合，而宁愿相信天意，即使他俩真的永远出不去了。

李奇见张倩依然站着，突然一把拉她坐到他脚下的旅行背包上，温情地说："坐下歇会儿吧，注意保存体力。"

他也坐了下来，面对着她席地而坐，让张倩感到很不好意思。

张倩坐在李奇的旅行背包上，背靠电梯的厢壁，心里踏实了许多，心情也渐渐舒展起来。

"你结婚了吗？"李奇突然问张倩。

张倩迟疑了一下："没有，你呢？"

"哈哈，我的那个丑媳妇在丈母娘家养着呢，还没到见我的时辰。"李奇说着貌似幽默的话，却让张倩感到他话语里的淡淡忧伤。

"什么？"张倩故意瞪大眼睛，装作不懂的样子。

"你的那位一定对你不错吧？"

张倩不知道如何接李奇的话，心想，难道他知道我男朋友是谁？其实张倩很想告诉他事实，可又怕他会笑话自己，当然她也不想自欺欺人地说谎话，因此选择了沉默。

"什么时候请我吃喜糖？"李奇穷追不舍地逼问。看来一旦撕开了那张敏感的包装纸，他似乎不再有所顾忌。

张倩没有正面回答，而是说："他在国外。"

"出国了？那你可要多关心关心他。"

张倩知道李奇说的关心是什么意思，心想，会不会他已经听到什么风声？应该不会吧，他不是说今天刚从西安回来吗？况且她与男友分手还没告诉过其他人。

张倩暂时不想让他知道她的伤疤，便转移了话题："你父亲还在矿上挖煤吗？"问起了李奇的父亲，是因为他曾给她看过他父亲的照片，那是一个苍老、瘦弱、面带微笑的西北汉子。

李奇的脸色一下子变得很苍白，他没有回答张倩，而是缓缓地从上衣口袋里掏出一张发黄的照片。

张倩感到了一种不安。

李奇沉默了许久，才告诉她，父亲在去年 5 月的一次矿难中遇难了。

啊！张倩差点儿叫出声。她知道那次矿难的情况，死了好多人，报纸、电视、网上都有过报道。难道他的父亲也在其中？这让张倩感到惊讶，更令她惊讶的是那次矿难发生的时间，如果没记错的话，那是李奇去西安不久，也就是说，在她抛弃他的第十天。虽然张倩也品尝到了被抛弃的滋味，但她还是无法想象在失去爱情和失去父亲的双重打击下，他是怎么挺过来的。

张倩含着泪说："对不起！"她想喊李奇的小名，但没能说出口，只是把"对不起"三个字说得很重很重。

"没事。"李奇虽这么说，但也在伤心地抹泪。

张倩不敢再问下去，生怕又会触及他别的痛处。电梯里又变得沉寂起来，唯有彼此的呼吸声还在悄悄地对着话。她很想安慰他几句，但不知说什么是好。

这时，电梯里的光线突然一下子暗了许多。张倩抬头一看，原来电梯厢顶上的一盏日光灯"断气"了，现在只剩下孤零零的另一盏灯苟延残喘地发着幽暗的光。

电梯里的光线虽然暗淡，但毕竟两人离得很近，张倩还是看清了李奇手上的照片，就是以前她见过他父亲的那张。她伸手将照片从李奇的手里抽拿过来，照片上的人依然对她微笑着。张倩的手颤了一下，内心蓦地一阵感慨：人啊，脆弱的生命，也许千年万年后就是一块微不足道的小煤渣。

此时此地，张倩与李奇似乎也在面对死亡，但比起那些终年在井下劳作的矿工们，眼前的这点儿危险又算得了什么呢？有什么不可以放下呢？有什么不能敞开心扉呢？张倩的内心释然了许多。她想对他说，我们还是好朋友。当然也很想知道李奇现在是如何看她的？

"你还恨我吗？"张倩终于鼓足勇气问李奇。

李奇愣了一下，感到很突然，但很快回过神儿来说："干吗要恨呢？"

"难道你不恨？"

"恨有意义吗？"

"你没恨过？"张倩紧追不放。

李奇被张倩问住了，沉默了好一会儿才说："没有，只是不理解。"

"不理解什么？"张倩继续追问，心里暗暗窃喜她的猛烈攻势。

李奇不再正视张倩，耷拉着脑袋，像一个回答不上问题的小学生。

"你说呀，不理解什么？"张倩像一个胜利者，对他穷追不舍。

"不理解你父母的行为。"李奇终于抬起头从嘴里轻轻吐出了这几个字。

"哦！"张倩一愣，不知道接下去该如何表述？这回轮到她沉默了。

"你现在幸福吗？"李奇问张倩，他的问话像是反攻。

张倩想了想说："我还真不知道什么是幸福。"

"幸福就是爱与被爱！"李奇脱口而出，说得铿锵有力，像是酝酿已久。

张倩想不到眼前这个平时不善言辞的男人会说出这样的话，这似乎与他的性格不符。在与他恋爱的那段日子里，从没听他说过一个"爱"字，即便他想说爱的话，也总是用"喜欢"之类的词语替代。李奇的话着实让张倩惊讶了一回，让她情不自禁地抹起眼泪来。

"怎么，你哭了？"

张倩为李奇刚才那句话而感动，为美国那个人的无情而悲哀。她真想趴在李奇的怀里痛哭一场，如果在一年多前她听到他的这句话，一定会义无反顾地与他在一起。

"是不是又想到什么了？"李奇打断了张倩的思绪。

张倩回过神儿来，吞吞吐吐地说："哦，没什么。"

李奇露出炯炯的目光望着张倩："有什么就告诉我，我们仍是好朋友。"

啊！他竟说出了自己内心想说的话。张倩激动得哭出了声。

李奇见张倩哭得厉害，小心翼翼地问道："是不是他欺负你了？"

张倩为情所动，决定自揭伤疤，低着头说："我和他分手了。"

"什么？不是骗我吧？"李奇一脸惊讶。

"真的。"张倩说得风平浪静。

"为什么？"李奇瞪大了眼睛。

此时，张倩已经完全放下了包袱，敞开的心扉像开了闸门的水渠那样，哗啦啦流出了许多积压已久的心里话，甚至道出了她心中原本只有自己知道的秘密。

一旦诉说了，内心就会轻松许多，张倩突然想起了那年与李奇在紫金山天文台看流星雨的情景。那天天很冷，她偎依在他的怀里，仰望着浩瀚的星空，数着划过夜空的流星，憧憬着美好的未来。那晚他们过得很快乐，现在想来那不仅仅是快乐，简直是一种幸福。

夜，也许真的很深了，电梯里的气温越来越低。张倩站起身，伸了个懒腰，搓着双手，开始不停地在原地踏步。

李奇也站了起来，问张倩："冷了吧？"

张倩停了下来，凝望着对方，似乎有一种期待，便不由自主地微微点了点头。

就在这一刻，李奇突然张开双臂把张倩紧紧拥进他宽大的怀里。

张倩一阵眩晕，眼前蓦然一片模糊，感觉一股暖流顷刻间流遍全身，一闭眼，泪水便泉涌而出，滴在李奇的胸前。